集英社文庫

ベター・ハーフ

唯川　恵

ベター・ハーフ　目次

ベター・ハーフ

今はもう遠いすべての一瞬に。

第一章　七月の花嫁

部屋の隅の、ドアに近い椅子に、女がひとり座っている。

その姿が鏡の中の自分の背後に映っている。

誰とは思い出せないが、見覚えがあるような気もする。まだ若い。二十二、三歳といったところだ。黒のシンプルなワンピースに真珠のネックレス。披露宴に出席するには少し地味すぎるようだが、誰だったろう。

女が顔を上げた。目が合った。永遠子《とわこ》は慌てて鏡の中から愛想よい笑みを投げかけた。やはり思い出せない。披露宴の招待客はかなり多く、夫となる文彦《ふみひこ》の関連だったら名前など思い浮かぶはずもない。それでも花嫁の務めとして、愛想だけは振り撒《ま》かなければならない。

午前中に赤坂の教会で式を済ませていた。梅雨というのに天気にも恵まれて、いい式だったと思う。父とバージンロードを歩きながら、指輪の交換をしながら、キスを交わしながら、ライスシャワーを浴びながら、永遠子は恍惚《こうこつ》にも似た幸福感に包まれていた。

有名芸能人が何人も式を挙げた教会である。永遠子がファンだったアイドル歌手もそうだった。その模様がテレビ中継されるのを見て以来、自分もここにすると決めていた。

今年の初め、文彦との二年越しの恋愛が実って結婚が決まった時、最初にしたのはこの教会を押さえることだった。六月の土日はすでに予約でいっぱいで、ジューンブライドの望みは果たせなかったが、一日遅れの七月一日を取ることができた。七月の花嫁も悪くない。

披露宴会場となるこのホテルも、どうしてもと望んだ場所だった。何しろ、文彦は私に惚《ほ》れている、という自信がある。永遠子が望むことに、文彦が異議を唱えるはずがない。

昨年、このホテルが音羽《おとわ》に鳴り物入りで建設されて以来、若い女性の憧れの的となり、雑誌やテレビによく登場している。東京とは思えない緑に包まれた環境はもちろん、玄関やロビーの作り、調度品なども女性の好みを憎らしいくらい心得ている。レストランや部屋から見える夜景も見事で、クリスマス・イブの宿泊予約は、春先のオープンと同時に満室になったそうだ。

女たちを喜ばすために、男たちは惜し気もなく金を使った。イブが近付くとホテルの確保はもちろん、ブランド宝飾店の前には、男たちが鈴なりになって、目当ての指輪やネックレスなどを買い求めた。ある有名店では、イブを前にして人気商品が品切れとなり、恋人に面目がたたないという男たちの苦情を受けて、商品引換券を振り出したという。そうした小道具は、豪華なホテルやレストランと同様、恋愛を盛り上げるになくてはならない存在だった。

もちろん永遠子もこのホテルで文彦と過ごした。恋人と過ごすクリスマス・イブはドラマチックでなければ許されない。申し込みに出遅れて、いったんは満室と断られた文彦だったが、広告代理店勤務という立場を利用して、ぎりぎりのところでようやく部屋を確保することができた。

まるで凝《こ》った恋愛小説のように、ふたりでその夜を過ごした。ホテルの最上階のレストランで、普段の倍の値段はする特別ディナーを食べながら、メリー・クリスマス、とワインのグラスを合わせた。どのテーブルも同じようなカップルばかりだったが、恥ずかしいなんて少しも思わなかった。むしろ、優越感を共有している同志のような感覚だった。

文彦のプレゼントはブルガリのリングで、永遠子からはオメガのスピードマスターだ。高い買物だが、高いからこそ意味がある。ノーブランドのファッションリングや国産のありふれたダイバーズウォッチなんて贈り合ったら、せっかくの雰囲気が台無しだ。自分たちの関係までもが、安物になってしまうような気がする。

ふたりは、いや、その夜を過ごすすべてのカップルたちは、イエス・キリストの誕生日がどういう意味を持つかなんてどうでもよかった。神への感謝もなければ、祝福もない。罰当《ばち》たりなことに、金をふんだんにばらまきながら、セックスのためのイベントとして楽しむだけの日なのだ。

ようやく女が立ち上がった。

やっと会場へ向かうようだ。披露宴が始まるまでに後十分ほどしかない。ついさっきまで、親戚や友人たちが入れ替わり立ち替わり控え室に顔をだしていたのだが、皆すでに会場に入っている。

「綺麗なドレス……」

女が初めて口を開いた。

「どうもありがとう」

永遠子はゆったりと笑みを返した。シフォンをふんだんに使ったこの華やかなウェディングドレスは、自分でもうっとりするほど美しく豪華だ。友人や親戚や同僚たち、美容師やホテルの係の人までも、永遠子の姿にため息をついた。

ファッション雑誌のウェディング特集を徹底的に検討して選んだドレスである。それに合ったティアラ、ベール、ブーケ、手袋、靴、どれもこれも時間をかけて厳選した。特にティアラは、八年前のダイアナ妃の結婚式を思い出し、似たようなのを探すのに苦労した。

こうして鏡に映る姿を見ているだけで、永遠子は自分に見惚《みと》れてしまう。何もかも最高の日だった。最高の日にするために、ありったけの時間と手間とお金をかけたのだ。

それは式や披露宴だけではない。世田谷《せたがや》のはずれに新居となる中古マンションも買った。探し当てるまで五十軒近くの物件は見て回ったろう。築十年、五十平米そこそこの2LDKでも、地価の暴騰した今、自分たちの力だけではとても手に入れられるものではなかった。

頭金は双方の親が半分ずつ出し、残りの三十年ローンは文彦が払ってゆく。利率は5・5パーセントのステップ償還。十年目からは6・5パーセントに上がる。永遠子が退職したこともあって、返済は文彦の収入だけとなるが、十分に返せる範囲のものだった。

専業主婦は文彦が望み、祝福されての寿退社は永遠子が望んだ。今は多少きつくても、給料はこれから確実に上がってゆく。三年後には主任、十年後には課長。そうなれば返済なんて楽勝だ。そういった将来性を見越したからこそ、銀行も快く融資してくれたのである。ここで買うことを諦《あきら》めるということは、一生諦めなければならないということでもある。不動産はますます上がる一方だ。少しくらい無理をしても今のうちに買っておいて損はない。そうやってローンを組んだ友人や知人が周りに何人もいるし、不動産をうまく資産運用すればかなりの利益を手に入れられるという話も聞く。子供ができた頃には、マンションもさらに値上がりしているだろうから、その時には郊外の庭つき一戸建てに買い替えるのも悪くない。

今年、天皇が崩御して、元号が昭和から平成に変わった。

テレビでそれを告げている政治家が象徴するような、何だかちょっと間の抜けた呼び名だなと思った。

昭和を二十五年生きた。ちょうど四半世紀だ。悪くなかったと思う。大学受験は苦しかったが、就職の内定は十社はもらった。そこからいちばん条件のいい商社を選んだ。何度も出掛けた海外旅行、高級な温泉。どこかに新しいレストランがオープンしたと聞けば必ず足を運び、ブランド製品はコレクションのように手にした。たくさん遊んで、たくさん恋をした。

文彦とも出会った。

昭和だろうと平成になろうと、永遠子にとって大した変わりはなかった。そう思っているのは永遠子だけではないはずだ。明日に期待を膨らませ、富み、満たされ、誰もが笑っていた。誰を見てもどこへ行っても、みんな陽気に浮かれていた。

なのに。

永遠子は再び目を向ける。なのに、この女ときたら何て不景気な顔をしているのだろう。

「そろそろ、披露宴が始まる時間じゃないかしら」

永遠子は声をかけた。それでも女は無表情のまま鏡の中の永遠子を見つめている。ふと、女のストッキングが伝線しているのに気がついた。それは膨《ふく》ら脛《はぎ》からスカートの中へと続いていて結構目立つ。怪訝《けげん》な思いが湧《わ》き上がった。この女は本当に招待客だろうか。

ドアのノック音が聞こえてきた。

「どうぞ」

永遠子は答えた。たぶんホテルの介添え係の赤井さんだ。時間が来たら、永遠子と文彦を会場に案内する手筈《てはず》になっている。

「もしもし、新婦さま、いらっしゃいますか。お時間です」

その時、ドアがロックされていることに気づいた。いつの間にそんなことになったのか。

永遠子は女に言った。

「申し訳ないけど、お願いできるかしら」

女は動かない。

「あの、ドアを」

黙っている。

「新婦さま、申し訳ありませんが、ここを開けてくださいますか」

永遠子は仕方なく立ち上がり、振り返った。初めてまともに女と向き合った。ショートカットの髪と草食動物を連想させるような身体つき。鏡で見るよりずっと幼く見えた。その幼さに不意打ちをくらったような気がした。とにかく、女がドアを開けてくれないのなら自分で開けるしかない。永遠子はドレスの裾《すそ》を持ち上げた。

「どうして」

唐突に女が言った。永遠子は足を止めた。

「どうしてあなたなの？　私じゃなくて、あなたなの？」

ドアが続けてノックされた。

「新婦さま、どうされたんですか。いらっしゃるんですか」

「ええ、います。ちょっと待ってください。今、開けますから」

永遠子は再び足を踏み出した。と同時に、女がドアの前にたちはだかった。それから、強《こわ》張《ば》った表情のままゆっくりと右手を上げた。その手に握られている白く光る何か。それに気づいて、永遠子は声を失った。

「私じゃないなんて、そこにいるのが私じゃないなんて信じられない」

女の目が焦点を絞る。

「ちょっと、何なの」

喉《のど》の奥の粘膜がぴたりとはりついて、永遠子の声が裏返った。

「そのドレスを着るのは私だわ」

「あなた、何を」

「そんなことあるはずがない」

「ちょっと待ってよ。何なの、それ。あなた、何を言ってるの」

「嘘だわ、みんな嘘に決まってる」

永遠子は息を呑《の》んだ。それから混乱する自分をなだめながら、表情を和《やわ》らげた。何が起こっているのか、その実感はなくても、女の神経を逆撫《さかな》でするようなことになっては、取り返しがつかない状況に陥るかもしれない。その予測なら容易についた。

「あなた、何か勘違いしてるんじゃないかしら」

「勘違い?」

「そう、何のことだか、私にはさっぱりわからないわ」

「私たち、愛し合ってたんです。私のことがいちばん好きだって、文彦さん、何度も言ってくれたんです」

永遠子は言葉に詰まった。文彦の浮気ぐらい知っていた。広告代理店という、派手で、経費が自由に使えて、時間の融通がきいて、口がうまいという仕事柄、女に手を出さないわけがない。留守番電話に残されたメッセージや、スーツについた香水や、曰《いわ》くありげな持ち物など、よくあることだった。いちいち目くじらをたてなかったのは、何だかんだ言っても、結局は私のことが一番だと自負していたからだ。

落ち着け、と永遠子は自分に言いきかせた。

「文彦さんを返してください。結婚するのは私です、あなたじゃない」

永遠子は強張る頬を隠しながら、ほほ笑んだ。

「わかったわ、とにかく私の話を聞いて」

「話？」

「あなた、いい子なのね。きっと純粋で真っすぐな女性なのね。でもね、男の言うことなんか信じちゃいけないわ」

自分の声がかすかに震えている。女がナイフを握り直す。

「男なんて、寝るためには何とでも言うの。そういういい加減な生き物なの。そんなことを真《ま》に受けていたら人生を間違えるだけだわ」

もう十分に間違えている、と永遠子は思う。間違えるのは彼女の勝手だが、自分が犠牲になるのはごめんだ。だいいち、なぜ私のところに来るのだ。怒りをぶつける相手は文彦ではないか。彼の控え室に行けばいい。

「文彦があなたに何と言ったのか、私は知らない。だから、言いたいことがあるなら、文彦に言って。もし、あなたが自分を被害者と言うなら、私だってそうだわ。だってそうでしょう。今の今まで、何も知らなかったのだもの。私だって信じられない気持ちだわ。文彦が私とあなたに二股《ふたまた》かけていたなんて。つまり私たちは同じなのよ」

言いながら、永遠子は先日のワイドショーを思い出していた。妻子ある男と付き合っていた女が、別れ話の挙げ句、男の子供を誘拐して殺したという事件である。どうして当事者の男を殺さないのか、とコメンテーターたちは言ったが、たぶん同じような男と一度でも付き合ったことがある女なら、そうは思わなかったに違いない。愛した分だけ憎む。愛に限界がないなら憎しみに底はない。愛が感情なら憎しみは行為だ。たとえ裏切った男を殺しても、与える苦痛は一瞬だ。しかし子供なら、一生、苦しみを背負わせられる。

永遠子は立ち尽くしている。現実感はなかったが、無理にドアに近づこうとすれば、本当に刺されるかもしれない。刺されたらどうなるのか、想像はすぐについた。たぶんスキャンダルとして派手に広まり、文彦は社会的に抹殺され、家族は陰口をたたかれ、死んだ私は友人たちの嘲笑《ちょうしょう》を買う。冗談じゃない。

ドアが再びノックされた。披露宴が始まる時間が迫っている。デオドラントを効かせた腋《わき》の下がじっとりと湿ってゆく。

「永遠子、何してんだよ。時間がないんだぞ、早くドアを開けろよ」

文彦の声だった。女の顔が歪《ゆが》み、ナイフを持ち替えた。永遠子は一歩後退《あとずさ》った。

「永遠子、おい、永遠子」

文彦が呼ぶ。

「いやよ、絶対にいや、いやっ」

　女が激しく首を振り、叫んだ。同時にナイフを自分の手首に向けた。永遠子は喉の奥で声を上げた。女が引きつる表情で刃を引く。手品のように白い手首に血が膨らみ、指先に向かっていくつもの筋を作った。やがて、女は惚《ほう》けたように床に膝をついた。

　驚きで声を失いながらも、こんな手があったか、と永遠子はしばらく女を見つめていた。自分を犠牲にして復讐《ふくしゅう》する。確かにそれも男を長く苦しめることになるだろう。ただし、心ある男ならだ。文彦はどうだろう。

　女が床に蹲《うずくま》っている。押さえた指の間からも血がにじんでいる。しかし、大した傷でないことはすぐにわかった。実際、女は行動を起こしたことで現実に戻ったのか、ナイフを床に落とし、手首を押さえて泣いている。

　外からは、さすがにただごとではない状況と察したらしく、ドアが激しく叩《たた》き続けられている。カーペットに血の黒いシミがいくつか浮かんだ。永遠子はドレスが汚れないよう膝まで裾を持ち上げて、ドアに近付き、ロックをはずした。

「何だよ、いったい何してんだよ」

　すぐに文彦の不機嫌そうな顔が見えた。心配していたわけではない、とわかると、永遠子はひどく腹が立った。

「何とかしてよ」

　永遠子は振り向き、蹲った女を見やった。文彦が覗《のぞ》き込み、一瞬にして頬を強張らせた。

「あなたの知り合いなんでしょう」

文彦が口を開く。しかし、ぱくぱくと動くだけで言葉にならない。女は手首を押さえて泣き続けている。

「とにかく、おふたりは会場の方へ。もう時間を過ぎてますので」

そう言ったのは係の赤井さんだった。

「会場までおふたりでいらしてください。ここは、私が何とかしておきますから」

赤井さんは落ち着いていた。年は五十代前半で、ベテランなのだろう。こんなことぐらい大したことはない、私はもっと修羅場《しゅらば》をくぐってきている、とでもいいたげな顔を見ていると、少し気が楽になった。隣では、まだ文彦が口をぱくぱく動かしている。

「すみません、じゃあお願いします」

永遠子は文彦の腕を引っ張った。

「行くわよ」

「行くって……」

「行くしかないじゃない。もうお客さまはみんな会場で待ってるのよ」

「沙織《さおり》を残してか」

「沙織っていうの、その子」

永遠子は振り向いた。蹲って泣いている姿は、子供が駄々をこねているように見えた。

「あ、いや、その」

文彦がしどろもどろで答えた。

「披露宴を中止にするって言うの？　でも、そんなことをしたらどうなるか、文彦、わかってるんでしょう」

文彦の混乱した頭の中に、いくらか計算が戻って来るのが感じられた。招待客は親戚、友人ばかりではない。上司、取り引き関係も混じっている。これから先、長く付き合って行かねばならない相手だ。

「わかった」

低く文彦は言い、控え室に背を向けた。ふたりは走り始めた。ドレスがしゃらしゃらと衣《きぬ》擦《ず》れの音を立てている。廊下を抜け、階段を下りて、会場へと向かう。もう何も話さなかった。

永遠子の身体の中にはそれこそドレスの背のファスナーが飛んでしまいそうなくらい言いたいことが詰まっていたが、すべてはこの大きなイベントを済ましてからだ。

会場入り口では、仲人とボーイが焦《あせ》った表情で待っていた。

「どうしたの、あんまり遅いから様子を見に行こうかと思ってたのよ」

仲人の奥さんだ。

「すみません、ちょっと用意に手間取っちゃって」

文彦が頭を下げる。もういつもの如才無い文彦に戻っている。仲人は文彦の会社の部長夫妻だ。

「では、こちらに。すぐ入場です」

ふたりは指定された位置に腕を組んで立った。まだ少し息が上がっていた。

エレクトーンが鳴り響く。ドアが開き、スポットライトが向けられる。一瞬、目の前が真っ白になった。会場が祝福の拍手に包まれ、永遠子はそれに応えるように満面に笑みを浮かべた。

何があったにしても、これからどうなるにしても、今この瞬間は、世界でいちばん幸福な花嫁でなくてはならない。そう誰もに思わせられなければ、永遠子自身が許せない。

拍手にいざなわれるように、永遠子は文彦と歩き始めた。

その時、白いサテンのパンプスの先に、赤い小さなシミを見つけた。瞬間、背中一面が粟《あわ》立《だ》った。

もしかしたら、自分は取り返しのつかないことをしているのではないか。

そんないたたまれない感覚が広がった。しかし、すぐに思い直した。こんな時にこんなところで、今さらそんなことを考えてどうするというのだ。ドレスの裾でパンプスを隠すと、永遠子は胸を反らせて雛壇《ひなだん》へと進んだ。

＊

西麻布のイタリアンレストランで、気のおけない仲間内の二次会が終わったのは十時を少し回った頃だ。

それからホテルに戻り、文彦はすぐに「ちょっと出てくる」と言って、部屋を後にした。当然、永遠子に何か言われると覚悟していたが、彼女は「そう」と短く答えただけだった。何も言わないのが却《かえ》って不気味で、ますます気が重くなった。

披露宴も二次会も彼女は幸福な花嫁として振る舞っていた。翳《かげ》りや躊躇《ためらい》など微塵《みじん》も見られなかった。実際、彼女は本当に美しかった。

時折、ふたりきりになる瞬間もあったが、その時さえも、その件について触れることはなかった。文彦は自分から何か言うべきだと何度も試みたが、今はどう言っても永遠子の怒りを増幅させるような気がして、結局、口を噤《つぐ》んでいた。

「Y病院までお願いします」

ホテルの前に停まっていたタクシーに乗り込み、運転手に行き先を告げてから、窓を細く開けた。流れ込む風には濃い雨の匂いがした。今日は何とか晴れてくれたが、考えてみれば今は梅雨の真っ最中だ。

内ポケットから煙草を取り出し火をつける。深く吸い込み過ぎたせいか、くらりと頭の芯《しん》が揺れた。急に、疲れが首の後ろに鈍くのしかかってきた。

一度目のお色直しのために控え室に戻った時、係の赤井さんから耳打ちされた。

「あの方には、うちのホテルが懇意にしているY病院に入っていただきました。傷は大したことはありません。鎮静剤を打ったので、今は気分的にも落ち着いています。まあ、コトがコトですから、念のため、一日だけ入院することになりました。夜にでもお顔を出してくださいますか。病院の方には面会時間を都合してくれるよう伝えておきますので」

それを聞いて、心底ホッとした。まさかとは思っていたが、もし沙織が死ぬようなことになったらどうすればいい。それが自分への当て付けだと大っぴらになったら。この結婚は？　自分の将来は？　想像しただけで膝の裏側から力が抜けてゆくようだった。ケーキカットはほとんどうわの空でナイフを入れ、スピーチもまともに耳に入って来なかった。

とにかく傷は大したことなく、披露宴も二次会も無事に終えられた。誰にもトラブルを知られず済んだことはラッキーだった。

煙草の煙が風に巻き込まれるように外に流れてゆく。ふと、新潟の祖母が言っていたことを思い出した。結婚の日取りを伝えた時のことだ。祖母は電話口でしばらく黙り込んで「その日は、半夏生やないかね」と言った。

「はんげしょう？」

意味がわからず聞き返すと、祖母は少し口ごもりながら答えた。夏至《げし》からちょうど十一日目に、半夏という毒草が生えると言われていて、その日は物忌《ものい》みの風習がある、と言うのである。

「日は変えられんの？」

「もう、決まったんだ」

「そうかい」

祖母はそれきり黙り込んだ。いかにも田舎《いなか》の祖母が口にしそうな迷信だった。その時は、馬鹿馬鹿しいとすぐに忘れてしまったが、今になって、物忌み、という古めかしい言葉が気にかかる。

祖母は式に参列することなく春先に他界した。もともと結婚式に出られるような状態ではなかったのだから、そのことは仕方ないと思っている。しかし、それにしても縁起の悪い話を遺していってくれたものだな、とちょっと恨めしくなる。

窓に自分の姿が映り、まだタキシード姿であることに気づき、文彦は慌ててジャケットを脱ぎ、ネクタイをはずした。

結婚式は女のためのイベントだ。花婿など引き立て役でしかない。そのことは最初から覚悟していた。だから教会もホテルも、みんな永遠子の希望を優先した。七月という夏の結婚式に、うちの両親はあまりいい顔をしなかったが、今時、季節なんか関係ないと説得したのも永遠子のためだ。それからも衣裳合わせだ、ハネムーンの打ち合せだ、引出物選びだと、仕事におかまいなしに呼び出されるのにも、文句も言わず付き合った。

世田谷のマンション購入は、さすがに迷ったが、それも結局は永遠子の意志を受け入れた。自分は長男で、別居であってもいずれは両親の家が手に入る。それまでは賃貸のマンションで気楽に暮らせばいいと考えていたが、永遠子は今の時代、不動産ほど資産的な価値となるものはないと強く主張した。頭金の半分を永遠子の両親が出すつもりでいる、ということを聞いたら、うちの両親も出さないわけにはいかなくなった。まあ、いずれはそのマンションを他人に貸して、家賃収入にするのも悪くない。毎月の返済金はちょっと贅沢な家賃程度だから何とかなる。

　ここのところ景気は鰻上《うなぎのぼ》りで株価も三万三千円をつけている。昇給率もいいし、銀行も借りてくれとしつこいほど頭を下げる。ローンは三十年、完済時は五十八歳になっているが、もちろんその前に全額返してしまう腹積もりでいる。

　病院の面会時間はすでに終わっていたが、夜間受付で片岡沙織の名を告げると、係の男がパソコンのキーを叩いて部屋番号を教えてくれた。チラリと上目遣いで文彦を見たその目に、軽蔑とも嘲笑ともとれるかすかな動きが見えて、一瞬、頬が強張った。パソコンのデータに何が打ちこんであるのか見えたような気がした。

　三階の奥まった病室の前に沙織の名札があった。ノックしたが返事はない。文彦はドアを開け、顔を覗かせた。ふたつあるベッドの手前はあいていて、窓際の方に沙織が横たわっている。布団の上に出された左手首の包帯の白さが、皮肉るようにやけに目立った。枕元の明かりがついていて、壁に彼女の倍ほどもある黒い大きなシルエットが浮かんでいた。

　沙織は目を固く閉じている。声をかけようか迷った。情けないことに文彦は怯《おび》えていた。本当のことを言えば、このまま背を向けて、帰ってしまいたかった。

　面倒なことは、いつもうまく擦《す》り抜けてきた。仕事上のトラブルや、社内のいざこざや、友人たちとのぎくしゃくや、女との揉《も》め事も、ひたすら頭を下げまくったり、知らん顔を通したり、笑ってごまかしたり、逃げを決め込んでしまえば、何とかなった。沙織に対して、悪いとは思わなかった。ただ運が悪いと思っていた。

「ひどい人」

眠っているとばかり思っていた沙織が急に言ったので、驚いて情けない声を上げげそうにな
った。ようやくこらえて文彦は頭を下げた。

「ごめん」

「私に言ったこと、みんな嘘だったの？」

目を閉じたまま、沙織は言う。

「ごめん」

「別れも告げず、黙って結婚しちゃうなんてあんまりよ」

それはちゃんとひと月前に言ったではないか。「君はいい嫁さんになる。俺みたいなちゃ
らんぽらんの男はふさわしくない。いい男を見つけろよ」、これが別れの意思表示でなくて、
何だと言うんだ。

「ごめん」

それでも文彦は謝る。謝ってつきまとわれずに済むなら、気が済むまで謝る。土下座だっ
て逆立ちだってする。

沙織は深く息を吐いた。文彦は沙織の顔に目を向けた。沙織は固く目を閉じたままだ。

「何しに来たの」

「君が心配だったから」

「心配なのは、自分の身でしょう」

言い当てられて、文彦は咄嗟《とっさ》にうまい言葉が浮かばなかった。

「私、あなたの何を見てたのかしら。優しい言葉とか、たくさんのキスとか、そういうの、全然、意味がないんだって初めてわかったわ」

「いや、そんなことは」

「もう、いいの」

ため息のように沙織が言った。

「いいって？」

「帰って」

「でも」

「今さら、どうなるものでもないもの」

「でも俺が帰ってから、また何か起こすとか、そんなこと……」

沙織はやっぱりというように、薄く笑った。

「心配しないで。もう馬鹿なことは考えないから。手首を切るって、あんなに痛いと思わなかった。心の傷とかいうけれど、やっぱり本物の傷の方がずっと痛かった。何だかそれで現実に戻ったみたい」

「そうか」

ホッとした思いがまた露骨に言葉に出てしまいそうになり、文彦は慌てて咳払《せきばら》いを付け加えた。

「じゃあ、俺は帰るけど。あの、これ」

文彦は手にしたジャケットの内ポケットから封筒を取り出した。中に三十万入っている。今日のご祝儀《しゅうぎ》の中から抜いてきた金だった。手切金が、時に別れ話をこじれさせるということを聞いたことがある。物をプレゼントされるのは好んでも、手切金となると女の自尊心とやらを逆撫でするらしい。

「別に大した意味はないんだ。お見舞い金だと思ってくれないか。ここの支払いも、健康保険がきくかわからないだろ。だから、その、本当にお見舞いのつもりだから」

しばらく間があって「ありがとう」という言葉が返ってきた。正直言って拍子抜けした。沙織が受け取るか受け取らないか、自分の中で賭けのようなものがあったような気がする。もしかしたら受け取らないのではないか、それでは本当は困るのだが、どこかでそういう女だと思い込んでいた。

「じゃあ、ここに置いておくから」

枕元に近付き、棚の上に置いた。結局、最後まで沙織は目を閉じたまま、一度も文彦を見ようとはしなかった。

文彦は病室を出た。これで終わった。決着はついた。ホッとしていいはずなのに、何かしら落胆のようなものを引きずっていた。

病院の前にタクシーはなく、文彦はしばらく夜道をぶらぶら歩いて行った。湿気を含んだ分厚い雲が空を覆っているのが、蒸し暑く淀《よど》んだ空気で感じられた。

沙織は悪い子じゃなかった。付き合って半年ぐらいだが、そこら辺りにいる、お立ち台の上でパンツを見せながらお祭り騒ぎみたいに年中はしゃいでいる女たちとは違って、素直で純朴な子だ。田舎の高校を出て、働きながら、美容師になるために専門学校に通っていて、二十歳になったばかりというのに、驚くほどまじめに将来のことを考えている。沙織はいつでも自分が文彦の負担にならないよう気を遣い、高価なプレゼントをねだったり、高いレストランへ連れてゆけと駄々をこねるようなこともなかった。会う時、飯はたいていファミレスやコンビニ弁当で済ませ、ラブホテルを使ったのは最初の一回だけで、ほとんどを彼女のアパートで過ごした。それでも文句ひとつ言わず、帰りぎわはいつもアパートの下まで見送りに出て、無邪気に手を振った。

いい子だ、確かに今時めずらしい女の子だ。

しかし安上がりな女に、男は価値など感じない。

永遠子には金をかけた。安い居酒屋や、ちゃちなプレゼントが通用しないことはわかっていたから、文彦はせっせと永遠子に投資した。そうして、あれだけ金をかけた女を今さら手放せるわけがなかった。もちろん永遠子には惚れている。その気持ちに嘘はない。今まで付き合った女の中で、いちばん美人で、いちばん気が合って、いちばんセックスがぴったりだ。けれども、もし永遠子が沙織のような性格だったら、結婚するところまで話が進んだかどうかはわからない。

ホテルに戻ったのは一時に近かった。

もしかしたら、永遠子はもう部屋にはいないのではないか、という怖れを抱きながらカードキーで中に入ると、ベッドに潜《もぐ》り込んでいる姿があった。ホッとした。本当に眠っているかどうかはわからなかったが、眠っていることにして、声はかけなかった。今夜はとにかく疲れた。早く横になりたい。ジャケットをベッドの上に放り出し、文彦はシャワーを浴びにバスルームに入った。


目が覚めた時、自分がどこにいるのか一瞬わからなかった。

白い天井が目の前に広がり、カーテンの隙間《すきま》から灰色の日差しが差し込んでいた。ホテル特有のかすかなカルキに似た匂いを感じて、跳ね起きた。隣のベッドに永遠子の姿はない。文彦は慌ててバスルームを覗いた。いない。やっぱり出て行ったのか。落胆しながらクローゼットを開くと、彼女の赤いサムソナイトがある。気が抜けたようにベッドに戻り、時計を見た。九時半を少し回っていた。朝食を食べにいったのだろうか。しばらく待ったが、帰って来る気配はない。そのうち腹も減ってきた。文彦はポロシャツとチノパンに着替えて、部屋を出た。

一階のティルームで軽い朝食をとった。せっかく広々とした庭に面しているのに、外は鬱《うっ》陶《とう》しい雨で、芝の緑は虚《うつ》ろにくすんで濡れている。

新婚一日目がコレか。

永遠子とは何度もホテルに泊まっているし、旅行にも出掛けている。今さらふたりで初めての朝、というムードでもないが、恋人から夫婦になった最初の朝食ぐらい一緒にとりたかった。しかし、それをぶち壊したのは自分自身だ。

三十分ほどで席を立ち、文彦はエレベーターに乗り、五階フロアのボタンを押した。部屋に戻る前に、しておかなければならないことがあった。

五階にはブライダルサロンがある。結婚式の前に何度も通った場所だった。カウンターに行き、受付の人に昨日の係の赤井さんを呼んでもらった。

しばらくして赤井さんが現われた。昨日と同じ紺色の制服を着ている。今日も結婚式があるのだろう。文彦は頭を下げた。

「昨日は本当にご迷惑をおかけしました。何と言ってお詫びしたらいいか」

赤井さんは腰を低くして首を振った。

「無事に披露宴を終えることが私の仕事ですから、どうぞ、お気になさらないように」

「費用がかかったと思うんです。カーペットのクリーニング代とか、病院までの車代とか。それ、すぐに支払いますから」

「カーペットのシミは通常の掃除の範囲で落ちましたし、車はホテルのものを使用しましたので、別段、頂くものはありません」

「でも、それじゃ」

赤井さんは少し前かがみになり、声をひそめた。

「いいんですよ、そんなこと気になさらなくても。もともとお高い料金を頂いているんですから」

文彦は思わず首をすくめた。赤井さんが親戚のおばさんのように思えた。

「そうですか、じゃあお言葉に甘えて、そうさせてもらいます。本当に、すっかり恥ずかしいところをお見せしてしまって」

「新婦さまはいかがですか。さぞかしショックを受けられたと思うんですけど」

「ええ、まあ。実はまだ何も話し合ってなくて。前途多難です」

赤井さんが小さく頷《うなず》く。

「まあ、そういうこともありますでしょう。古臭い言い方ですけど、結婚は入れ子の箱を開けてゆくようなものですから」

「入れ子、ですか？」

「箱の中に順繰りに小さい箱が入ってるの、ご存じないかしら」

「ああ、あれですか。なるほど、入れ子ですか。そう言われると、そんな気もします」

何となくわかったような気がして言うと、まるで同情するような目で赤井さんは文彦を見詰め返した。

「何か？」

「たぶん、大変なのはこれからですよ。じきに昨日のことなど大したことではないと思えるようになりますから」

「はあ、そうですか」

わかったような、わからないような思いで頷いた。

「では、私はこれで。今日も披露宴が入っておりますので」

「どうもお引き止めしてすみません。本当にありがとうございました」

「お幸せに」

赤井さんはゆったりと笑みを浮かべ、背を向けた。


部屋に戻ると、永遠子がソファでテレビを観ていた。入って来た文彦をちらりと見やったが、すぐに視線を戻した。

「何だ、いたのか。どこ行ったのかって探してたんだ」

尋ねる口調に、いくらか媚《こび》が混じっている自分にうんざりした。

「エステティックサロン。気分転換に、顔も身体もみんなぴかぴかにして来たの」

「そうか」

立ったままでいるのも所在なくて、文彦は部屋に備え付けのコーヒーをいれることにした。

「永遠子も飲むか?」

「いらない」

素っ気なく言う。付き合いが悪いと思う。

「文彦、ご祝儀のお金、持っていったでしょう」

急に言われたのでどぎまぎした。

「ああ……」

「私に黙って持ってゆくってどういうこと？」

「俺の招待客からのだけ抜いたつもりだよ」

「あなたの招待客でも、私たちふたりの結婚のご祝儀でしょう。もうあなただけのものじゃないはずよ」

永遠子の言うことはもっともだ。文彦は素直に自分の非を認めた。

「うん、そうだな、悪かった。俺の借りということにしといてくれ」

「あの沙織とかいう女の子に渡したの？」

「ああ」

「いくら」

「三十万」

多いとも少ないとも、永遠子は言わなかった。払った金額で文彦自身が値踏みされているような気がした。

「もう別れたのね」

「すっぱり」

「言っておくけど、私、傷ついてるわ。文彦にこんな刺々《とげとげ》しい態度で接しているのも、みんな傷ついているから。本当は、昨日の夜も一緒に眠りたかったし、今朝だって一緒に朝食を食べたかったわ。でも、どうしてもそんな気になれなかったの、わかるでしょう」

「わかってる、ごめん」

永遠子はテレビの画面を見詰めたままだ。大切なことを話す時、どうして女は男の顔を見ないのだろう。文彦は立ったままコーヒーカップを口に運んだ。

「新婚旅行、やめようか。こんな気分で行ってもしょうがないものな」

文彦はどこか切札のような気持ちを託して言った。

「あなたが行きたくないならそうすればいいわ。でも私は行くわ、もうお金は払い込んであるんだし、友達からもいっぱい買物頼まれているもの。今さら行かないわけにはいかないわ」

そうか、友達のためか。払った金のためか。聞きたかった答えがその中にまったくなかったことに、文彦はいささか白けた気分になった。

窓の景色を背景にして、永遠子の横顔が見える。唇から顎《あご》にかけてのなだらかな線が好きだった。だからデートの時は、向かい側ではなく、隣に座れる席をよく選んだ。青山や麻布の、どんな洒落《しゃれ》たバーに置いても恥ずかしくない女だった。男たちの羨望《せんぼう》の視線を優越にまみれながら受けとめた。そんな女を自分のモノにして、どれほど満足感に浸ったか。永遠子に惚れていた。今も、惚れている。しかし、そこにいる永遠子の横顔には、かつて見たこともないしぶとさのようなものが漂っていて、文彦は戸惑った。

結婚は入れ子の箱を開けてゆくようなもの。

さっき赤井さんが言った言葉が、妙に鮮やかに蘇《よみがえ》った。

＊

このブルーにはいつも感動する。

永遠子はバルコニーから海を見下ろした。藍《あい》よりも蒼《あお》よりも深くて透明で、悠然としていて、それでいて少し油断するとすぐに表情を変える。グアムにもゴールドコーストにもモルジブにも行ったが、やはりハワイの海は最高だ。オーシャンビューのジュニアスイートからは、ダイヤモンドヘッドも見渡せる。

ハワイはこれで四度目だった。学生時代に仲間たちと、OLになって同僚と、文彦との初めての旅行もここだった。新婚旅行先を決める時も迷いはなかった。ヨーロッパなんて選択は間違いだ。ああいう場所は、女友達とわいわい言いながら出掛けるのがいちばんだ。

費用は嵩《かさ》んだが、やはりジュニアスイートにしてよかったと、つくづく思う。部屋は広いし、リビングのスペースもゆったりしている。とにかく、バルコニーからの景色が素晴らしく、サンチェアもセットされていて、夕陽が待ち遠しくなる。

永遠子は部屋を振り返った。明る過ぎるバルコニーからだと中はよく見えない。ようやく目が慣れて、ベッドにつっぷしている文彦の足が見えた。

部屋に到着してから、文彦はずっとそうだった。彼は妙なところに神経質で、飛行機の座席ではたとえビジネスクラスでも眠れない。前に来た時も同じだった。けれども、あの時は永遠子にも緊張感があって、眠るどころかすっぴんの顔を見られるのが恥ずかしく、機内でも気を抜かずメイクをしていた。そうやってふたりでブランケットの下で、こっそりといやらしいことをしたりした。

それが今ではもう、搭乗前から化粧を落として平気だった。成田を離陸した後は、黙々と夕食を食べ、乾燥防止の美容液をたっぷり塗って、ビデオも観ずに背もたれを倒して目を閉じた。すでにハネムーンなどという浮かれた気持ちは失われていた。意識してそうした、ということもある。口を開けば言い争いになることはわかっていた。

永遠子は部屋に戻り、鏡の前で化粧を直した。リゾートなのだから、ゆったり過ごせばいいのだろうが、つい日本にいるより忙しく動き回りたくなる。欲しいもの、見たいものがここにはありすぎるほどある。ベッドでだらしなく寝そべっている文彦の姿に、いささかうんざりしながら、礼儀として声をかけた。

「私、ちょっと出るけど、文彦はどうする」

「寝てる」

くぐもった声で文彦が答えた。相手に、誘ったと受け取られるような言い方をした自分に腹が立った。黙って出掛ければよかったと、永遠子は乱暴に帽子とバッグを手にして部屋を後にした。

街の風景は一枚ベールをはぎ取られたようにクリアだ。建物も人も木々も花も輪郭がはっきりしている。行き交う人々の足取りはのんびりし、海からの乾いた風が肌の上をさらさらと音をたてるように滑ってゆく。タンクトップから出た肩を灼《や》いてゆく日差しが心地よかった。もちろん美白には気をつかっているから、長くはそんなことはしない。すぐにつばの広い帽子を被《かぶ》りサングラスをかけた。

こういう場所にいて浮かれない法はない。まずはカラカウア通りにあるショッピングセンターに入った。一階から三階まで、ゆっくりと店を覗いて行く。ブランド製品の店は特に時間をかけて回り、タグについた値段を片っ端から電卓で叩いて確かめた。ここのところ続いている円高のせいで、日本で買うより確実に二割は安い。徐々に「買わなければ損だ」というハイな気持ちが湧き上がって来る。シャネルブティックで前々から狙っていたスニーカーを見つけた時は思わず小躍りしたくなった。くるぶしの辺りに白と黒のコンビで大きくシャネルのロゴが入っている。ロゴは大きくなければ意味はない。考える時間は必要としなかった。そんなことをしていたら他の誰かに取られてしまう。

カードで支払いを済まし、しばらく歩いて、通りに面したカフェに入った。身体の隅に残っていた息苦しさはきれいに消えていた。買物は特効薬だ。こうして憂鬱《ゆううつ》はいつも消えてゆく。最近、永遠子はそういった方法があることを知るようになっていた。

巨大なカップのコーラを半分ほど飲んだ頃、男が近付いてきた。

ハーイ、などという、日本では軽薄にしか受け取れない声の掛け方も、ハワイだと何の違和感もない。エチケットとして、永遠子は口元にだけ笑みを浮かべた。

年齢《とし》がよくわからない。年上にも年下にも見えた。胡散《うさん》臭い人間ほど年齢が曖昧《あいまい》なものだ。彼は整った顔と黒い目と黒髪を持っていたが、日本人でないことは肌の灼け方やシャツの柄の選び方ですぐわかった。たぶん旅行に来る日本の女たちを食い物にしている日系男だろう。永遠子は口元の笑み以上のものはやすやすと与えたりしなかった。しかし、男はそんなことでは引き下がらない。無神経と強引さが彼らのやり方だ。

「どこから来たの？　トーキョー、オオサカ、ナゴヤ？」

そう言いながら、男は図々しく永遠子の隣の椅子を逆向きにして、またぐように座り、身を乗り出した。

「面白いところに案内してあげようか。地元の連中でも通《つう》しか行かない店をいろいろ知ってるんだ。気持ちよくなる煙草が欲しいなら、それも手に入れられる。こんな観光客相手のところにいたってつまんないじゃない」

そうしてセックスと金との両方をいただいてしまおうという魂胆なわけか。もちろん無分別な若い時のことだが、今まで一度もその手のオトコと遊んだことはない、とは言えないだけに、永遠子は彼らのやり口もわかっていた。

ふと男の視線が永遠子の左手の薬指に注がれた。一瞬、彼の口元が微《かす》かに歪むのを永遠子は見逃さなかった。

「もしかしてハネムーン？」

「ひとり？」

「そう」

「なぁんだ、そうならそうと最初に言ってくれたらいいのに。おめでとう。じゃあね」

男は呆気《あっけ》ないくらいさっさと離れて行った。しばらくして顔を向けると、男はすでに他の女に声を掛けていた。その女が永遠子よりもかなり劣った容姿をしていることに、思いがけず傷ついている自分を感じた。

日差しが翳って肌寒くなってきた。海にかかる雲がわずかに色付き始めている。街灯に灯が入り、夜の準備が始まってゆく。永遠子はカフェを出て、ホテルに向かって歩いて行った。街中には多くの日本人カップルたちが行き交っている。ペアルックのTシャツを着ている趣味の悪いカップルも、ウエストポーチを腰に巻きつけた田舎者同士のカップルも、見るからに貧乏旅行で海なんて見えるはずもない安いコンドミニアムに泊まっているに違いないカップルも、どういうわけかひどく幸福そうに見えた。

私はなぜ文彦と結婚したのだろう。

不意にそんな思いが込み上げて、サンダルの足が絡《から》みそうになった。

出会ってすぐ私たちは恋をした。毎日が楽しくて、会いたくてたまらなくなった。文彦の容姿も性質も将来もセックスも、何もかもが好ましかった。だからプロポーズされた時に迷いはなかった。周囲の反対もなく、話はとんとん拍子に決まっていった。

安定したパートナーを持つということは、自由になれるということだ。もう出会った男に、面倒な期待や思い込みを持つ必要はない。それはどんなに永遠子を解放してくれただろう。

結婚前、たくさん恋はしたが、どんなに男を好きになっても、自分の皮膚の内側に張りついている寂しさのようなものを拭《ぬぐ》い去ることができなかった。それはとても性欲に似ていたが、飢えているのは身体の洞窟《どうくつ》ではなかった。恋愛は十分に堪能《たんのう》した。そうして知ったことは、恋愛は自尊心と引き替えにするものが多すぎる、ということだ。後悔する恋愛をしたことはないが、恋愛だけを重ねてゆく女になりたくなかった。そんな女たちが口にする「いい女」は、いつもどこか哀れさがつきまとっていた。

文彦と結婚したのは、好きだったからだ。一生一緒にいたいと思ったからだ。同じレールの上を手をつないで歩いてゆきたいと思ったからだ。

ホテルに戻ったが、部屋に文彦の姿はなかった。どこかに出掛けたらしい。ダブルベッドには脱け殻みたいなシワだけが残されている。ガラス戸は開け放たれたままで、バルコニーから潮の匂いが流れこんでくる。買物の袋を放り出し、永遠子は息を吐き出した。それから、ぼんやりと日本は今何時だろうと考えた。指を折って計算するとお昼少し前になる。

今ならあの人は確実にデスクにいる。

そう思った。ちょうど月曜の定例会議に使う書類に目を通している最中だ。思うと同時に、永遠子は受話器を取り上げていた。

「はい、若山です」

思った通り、あの人が出た。交換を通さずデスクに直通するこの番号で、何度、秘密の約束を交わしただろう。

「永遠子です」

名乗ると、電話の向こうで短くためらうような沈黙があった。

「どうした、今、新婚旅行中だろう」

すぐにいつもの落ち着いた若山の声がした。

「ハワイからよ」

「ご主人は？」

「ちょっと、出かけてるの。ねえ、ここにいると、梅雨の東京なんてすっかり忘れてしまいそうよ」

「楽しそうだね」

「ええ、とっても。すごく楽しいわ」

若山が含むように笑う。

「そういうのを聞くと、何だかちょっと妬《や》けるね」

「本当に？」

「ご主人と代われるものなら代わりたいよ」

自分が夫ではないからこそ口にできる言葉だった。

付き合っていた時、若山は決してそんなことは言わなかった。「君の好きにするといい」

彼はいつもそう言いながら、結局は永遠子に我慢を強《し》いるのだった。

大人で温厚で洗練され、狡《ずる》くて計算高く、存分に贅沢をさせてくれた若山に、永遠子はずいぶんと女であることの特権を教えてもらったように思う。彼に結婚など望みはしなかったが、嘘でも結婚して欲しいという言葉だけは聞きたかった。そうでなければ、優しい思いを持つよりも、相手を傷つけることでしか自分の在り方を示すことができないような気がした。けれども、最後まで若山は思い通りにはならない男だった。

文彦との結婚を告げた時も、そうか、と短く答えただけで、あっさり関係は解消した。永遠子の代わりの女など、すぐに若山は見つけるだろう。彼にはそれだけの力と魅力がある。それを思うと、いくらか憎らしい気持ちにもなるが、選んだのは自分だ。

「よさそうな男じゃないか」

「男を見る目は部長にずいぶん教え込まれましたから」

「皮肉かい」

「本心から言っているわ」

「じゃあ感謝してもらわなくちゃな」

「部長も仕事ばかりしていないで、たまには休暇を取ったらいいのに」

「そうしたいところだが、とにかく忙しくてね。ああ、申し訳ない。他に電話が入ったようだ」

「そう、じゃあ」

「幸せにね」

「ありがとう」

電話を切って、永遠子はベッドに寝転がった。感傷というほどのものでもなかった。自分の幸福が、若山の胸に小さな石を投げられたのなら、それでいい。

「部長って、披露宴の時スピーチをしてくれたあの人か」

突然、文彦の声がしたのでびっくりした。永遠子は慌てて上半身を起こした。

「どこにいたの」

「バルコニーさ。デッキチェアに座って海を眺めてた」

「だったら、声をかけてくれればよかったのに」

「そうしたら、あんな電話はかけなかったのに、か？」

「あんな電話って何よ」

自分が何を喋《しゃべ》ったか、すぐに思い出せなかった。文彦に勘繰《かんぐ》られるような話をしただろうか。そんなはずはない。

「永遠子も大したもんだな、新婚旅行先から男に電話するなんて」

「妙な言い方しないで。お世話になった部長にお礼の電話を入れただけじゃない」

「あんな鼻にかかった声でか」

「そんな声出してないわ」

「何にも知らない俺はほんと甘ちゃんだね。披露宴であの若山とかいう部長にスピーチなんかしてもらって、その上わざわざビールまでつぎにいって挨拶したんだから、笑っちゃうよ」

「勝手な勘繰りしないでって言ってるでしょ」

「しかし永遠子も大した女だ。結婚して、初めて本当のところが見えたような気がするよ。感動だったね」

永遠子は頰を引き締め、背筋を伸ばした。

「文彦、自分のしたことを帳消しにするために、私に言い掛かりをつけるのはやめて」

「言い掛かりだって？」

「結婚式の当日に、付き合ってた女に手首を切られるなんてどういうことなの。男なら、浮気の始末ぐらいちゃんとしてよ」

「悪かったね、ヘマやって。俺は根が善人なものだから、永遠子みたいにうまく立ち回れないんだよ」

「やることが子供じみてるわ。もっと大人だと思ってたのに」

「ああ、あの部長は大人だからな。俺なんかほんの若造さ。オヤジ趣味なら、何で俺なんかと結婚したのさ」

「それはこっちのセリフだわ。文彦こそ、若い女の子がいいんでしょう。それこそ中年のオヤジみたいに」

文彦は表情を硬くして呟《つぶや》いた。

「最悪だな、俺たち」

永遠子は顔を逸《そ》らし、唇を嚙《か》んだ。

「ええ、本当に最悪。馬鹿みたい」

それから帰国するまで、ふたりは必要なこと以外ほとんど口をきかなかった。朝食はおろか、日中もまったく別行動をとった。ダブルベッドの端と端に背を向けて眠り、髪の毛一本すら触れ合わなかった。しかしそれは怒りというより淡々としていたと言った方がいい。時々、永遠子は弱気になることもあったが、自分から折れたり、ご機嫌伺いをする気にはどうしてもなれなかった。


成田に到着すると、手続きや荷物の受け取りも別々に済ませ、永遠子はひとりでタクシーに乗り、真っすぐ中野の実家に戻った。

すでに文彦と結婚を続ける気持ちは失《う》せていた。今時、成田離婚などめずらしいことでもない。却って箔《はく》がつくくらいだ。実家には父と母しかいないのだし、今までの生活に戻ればいいだけのことだ。仕事も探せばいい。求人雑誌は電話帳ほども厚く、どこも人材確保に躍《やっ》起《き》になっている。

実家に入って驚いた。家の中はひどく汚れていた。玄関からして靴が乱雑に放り出してあり、廊下は隅に白く埃《ほこり》が積もっていた。母は几帳面《きちょうめん》な人で、掃除に手を抜いたことはない。居間に入ると、父がソファでナイターを観ていた。

「お父さん、ただいま」

父はゆっくりと振り返った。永遠子の顔を見ると相好《そうごう》を崩したが、いつもの父と違ってどこか間延びした感じがした。

「そうか、今日帰ってきたのか」

テーブルの上には、ビールの空缶、弁当と惣菜《そうざい》のパック、新聞、それから吸い殻で溢《あふ》れそうな灰皿がのっている。

「お母さんは」

「うん、ちょっとな。まあ座れ、どうだった、ハワイ楽しかったか」

「まあまあってとこ。それより、お母さんどこ行ったの？　出掛けてるの？」

父はぼんやりとテレビに目を向けた。

「うん、まあな」

「どこ？　おばさんのとこ？」

「いや、実は、出て行った」

すぐには父の言っている意味がわからなかった。

「もうずっと前から、おまえの結婚式が終わったらそうすることに決めてたんだとさ」

「何なの、それ」

「だから出て行ったんだ。たぶん、離婚することになると思う」

言葉がすぐには出なかった。実感として受けとめるまで、しばらく時間がかかった。

「やだ、嘘でしょう」

「お母さん、好きな男がいるそうだ」

「え？」

父の視線はナイターに向けられたままだ。しかし、何も見えていないようだった。まさかと思う。永遠子の結婚式のために、あんなに嬉々《きき》として協力してくれていたではないか。

「その人と新しい人生を始めたいそうだ。もしかしたら、この家も売ることになるかもしれない。財産分与のこともあるしな」

「そんな……」

「しようと思えば、こちらは慰謝料の請求ができる」

「そんなことじゃなくて、お父さん、それでいいの？　そんなこと、まさか」

「いいも悪いも、出て行ったのはお母さんだ」

父が灰皿に煙草を押しつけると、吸い殻が溢れてテーブルの上に灰が散乱した。父はそれを片付けるでもなく、ただ無気力にテレビを眺めていた。

永遠子はスーツケースを持って実家を出た。両親が離婚するかもしれないなんて考えてもいなかった。確かにそれほど仲がいい方ではなかったが、長く連れ添った夫婦なんてみんなそんなものだろうと思っていた。

父は五十五歳で、母は四十九歳だ。母に好きな男がいるなんて想像もつかなかった。母を母親以外の生き物として見たことがなかった。もう自分は子供ではないつもりだ。それでも嫌悪のような、見捨てられたような、腹立たしさと失望が広がっていった。

世田谷のマンションは、蒸し暑さが部屋に充満していた。永遠子は窓を開け、外の空気を招き入れた。風は重く、汗が首筋や背中をじわりと湿らせてゆく。ハワイの乾いた風とはあまりに違い、座り込んでいると泣きたくなった。

しばらくぼんやりしていると、玄関のドアに鍵が差し込まれる音がした。入って来たのは文彦だ。永遠子を認めて、文彦は困惑の顔をした。

「中野に帰ったんじゃなかったのか」

「文彦こそ、蒲田《かまた》の家じゃなかったの？」

文彦はスーツケースを壁ぎわに置いた。

「妹が子供を連れて戻ってた。俺の部屋もすっかり子供らのものになってた」

「どういうこと？」

「どうやら、俺の留守の間に妹夫婦と同居の話が決まったらしい。やっぱり頼りになるのは娘だってさ、もう俺はいいんだって」

「そう」

「永遠子はどうしたんだ」

少しの間口を噤んだが、結局、正直に話した。

「母が家を出て行ってたわ。父から言われたの、離婚するかもしれないって。あの家も、もしかしたら売ることになるかもしれないって」

部屋の中に座り込んだまま、ふたりはしばらく無言だった。

潮の匂いではなく、排気ガスが混じった風が入って来る。波の音ではなく、クラクションやエンジン音が聞こえて来る。ここはどこだろう。昨日まで自分たちはどこにいたのだろう。頭の中が湿気で錆付《さびっ》いてゆくみたいにギシギシ音をたてている。これが現実なのか。ここが自分たちのいるべき場所なのか。

考えるのは明日にしよう。

そう思った。まずは、疲れた身体と空腹を満たしたい。そうすれば、きっと何かよい考えが浮かぶに違いない。

永遠子は小さく息を吐き、クロスが張り替えられたばかりの白い天井を見上げた。

第二章　祭りのあと

妻が寝ているとホッとする。

布団が柔らかそうに盛り上がっているのを横目で見ながら、文彦は音をたてないよう注意してジャケットを脱いだ。

頭の一部が麻痺《まひ》したようにぼんやりと濁っている。ここのところアルコールの抜けた日がなく、肝臓はもちろん、目の縁や鼻の中、歯茎や舌といった粘膜系の器官まで調子が悪い。

しかし、不思議と気分はいい。何もかもがうまくいっているという実感がある。

今夜、日本でのシェアがナンバー2《ツー》であるS化粧品の宣伝部長、後藤と顔を合わすことができた。その化粧品会社の広告は、以前から業界最大手の広告代理店D社が専属のように仕切っていて、他社が入りこめる余地はなく、どこも最初から匙《さじ》を投げているようなところがあった。あえて、そこに参入しようというのである。

そのために、今までこつこつと下っぱの担当社員をパブやキャバクラの接待で抱き込んできた。そして、少しずつ係長、課長と上を狙い、ようやく実権を握る後藤部長にまでこぎつけたのである。もちろん今回の接待場所は一流料亭、それから銀座の高級クラブだ。

化粧品はテレビCMが大きな仕事となる。しかしそれを取るのが無理だということは、最初からわかっていた。理由はいくつかあるが、何よりうちはその方面に強力なスタッフを持っていない。正直言って、D社の鼻をあかすほどの仕事ができる自信はなかった。しかし雑誌媒体の広告となれば別だ。文彦の顔が利く女性誌は多く、また優秀な制作会社も抱えている。その会社が制作した広告は、どんな業種のものでも、読者アンケートにかけると常にベスト3《スリー》に入る。もちろん、優秀な、という形容詞にはいろんな意味があり、作品はもちろんだが、制作費のバックマージンの融通もつけてくれる、ということもある。

パジャマに着替えたところで、永遠子が布団から半分顔を覗かせ、くぐもった声をだした。

「おかえり」

「あ、悪い、起こしたか」

「お風呂は？」

「朝にする」

「お腹は？」

「へってない。いいから寝てろよ」

文彦は子供をあやすような口調で言って、寝室を出た。永遠子にかける声でいちばん優しいのは、たぶんこの時だ。なまじっか不機嫌な声でも出そうものなら、彼女は勘違いして、わざわざベッドから起きて世話をやこうとする。それを思うと却ってぐったりする。夜遅く帰って来た時くらい放っておいて欲しい。胃薬を飲んで、歯を磨いて、しばらくソファで深夜テレビを眺めて、それからベッドに入る。それくらい自分でできる。自分でした方が気が楽だ。

結婚して一年。

披露宴と新婚旅行を最悪の状態で終え、あの時は、互いに別れてしまおうと思ったはずだったが、こうして今も続いている。正直言えば、実家に戻ろうにも、ふたりともすでに戻る家がなくなってしまった、というのが理由だ。

いろいろあったが、今のところ生活は順調で、別段永遠子に対する不満はない。とにかく仕事が忙しく、新婚当初はそのことで彼女も不平を並べたてていたが、最近ではすっかり慣れて、自分の楽しみを見つける方に神経が向いているようだ。日中はスポーツクラブや習いごとに通い、たまに友人たちと夜に食事にも出掛けているらしい。気楽なもんだ、と呆《あき》れるが、それだけのことをやらせておけば文句を言われずに済むのなら、好きにさせておくに限る。

文彦は冷蔵庫からエビアンのボトルを取り出し、戸棚の胃薬を手にして、ソファに腰を下ろした。

後藤部長の反応は悪くなかった。店の女の子たちと冗談を飛ばし合い、最後まで上機嫌だった。帰りぎわ「いくつかプランを出してみてくれないか」と口にしたセリフが何よりの証拠だ。

契約をとることができれば、社内での自分の評価は一気に上がる。すでに主任の席が視野に入っていた。肩書きなど、大した価値がないことくらいわかっている。地位が上がれば上がるほど守りに入り、錆付いた感覚を平気で晒《さら》している上役連中がいい例だ。しかし、営業上、それは強い味方になる。名刺を受付で渡しても、会ってさえもらえないことがどれほどあるか。次の人事が決定される前に何とか契約が間に合えばいいのだが。それまであと少しだ。もうそこまで来ている。

それにしても、と、文彦はクラブで会った同期の今村を思い出し臍《ほぞ》をかんだ。

今村は、文彦が細心の気遣いで接待している最中、のっそりと店の中に入って来た。そのクラブはうちの社がよく使うので、会うのは仕方ないにしても、連れていたクライアントが問題だった。スポーツシューズメーカーの社長だが、業界の中ではベスト10《テン》にも入っていない中小企業に毛の生えた程度の相手だ。見た目も貧相な親爺《おやじ》で、どうしてそんな取り引き先を、こんな高級な店に連れてくるんだ、という思いと同時に、そのことを後藤部長が知ったら、と焦った。あんなちゃちなクライアントと同じレベルの扱いをされるわけか、などと思われたら俺の立場はどうなる。たとえ今村が契約を取れたとしても、俺のものとはケタが違う。それくらい気が回らないのか。それでもおまえは広告代理店の営業マンか。

今村は間延びした顔と同じように頭の回転が悪く、自分のペースでしか動けない愚鈍な男だ。奴を見ていると、具体的な理由はなくてもつい腹が立ってしまう。ありていに言えば奴が嫌いだった。近所にもクラスにも仲間うちにもああいう奴がひとりはいた。周りをイライラさせ、そのことを本人が気付いていないことがもっとイライラを募らせる。

　しかし、とにかく後藤部長に気付かれることなく、無事に送り出せてホッとした。あとは企画書を作成して、提出するだけだ。

　朝食はトーストとスクランブルエッグ、コーヒーが定番となっている。最近、空腹感というものをあまり感じることのなくなった胃袋には、これだけでも十分すぎるくらいだ。

　朝刊を広げていると頭上から永遠子の声が降ってきた。

「ね、来週の金曜、どんな予定になってる？」

　文彦は新聞を覗き込んだまま答えた。

「確かクライアントの接待が入ってたと思うけど、何かあるのか？」

「もし、構わないなら千賀《ちか》さんと伊豆《いず》の温泉に行きたいんだけど、いいかしら」

　千賀というのは、最近英会話スクールで知り合ったとかいう友人で、互いに子供のない専業主婦という境遇とあって、ここのところよく登場する名前だ。

「温泉ね」

　確か先月も行ったはずだと思い出しながら、文彦は呟いた。

「誘われると、なかなか断れなくて。格安なんですって。駄目なら諦めるけど」

「いいよ、行ってくれば」

あっさり言うと、永遠子ははしゃいだ声をあげた。

「ほんと、よかった」

伊豆の温泉か。格安と言ったって一泊二万とか三万とかするんだろう。両親だって連れていったことはないのに、働いてもいない永遠子がのうのうと湯につかるわけか。

こう言っては何だが、自分は上質の夫の部類に入ると文彦は考えている。年収約六百五十万は、同い年の男に較《くら》べたらかなりいい方だ。振込みなので管理はすべて永遠子に任せ、月に五万の小遣いを受け取っている。本当はもっともらってもいいのだが、経費が落としやすい仕事柄ということもあって、家計にはかなり貢献しているはずだ。夕食はほとんど家で食べないから、食費も手間もかからない。週末に接待ゴルフも麻雀《マージャン》もない時は、ゴロゴロしていたいのを我慢して永遠子を郊外のレストランに連れてゆく。月三回のセックスのノルマも果たしている。

文彦はキッチンに立つ永遠子の後ろ姿に目をやった。ぴったりとヒップを包む黒のパンツにショーツの線が薄く浮かんでいる。ノルマか、と思う。いつからそんなふうに感じるようになったのだろう。結婚したかった理由の中に、誰に遠慮することなく思う存分永遠子とセックスができるというのがあった。なのに一年たったらこうだ。

今だって永遠子はかなりの美人で、少しお洒落をすれば男たちの視線を惹《ひ》き付けるだろう。夫としての所有欲はある。永遠子は自分の妻だ。しかし、オスとしての征服欲はもうない。

永遠子の形のいい胸やすべすべした肌も、性欲を呼び起こさない。

なぜだろう、独身の頃は目にも留めなかった女の子、たとえば少し太っていくらか顔立ちに問題がある子でも、思いがけない瞬間、妻より心を揺さぶられる。永遠子が知れば、たぶん相当自尊心が傷つけられる程度の女としてもだ。

これが慣れというものだろうか。これが生活というものだろうか。

それとも、これが愛なのか。

「よっ、大津ちゃん、ここんとこ稼いでるって評判だね」

日比谷《ひびや》にある会社の近くで、すれ違いざま男に肩を叩かれた。年は四十そこそこで、短い髪に口髭《くちひげ》、丸い眼鏡にイタリアンカジュアルスタイル。こんな男は業界にあまりに多く、誰だったかすぐには思い出せない。それでも、条件反射のように満面に愛想笑いを浮かべた。

「何言ってるんですかぁ、貧乏ヒマなしですよ」

「今度、飲もうよ」

「いいですねえ」

「電話するよ」

「待ってます」

誰だったろう、なんて考えるのはやめにした。重要な人物なら忘れるわけはない。どうせ電話などかかってくるわけがなく、こんなやりとりなど、所詮《しょせん》、どこでも交わされているその場限りの社交辞令だ。

男と別れて、横断歩道の前で立ち止まった。今朝早くにパラッときた雨のせいで、いつもは埃にまみれて白っぽく見える日比谷公園の緑が、痛いくらいの鮮やかさで空に広がっている。ふと、眩暈《めまい》のような、錯覚のような、短い混沌《こんとん》が頭を掠《かす》めた。

俺は何でこんなところにいるんだろう。

小さい頃、口がきけないのではないかと両親を不安がらせたほど、人みしりが激しかったという。確かに人と顔を合わせるのが苦手で、近所や親戚の誰かと会うと、隠れるように親の後ろにぴたりとくっついていた。当然、学校に入ってもなかなか集団生活に馴染《なじ》めず、ひとり部屋にこもって、本やマンガを読んだり、プラモデルを作ったりして過ごした。しかし、それを文彦自身は特別苦痛に感じていたわけではなく、むしろその方が、存分に自分の空想に浸ることができて楽しかった。

信号はまだ赤だ。向こう側には自分と同じようなスーツを着たサラリーマンたちが行儀よく並んでいる。

今は誰と会っても平気だ。初対面でも緊張したり、物怖《ものお》じするようなことはない。ましてやクライアントの機嫌をとるためなら何でもする。腰が折れるほど頭を下げることも、歯が浮くようなセリフを大真面目《まじめ》に言うことも気にならない。そんなことぐらいで自尊心が傷つくはずもない。

信号が変わった。瞬時に足が前に出た。

誰かに後れをとるのは嫌だった。どんな時でもだ。文彦は心持ち歩幅を広くして、胸を反らした。

あの子供の頃の延長上に、本当に今、自分は立っているのだろうか。

後藤部長は先日のクラブを今度は自分から指定してきた。どうやら隣についたホステスのユリをいたく気に入ったらしい。

ユリは童顔で小柄な身体に似合わぬ大きな胸をしている。当然だが、それを強調するようにいつもぴったりした服を着ていて、男たちの視線と下心を存分に刺激している。

彼女は昼間は普通のOLをし、夜にアルバイトで店に出ていると言った。「海外に留学したいの」という、こんなアルバイトをしている女の子の八割が言うのと同じ理由を、ユリも平然と挙げた。年は二十二と本人は言っているが、まあ、年なんかどうでもいい。

九時過ぎに店に入り、結局、看板までいた。それから、ユリを含めて席に着いていた女の子たち三人を引き連れて寿司屋に出掛けた。後藤は上機嫌に酔っていて、ユリにあからさまなアプローチをかけている。

しかし、女の子たちの連携プレーは見事なもので、うまく冗談や笑顔でかわし、無邪気に寿司を頬張っている。小一時間もすると、冷酒を頼む後藤の様子に苛立《いらだ》ちが加わってきた。まずいな、と思った。文彦は洗面所に行く振りをして席を立ち、ユリを呼び寄せた。

「なあに？」

ユリが大きな胸を揺らしながら近付いて来た。

「今から時間ある？」

「あら、嬉しい。大津ちゃん、家まで送ってくれるの？」

「いや、僕じゃなくてさ」

ユリの眉が一瞬動いた。

「後藤さんが、ユリちゃんのことすごく気に入ってるのはわかってるよね」

「まあね。でも、わかってるからどうだっていうの？」

「できたら、もうちょっと優しくしてあげて欲しいんだ」

「お客さまには誠心誠意、優しく接してるつもりだけど」

「だから、もうちょっと」

「寝ろって言ってるの？」

ストレートな言葉が返って来て、少し慌てた。

「いや、そういうわけじゃないさ。ただ、後藤さんは僕にとってものすごく大切なクライアントなんだ。僕の将来がかかってるようなね。だから、できたらユリちゃんにも力になって欲しいんだ」

「つまり、大津ちゃんの将来のために、寝ろって言うのね」

「だからさ、そういうことを言っているんじゃなくて、何て言うのかな、うーん、ね、頼むよ、わかってくれよ」

「後藤さんはS化粧品の宣伝部長だ。ユリちゃんだって、個人的に仲良くなっておいて損はないと思うよ。これから先、きっといいお客さんになってくれる」

「私はバイトだから、どれだけ店に通ってもらっても、お給料には関係ないの」

「ユリちゃんの欲しいもの、いろいろ買ってくれるよ。もしかしたら、留学の相談にだって親身に乗ってくれるかもしれない」

これ以上、どう言葉を使えばよいかわからなかった。文彦は胸ポケットの財布から無造作に一万円札を引き抜き、ユリの手の中に押し込んだ。ユリが何か言おうとしたが、それに言葉を重ねた。

「別に意味はないんだ。とりあえず、タクシー代みたいなもん。後のことは、すべてユリちゃんの気持ちに任せるから」

ユリは浅く息を吐き出すと、アイラインで黒く縁取られた目で文彦を見上げた。

「大津ちゃんの神経、わからないわ」

「え?」

「自分が寝た女に、よくそんな人身御供《ひとみごくう》みたいなことさせられるわね」

ユリとは何度か寝たことがある。現金は介入していないが、その度に食事を奢《おご》ったり、ちょっとしたアクセサリーを買ってやったりした。面倒な関係ではなく、それに見合った快楽を分かち合うだけの気楽な付き合いだ。言葉を探していると、ユリがその童顔に似合わぬ、ふてぶてしい笑みを向けた。

「大津ちゃんさ、いい大学出てるんでしょう。勤めてる会社だって一流じゃない。そんな人が、こんなやり手婆《てばば》あみたいなことやって、自分がイヤにならない？」

一瞬、こめかみ辺りの血管がきゅっと縮まった。

おまえのような女に説教される筋合いはない。

怒りを返そうとしたが、すぐに思い直した。ここでユリの機嫌を損ねたら却って面倒になるだけだ。

「参ったな、そんな意地悪言わないで、僕を助けると思って頼むよ」

顔の前で手を合わせる。たかがホステスごときに自分は何をしているんだ。会社員としても、男としても、自分は一目置かれている。おまえなんかと対等に口をきいてやっているだけでも有り難いと思え。しかし、これも仕事のうちだ。クライアントを抱き込む営業の手法だ。頭を下げているのはユリではなく、その向こうの後藤であり、さらにその先の契約だ。

ユリはしばらく文彦を見据えていたが、やがていつもの彼女らしい笑みを浮かべた。それから、肩にかかった長い髪を指先で払い、札を胸の谷間に押し込んだ。

「わかったわ」

席に戻ったユリは、後藤部長の肩にしなだれかかって鼻にかかった声を出した。

「私すっかり酔っ払っちゃった。後藤さん、送ってくれますかぁ」

後藤がみっともないくらい相好を崩す。

「しょうがないなぁ。じゃあ、送ってやるとするか」

後藤がそそくさと立ち上がる。それに従いながら、ユリは残った女の子たちに片目をつぶる。女の子たちはすっかり承知していて、指先をひらひらさせて送り出す。最後にユリは、ちらりと蔑《さげす》むような視線を文彦に投げつけた。

久しぶりに悪酔いしてしまった。

タクシーの中では何とかこらえたが、家に戻ったとたんトイレに駆け込んだ。それで少しは楽になったが、胃が内側からせり上がってくるような感覚が断続的に襲ってくる。気分もひどいものだった。それが酒のせいばかりではない、ということは認めたくなかった。

永遠子は今夜、温泉だ。いい気なもんだと呟きながら、いないことにホッとしている。明日の土曜は、気が済むまでだらだら寝てやろう。しかし、その前に胃薬だ。それを飲もうとソファから起き上がると、留守番電話のランプが点滅しているのに気がついた。文彦は再生ボタンを押した。

「私」

永遠子ではない女の声がした。

「別に用事はないんだけど、今夜もウチのダンナ様は遅くて、ヒマだったから電話してみました。この間、代官山に感じのいいオープンカフェを見つけたの。今度ランチしましょうよ。じゃあまた電話します」

遊ぶ約束ばっかりだな、と思いながらキッチンに入った。冷蔵庫からエビアンのボトルを取り出し、胃薬を飲み下す。舌先に、飲み残された薬の顆粒《かりゅう》がくっつき、文彦は顔をしかめて、もう一度エビアンを口にした。

それから、ふと首を傾《かし》げて電話を振り返った。

＊

長い階段は息が切れた。

海に向く斜面に建てられたこの温泉旅館は、風呂に行き着くまで長い階段を下りるのが特色だった。下りはいいにしても、上るのはさすがにこたえる。湯につかった後となると尚《なお》さらで、階段の途中、赤い毛氈《もうせん》を敷いた腰掛けに、年寄りくさいと思いながらも、永遠子は腰を下ろして息をついた。

田崎と温泉に来るのは二度目になる。前も高級宿だった。最近、部屋数を大して持たない宿がブームで、行き届いたサービスと豪華な設備、それから料亭にひけをとらない料理を出すというのが特徴になっていた。客層を選ぶために、紹介者を通しての予約しか受け付けず、そうなれば料金は相当のものだが、そんなことはいっさい気にする必要はない。具体的な稼ぎは知らないが、証券会社で、フリーのディーラーをやっている田崎の収入が相当のものだということは、彼の持ち物や連れて行かれる場所でわかっていた。それでも彼はまだ三十五歳だ。

温泉で温まった身体に、うっすらと汗が滲《にじ》んでゆく。バレッタで留めた髪が首筋に落ちて、永遠子は指に絡めてかきあげる。オーデコロンなどつけない。女の汗の匂いが男を刺激する大切なものを含んでいるということはすでに知っていた。しかし、それは男にであって夫にではない、ということも知るようになっていた。

文彦の前で、自分が女であることの意識が希薄《きはく》になり始めたのはいつからだろう。もともと最悪の状態でスタートした結婚生活だったが、曲がりなりにも夫婦となった以上、この一年、永遠子なりに努力して来たつもりだった。互いの身体にもまだ知り尽くしてない部分をたくさん残しているはずなのに、文彦の興味はすでに自分から遠のいていた。美しく装ったり、化粧に気を遣って彼を待っても、文彦の帰りは毎日あまりに遅い。凝った手料理や、居心地のよい部屋を用意しても、文彦は疲れ果てて楽しむ余裕もなかった。彼の気を惹こうとしても、結局その倍の落胆を味わわなければならず、しかし、いちばん落胆するのは、そんな疲れ果てる毎日を、文彦が何より楽しんでいるということだった。

たとえ義務のようなセックスでも、それしか方法を持たなかった時の永遠子は、してもらうために女を演出したこともある。透けるネグリジェやレースの下着を買い揃《そろ》え、文彦の手が伸びてくるのを布団の中で待った。けれども、大抵その期待は気楽な寝息に砕かれた。してもらう、などと卑下した言い方をしなければならない自分が情けなかった。

結婚前、文彦の目はいつも欲情に眩《くら》んでいた。そうして永遠子のブラウスやスカートの中を狙っていた。何十年も前の話じゃない。結婚してまだ一年だ。

夫以外の男と関係を持つ、ということに躊躇《ためらい》がなかったわけではない。永遠子にもそれなりの倫理というものがある。けれども、それは文彦が夫としての役目を果たしている上に成り立つ倫理だ。退屈なら習いごとを始めればいい、寂しいなら友達と会えばいい、と文彦は言った。つまり文彦が満たせないものは代わりを探せ、と言ったのである。その延長上に、セックスがしたければ相手を見つければいい、ということがあると今の永遠子は解釈している。

田崎とは、スポーツクラブのティルームで初めて顔を合わせた。クラブで知り合った六十過ぎの裕福な企業家夫人と口をきくようになり、「今の時代、株をやらないなんて馬鹿よ」と、彼女の家に出入りしていたディーラーを紹介された。

確かに、銀行預金の利息なんて比較にならず、株の利回りは30パーセント、40パーセントというような驚異的な数字が飛び出してくる。だからといって、永遠子に運用できるようなまとまった金などあるはずがなかった。

「株だからって大げさに考えることないの。お小遣いを稼ぐくらいの気持ちでやればいいのよ。私の知り合いで、百万の元手でベンツを手に入れた人がいるわ。あなた、マンションのローンがあるって言ってたわね。若いんだもの、あって当たり前。でも返すにしても頭を使わなきゃ。ローンの利子と、株の利益のバランスよ。田崎さんに相談してみるといいわ、きっといい知恵を貸してくれるわ」

初めて会った時、田崎は大学の先生のような印象があった。フレームのない眼鏡と、仕立てのいいスーツ、糊《のり》のきいた清潔なワイシャツが彼の英邁《えいまい》さを物語っているようだった。ローレックスの腕時計やエルメスのブリーフケースなど、少し嫌味なほどの高級なブランド製品も、彼を胡散《うさん》臭く見せることはなかった。

「株に興味をお持ちですか？」

田崎の質問に「少し」と答えた。それから、「大したお金は用意できないんです」と、続けた。

「失礼ですけど、もしできるとしたらいかほど」

おずおずと、たぶん夫人が取り引きしているであろう金額とは桁《けた》の違う数字を口にした。

「五十万ぐらいなら」

しかし田崎は小馬鹿にするようなこともなく、奥二重の目を真っすぐに向けた。

「もし、大切なご資金を任せて下さるなら、必ず、ご期待に添えると思います」

決して強引に勧誘しないところに好感を持った。紹介者の企業家夫人も身元はしっかりしている。夫人によると、田崎は他にも何人もの、名前を出せば誰でも知っているような上得意を抱えているという。迷った末、積み立てしていた定期を解約して、五十万を投資した。もちろん文彦には内緒の金だ。

驚いたのは、一週間後に口座に七万の入金があったことだ。たかだか五十万の資金で、それもたった一週間で、それほど儲かるとは考えてもいなかった。そのことを電話で伝えると、田崎は自信に満ちた笑いを返した。

「必ずご期待に添うと申し上げたでしょう」

それから徐々に、住宅ローンの支払いを除いて、銀行に預けていたものや毎月の給料の預金分を田崎に回していった。利益は確実に上がっていき、永遠子はそれでずっと欲しかったケリーバッグを買った。

「いいのかしら、こんなに儲けさせてもらって」

それに対して、田崎はこともなげに答えた。

「当然の利益です」

「みなさんも、こんなに？」

「いや」

田崎は少し言葉に間を置いた。

「内緒ですよ、絶対」

「ええ」

「一般顧客には公開しない、仲間うちだけの情報があるんです。本当はいけないことなのだけど、あなたの資金はそれで運用してるんです」

「私だけ？」

「あなたは特別だから」

そんな言葉を向けられるのはどれくらいぶりだろう。田崎が自分に顧客という以上の興味を抱いている、ということは薄々感じていた。そして、永遠子も田崎に惹かれるものがあった。それを互いに確認し合えば、話は簡単だった。

初めて田崎とふたりきりで食事をしたのは、芝《しば》のホテルにあるガーデンテラスでのランチである。芝生に降り注ぐ健康的な初夏の日差しを背景にしていると、自分の枯渇した身体の中が透けて見えてしまいそうで、永遠子は何度もミネラルウォーターのグラスに手を伸ばさなければならなかった。

株の話はしなかった。何を話したのかよく覚えていない。ただ、話していることがひどくもどかしかったことだけはよく覚えている。

田崎と寝てしまうと、大げさに考えていた自分に拍子抜けしてしまった。寝るなんて簡単なことだった。後悔も痛みも、ましてや良心の呵責《かしやく》など何もなかった。もしかして彼は六十歳を過ぎたあの企業家夫人とも寝たのだろうか、と想像したが、不思議なことにそれほど嫌悪感は湧かなかった。

時には、まだ身体の奥に異物感を抱きながら、文彦を玄関に出迎えた。そんな時、永遠子は自分を相当の女かもしれないと思う。

結婚前は独身を堪能して、贅沢に遊び回ったような気がしていたが、田崎と会ってから永遠子はそれが子供騙《だま》しだったことを知った。田崎は看板も出ていない店を何軒も知っていて、そういう場所には芸能人や文化人、財界人、政治家などの顔が見られた。驚いたことに、そういった相手とも田崎は時折、言葉を交わすのだった。

「すごいわ、あの人と知り合いなの？」

「ビジネスさ」

と、こともなげに言う田崎を、永遠子は陶然と眺める。ほんの少し残っていた文彦に対する後ろめたさも、田崎との逢瀬《おうせ》が贅沢であればあるほど、きれいに払拭《ふっしょく》されてゆく。今、永遠子にとって田崎はどうしようもなく必要な男だ。愚かなのめり込み方はしていないつもりだが、文彦と穏やかな生活を続けられるのも、彼のおかげと言っていい。


旅館自慢の豪華な食事を終えて、永遠子は田崎と布団に入る。長いキスから夜は始まる。田崎は永遠子のセックスに対する意識も変えた。快楽は共有するものだ。与えなければ、与えられない。愛情がなければできるはずがないと思っていた行為も、永遠子は田崎にはいともたやすくすることができる。そうすれば、その何倍もの快楽を田崎から奪い取れる。

田崎が浴衣《ゆかた》の腰ひもを手にする。永遠子は薄く目を開けてそれを眺める。田崎の望むことはすべて受け入れる。駆け引きなどない。それは恋に必要でも、セックスには無用なものだ。性器の擦《こす》れ合う淫猥《いんわい》な音が波の音に絡まってゆく。自分の声が長く糸を引きながらのぼりつめてゆく。

夜が深まってゆく。


午後にはマンションに戻った。

文彦がジャージ姿のままソファにだらしなく寝そべって、ゴルフ番組を観ている。

「ただいま」

「ああ、おかえり」

どうでもいいような文彦の返事を聞きながら、寝室で着替えを済ました。居間に戻って来ても、文彦はそのままの姿勢だ。

「おみやげのお饅頭《まんじゅう》があるの。お茶にするね」

「コーヒーがいいな」

「どうしたの、元気ないみたい。二日酔い？」

「ゆうべ、何だか悪酔いしてさ」

「大丈夫？　薬飲んだ？」

「ああ」

優しい言葉をかける自分に満足しながら、永遠子はキッチンに入ってコーヒーメーカーをセットした。

「そういえば留守電入ってたぞ」

「そう？」

キッチンから出て電話の前に立つ。再生ボタンを押して、ひやりとした。千賀の声だ。一瞬、文彦に目をやったが、名乗っているわけじゃない。わかりっこない。聞き終えてから消去ボタンを押した。

「スポーツクラブの友達だったわ」

少し心臓がドキドキしている。コーヒーメーカーがぽこぽこと音をたて始めた。永遠子はそれをふたつのカップに注いでソファに近付いた。

「サンキュ」

差し出すカップを文彦が受け取る。永遠子はソファに腰を下ろし、饅頭の箱を広げた。文彦は手を出さない。永遠子はひとつを口にする。ちらりと文彦が目を向ける。

「どうだった、温泉？」

「まあまあかな。期待したほどじゃなかったけど」

「千賀さんとふたりだけ？」

「そう。旅館の中で女同士の泊まり客って私たちだけだったから、周りから変な目で見られちゃった。レズじゃないか、なんて思った人もいたんじゃないかしら。でもお風呂がよかった。建物の下の方にあって、延々と階段を下りなくちゃならないんだけど、海がすぐ近くで、波の音を聞きながら浸かっていられるの」

嘘をつく時、人は饒舌《じょうぜつ》になるというがその通りだ。

「ねえ、今度一緒に行きましょうよ。文彦もきっと気に入るわ」

「ああ」

「週末は予約でいっぱいらしいけど、ウィークデイなら大丈夫みたいよ」

永遠子はサービス満点のはしゃいだ声を上げた。行けるはずがないことは百も承知だ。承知しているからこそ言っているのだ。そのしらじらしさにさえ気付かず、文彦はテレビから目を離そうとしない。そんな文彦に、一瞬、殺意にすら似たものを抱いている自分に、永遠子はふと気がついた。

「それはまずいことしちゃったわね」

千賀がランチのトマトリゾットを口に運びながら、いくらか楽しそうに言った。電話で言っていた代官山の店だ。

「そうよ、しばらく心臓のドキドキが止まらなかったわ」

永遠子はフォークにパスタを絡ませた。

「疑ってた?」

「全然。あの人にそんな関心があれば事態はこうはなってないわ」

「そのディーラーとうまくいってるんでしょう。それに、株でも結構儲けさせてもらってるなんて、色と欲の両手に花ね」

「よしてよ、そんな言い方。でも確かに悪くないわ。恋人としては、かなり質のいい男だと思ってる」

「独身?」

「バツイチだって、本人は言ってるわ」

「いいじゃないの。女は結婚してても男が独身であること。情事はそれでこそバランスがとれるのよ」

彼女の身勝手だが的を射ている論理につい笑ってしまう。

「千賀はどうなのよ、学生時代の焼けぼっくい男とどうなってるの」

ふふ、と千賀は小さく含み笑いをし、リゾットをスプーンでこねくり回した。

「何かあったの？」

「どうして？」

「あったのね」

「ちょっとね」

そして、千賀は少しもったいぶったように付け加えた。

「彼、結婚して欲しいって言ってるわ」

永遠子はフォークの手を止めて千賀を見直した。

「本気なの？」

「みたい」

「それって千賀はどうなのよ」

千賀は宙を眺める。

「それも悪くないかなぁって」

「ご主人と別れるの？」

「気持ちはお互いもうすっかり冷めちゃってるしね。子供もいないし、今なら踏ん切りもつけやすいでしょう」

「やだ、本当に本気なんだ」

「こんな展開になるなんて、自分でもびっくりなんだけどね」

「こんなこと言っちゃ失礼だけど、結婚しても、サラリーマンの彼に今みたいな生活は期待できないと思うわよ」

「今みたいな生活って、買物して、習いごとして、遊び回って、恋人作って、結局、暇な時間をお金を使って消費してゆくだけの生活でしょう。そんなもの、もううんざりよ」

永遠子は黙った。千賀は自由が丘に一戸建てを持っている。夫は建築関係の会社を経営していて、世に言う青年実業家だ。使える金の額も永遠子とは比較にならない。頭をからっぽにして今の贅沢を存分に味わっているとばかり思っていた彼女に、そんな殊勝な気持ちがあるとは意外だった。

「ねえ、どうして永遠子は離婚しないの?」

永遠子はパスタを口に運んだ。けれど、それはすっかり冷めて、オリーブオイルの匂いがいくらか鼻についた。

「別れる理由がないわ」

「それは、結局のところ、今の生活に満足してるってこと?」

「違うわ。でも、何が違うのと聞かれても、きっとうまく答えられないから聞かないで。今の私は、すべて文彦の妻という前提のもとに成り立ってるの。正直言って、そうでなくなった自分なんて想像がつかないのよ」

「妻の座が一種のステイタスってこと？」

「かもしれない」

「それを他人は幸せって呼ぶんじゃないの？」

「もしかしたら、他人はね」

千賀と別れて自宅に向かった。蛇崩川緑道《じゃくずれがわりょくどう》の木々が真夏の日差しを浴びて瑞々《みずみず》しい葉を茂らせている。中古の赤いアウディのハンドルを手にしながら、永遠子は話の続きを考えていた。

あの時、別れておけばよかったのだろうか。

もう永遠子に興味を持とうとしない文彦と、これからも同じ生活を重ねてゆくことを考えると、果てしないため息がもれてしまう。まだ自分は若い。短いスカートや、身体の線がくっきり浮かぶニットを着る自信もある。その気になれば、田崎ばかりでなく、自分に欲望を感じる男たちはまだまだいるはずだ。

けれども、いつまでも女でありたいという思いはあっても、いつも女でいなければならないと考えると、それはそれで憂鬱なのだった。結婚前、男の目に自分が女としてどう映っているか、常に意識の中から消えなかった。そのことにいくらか嫌悪を感じながらも、化粧や服の判断基準になっていたのは確かだ。しかし、家に帰れば娘になれた。女なんてものは、ストッキングと一緒に脱ぎ捨てて洗濯機の中に放りこんだ。あの時のほっとした感じが、今の文彦との生活にある。女でいたいなら田崎と会えばいい。そのためにわざわざ文彦と離婚して、妻という安息の座を手放すにはやはりまだ躊躇《ちゅうちょ》がある。

九月に入って、めずらしく互いの実家を訪問した。

しかし、蒲田の文彦の家では同居している妹夫婦とその子供たちの騒々《そうぞう》しさに辟易《へきえき》し、ぐったりして帰ってきた。中野の永遠子の実家を訪れると、知らない女性客がいてびっくりした。母親がこの家を出ていってから、すっかり偏屈になっていた父が、ひどくそわそわした様子で女性を紹介した。

「ダンスサークルで知り合ってね」

どうということのない中年の女だ。化粧気もあまりなく、服はこざっぱりとはしているが大したものではない。水商売ぽさもなく、キャリアウーマンふうでもなかった。そのどうということのなさに、永遠子は動揺していた。あの堅物《かたぶつ》の父が、いつのまにかダンスなどをやっていたということも驚きだった。

父はあの人と再婚するつもりだろうか。五十代も半ばを過ぎたが、人生にはまだ残り多い時間がある。ひとり娘の自分が、将来、面倒を見なければならないと覚悟していた分、何だか拍子抜けしていた。

翌週、田崎と会った。文彦と、互いにあまり気は乗らないがそれをしないと夫婦としての格好がつかないようなセックスをしていたので、田崎に抱かれるのが待ち遠しかった。

たっぷりと時間をかけた午後の情事を楽しみ、ベッドにうっぷしていると、電話をかけていた田崎が戻ってきた。彼はひどく上機嫌な顔をしていた。

「どうしたの？」

「完璧に僕の予想通りだ。この間君に紹介した株、上がったよ」

田崎はベッドの端に腰を下ろし、永遠子の肩先に唇を当てた。

一時期、三万八千円を超えた株価は、それを境に右下がりを続けていた。特に今年四月、三万円を切る落ち込み方をした。田崎に資金を回す時、そのことで永遠子は迷ったが、彼はこともなげに言った。

「あの四月の下落は、すべてアメリカ株価の影響なんだ。日本はいつだってアメリカに追従している国だからね。アメリカが駄目なら日本も駄目に決まっている、という発想を誰もが持っている。だから慌ててみんな株を手放した。売り手が増えれば、当然、株価は下がる。しかし、だ。今の日本に不景気になる要素はひとつもない。周りを見てみるといい。どこにそんな材料がある。それよりも、株を売った今、みんなイヤというほど金を持つことになった。その金をどこに回すというんだ。銀行か、タンス預金か。違う。結局また株を買うのさ。そうするのが、いちばん賢い運用だってことがわかっているからだ。そうすれば、すぐまた株価は上がる。わかるかい、こういう時こそ買い増やす絶好のチャンスなんだ。君は何も心配せず、すべて僕に任せておけばいい」

田崎の言う通りだった。下がった株価はすぐに回復の兆しを見せた。永遠子はすでに、田崎の勧める都市銀行株に、夏のボーナスの大半を投資していた。

「ねえ、あの株はどれくらいまで上がる？」

尋ねる永遠子に、田崎はきっぱりと言った。

「千三百円は超える」

「ほんとに？　買った時の倍以上よ」

「景気はもっと上昇する。平均株価も四万はいく」

「まさか」

「僕が今まで読みを間違えたことがあるかい？」

田崎が自信に満ちた目を向ける。永遠子の服を脱がす時の猥雑《わいざつ》な目も好きだが、こういう時の田崎はまるで伝道師のような敬虔《けいけん》さがある。永遠子は蒙昧《もうまい》な信者になったかのように彼をうっとりと見上げた。


たゆとうように日々を過ごした。

昨日と今日の境目がはっきりしない、穏やかでぼんやりとした、それでいて耳の奥に小さな虫が入り込んだようなどこか苛立ちに似た思いを抱えながら、永遠子は季節を過ぎやった。

そして、唐突にその日はやってきた。

＊

社内にも株に手を出していた奴が相当いたらしい。

そのことにまず文彦は驚いた。残業だ接待だと忙しく飛び回る毎日に、よくそんなことをする余裕があったものだと思う。

自己資金のみで運用していた奴はまだいい。どれだけ下がってもいくらかは手元に残る。しかし借入金で動かしていた奴らはすっかり色を失っていた。結局は大きな借金を抱えることになる。目の前の先輩社員がいい例で、暴落の日から仕事にまったく身が入らず、デスクでしょっちゅうこそこそと電話をしている。切れ切れにしか聞こえないが、金の工面《くめん》に必死らしい。日に日に、表情に鬼気迫るものが漂い始めている。

株の暴落というものが、どれほど大変なことかは理屈ではわかっている。新聞でもニュースでも大騒ぎだ。しかし、実感としてはうまく摑《つか》めなかった。何しろ初めての経験で、自身で株をやったこともない文彦には、所詮は数字の上だけのことのような気がした。実際、今のところ仕事に影響が出ているわけでもない。S化粧品との雑誌広告の企画は順調に進んでいるし、新たに家電メーカーの広告も取れそうな状況だ。

「大津さん、三番外線です」

事務の女の子に言われて、受話器を取り上げた。そのS化粧品の後藤部長だった。

「決まったよ、正式な契約は来週になるが、例の広告、君のところでやってもらうことにした」

「本当ですか。ありがとうございます。よろしくお願いします」

文彦は思わず立ち上がって、受話器を持ったまま深々と頭を下げた。決まれば一千五百万、いや一千八百万の仕事になる。

「それでだ、制作に関してひとつだけ注文があるんだ」

「はい、何でしょうか」

広告の仕事は注文の積み重ねだ。クライアントの声は天の声とも言える。

「カメラマンをうちで指定したい」

「こちらの用意するカメラマンではご不満でしたか」

「まあ、はっきり言えばそうだ。化粧品は何よりビジュアルが成功の鍵を握るからね」

「では、どちらの」

「時折、うちの製品のパッケージやポスターなどを撮ってくれている人なんだが」

と、後藤はこの世界では有名なカメラマンの名を挙げた。もちろん彼なら文句はない。参加してもらえるなんてむしろ光栄なくらいだ。しかし、すぐに予算のことを思った。彼のギャラを考えると、相当オーバーすることになる。

「どうだろう」

「願ってもない話です。ただ」

「ああ、わかってる、彼のギャラだろう。その件は心配しなくていい。制作費の方はそれに見合った分だけ上乗せするつもりでいる」

ホッとした。どの世界でも同じだが、金銭面でのトラブルが、仕事の進行に支障をきたすことがほとんどだ。

「ありがとうございます」

「それでだ、彼のスケジュールを押さえる意味もあって、先に二百万を振り込んで欲しいんだ。後で手数料を上乗せして、請求書をこっちに回してくれればいい。とにかく、仮払いということで頼みたいんだが、どうだろう」

「もちろん大丈夫です。すぐ処理します」

「じゃあ口座番号を言うよ」

文彦はそれをメモに書き記した。

「楽しみにしてるよ、どんな広告ができあがるか」

「期待していてください。僕も俄然《がぜん》、やる気がでてきました」

電話を切って、文彦はすぐに仮払い伝票に金額を書き込み、課長の席に向かった。金額の大きさに課長は少し驚いたように、上目遣いに文彦を見た。

「決まったのか」

「正式な契約は来週です。でも、先程、先方の部長から直《じか》に内諾をもらいました」

「そうか、やったな」

課長はもう一度伝票に目を落とし、S化粧品の名を確認するように眺めた。何しろ、最近ではいちばん大きな仕事である。肩書きばかりの上司たちを養っているのは結局下っぱの自分たちではないか。そう思いながら、文彦は胸を張って課長が承認印を捺《お》すのを眺めた。

翌週、後藤部長からの連絡はなく、文彦の方から電話を入れると、しばらく休暇を取って休んでいるとのことだった。

代わりの担当社員を呼んでもらって、契約のことを尋ねたが、うまく話が通じていないのか、歯切れの悪い返事があるばかりだ。

「その件については、部長の休みが明けるまで待ってもらえませんか。今のところ、僕らレベルではどうしようもないんです」

「参ったな。部長はいつ頃お戻りですか」

「たぶん四、五日といったところだと思うんですけど」

「わかりました。じゃあ、こちらはいつでも正式契約できるようスタンバイしていますから。連絡をお待ちしています」

そうして、電話がかかってきたのは、後藤部長からではなくユリからだった。

「大津ちゃん、後藤の居場所を教えてよ」

いきなり乱暴な口調でユリが突っ掛かってきた。

「何だよ、知らないよ」

「知らないですって？　それで済むと思ってるの。後藤を私に押しつけたのは大津ちゃんじゃない、責任とってよ」

ユリが甲高《かんだか》い声で叫ぶ。

「何を興奮してるんだよ。いくら何でも後藤さんの休暇のことまで僕は知らないよ」

「やだ、本当に何も知らないの？」

「当たり前だろ」

「言っておくけど、休暇なんかじゃないわよ」

「え？」

「もしかしてお金、やられちゃった？」

ユリの言っている意味が理解できず、文彦は「はぁ？」と間抜けた声を出した。

「だから、前払いとか仮払いとか立て替えとか融通とか、とにかくそんなこと言われて、お金出したかって聞いてるの」

黙っていると、電話の向こうでため息がもれた。

「ああ、大津ちゃんもやられちゃったんだ」

「いったい何があったんだ」

自分の声が強張るのを感じながら文彦は尋ねた。

「後藤、この間の株の大暴落で大損しちゃったのよ。あちこちから借り入れて投資していたのが、かなりの借金になってね、それで追い詰められて、結局、集められるだけ金を集めて持ち逃げしたの。取り引き先からも相当ふんだくったみたいよ。もちろん、会社のお金もかなり使い込んでたんですって」

すっと身体が冷たくなった。

「うちにも、いろんなところから脅しみたいな電話が入ってくるの。後藤の居場所を教えろって。そりゃあ、いろいろ買ってもらったわよ。でも、大したもんじゃないわ。男が女にプレゼントして、気持ちよくなれる程度のものよ。どうしてそのくらいで、まるで共犯者みたいに言われなきゃいけないのよ。もう、うんざり。大津ちゃん、どうにかしてよ。あんな人を押しつけて、私、恨むからね」

電話を切って、しばらくデスクに座ったままじっとしていた。頭の中でさまざまなことが、リモコンの壊れたテレビ画面みたいに入り乱れた。

もちろん、最初に考えたのはカメラマンの口座に振り込んだあの二百万のことだ。まさかと思った。あれは正式な仕事上での仮払いで、契約さえ済めばS化粧品に請求できる金だ。振込みの控えもある。しかし、あれは本当にカメラマンの口座番号だろうか。文彦はすぐに電話に手を伸ばした。カメラマンの事務所に連絡を入れると、答えは呆気《あっけ》ないものだった。

知らない、聞いてない、受け取ってない。

ただ呆然《ぼうぜん》とした。ユリの言った通り、本当にやられてしまったのか。

絶望しかかった自分を立ち直らせるために、こめかみが痛くなるほど考えた。たとえ後藤部長がいなくなったとしても、S化粧品との仕事はできる。契約さえ成立すれば、うまく予算をやりくりしたり、制作からバックマージンを取ったり、接待費を水増ししたりして、二百万くらいの金は何とかごまかせる。そうだ、そのためにもとにかく契約だ。正式な契約を交わしさえすれば、すべてはうまくいく。

しかしその期待も、翌日、呆気なく打ち砕かれた。

「待ってください」

文彦は後藤部長の代理となって対応に出てきた前田課長に食い下がった。この課長も小料理屋やらキャバクラやらで散々接待した。断られてたまるか、という思いがあった。

「お願いしますよ、もう準備は始めてるんです。今さらそんなこと言わないでください。きっといいものを作ってみせますから、頼みます」

前田課長が声をひそめた。

「そんなこと言われても、おたくとの契約の話なんて、こっちは聞いてないわけだし、あの企画はもう別のところに決まっちゃってるし、とにかく、どうしようもないんだから」

カメラマンに振り込んだ金の話など、聞き入れてもらえるはずもなかった。実際、まったく違う誰かの口座、それは後藤のに他ならないが、に入金しているのである。振込みの控えなど、紙屑《かみくず》でしかない。

とにかく二百万を何とかしなければならない。文彦は思案した。契約が白紙に戻ったことを上司に報告すると同時に、速やかに経理に戻さなければならない。もし、返さなかったら会社にその分の損害を与えることになる。もしかしたら、後藤に騙されたことを訴えれば免除されるかもしれないが、仕事がキャンセルになったことでさえマイナスなのに、損金となればその時点で、無能のレッテルを貼られてしまう。そうなれば、上を目指すのはもう無理だ。二百万。大金だ。しかし、それくらいなら何とかならない金でもない。

その日、文彦は早くにマンションに戻った。七時を少し過ぎたところだが、家の中は真っ暗でスイッチを探すのにイライラした。永遠子は外出しているらしい。

ここのところ永遠子はいつもぼんやりして、何を言ってもうわの空のようなところがある。夫がたいへんな時にまったくいい気なもんだ、とひとりごちながら寝室に入った。貯金がどのくらいあるか、全然知らなかった。すべて永遠子に任せきりで、通帳がどこにあるのかさえもわからず、ドレッサーやチェストの引き出しを次々と開けていった。

ふと、手が止まった。そこは永遠子の下着が入っている引き出しだった。文彦は指先でその中の一枚をつまみ上げた。赤い透ける下着だった。それだけじゃない、黒や金や豹柄《ひょうがら》という、きわどい色やデザインの下着が、奥の方から現われた。

ドアが開く気配を感じて振り返ると、永遠子が立っていた。慌てて下着を引き出しに突っ込んだ。

「通帳はどこだ、預金通帳だよ。さっきから探しているのに見つからないんだ」

永遠子は黙って、クローゼットの中にある作り付けの棚から小振りのバッグを手にし、中から通帳を取り出した。

「何だ、そんなところにあったのか」

しかし、どの通帳を開いても、数万の残高しかない。

「これだけってことはないよな。定期積み立てしていただろ。あれはどうなってる」

「ないわ」

「ないって、どういうことだよ」

永遠子はのろのろした動作で、その小振りのバッグから何枚かの証書のようなものを取り出した。

「みんなこれに換えたの」

文彦はその渡されたものが証券預り証だと確認すると、思わず顔を上げた。

「永遠子、おまえ」

「私だけじゃない、みんなやってたわ。銀行の預金なんか馬鹿みたいって」

「こんなものに手を出してたのか」

「だって」

「どうして俺に相談しなかったんだ。俺の稼いだ金だぞ。それを俺に断りもなく、勝手に株なんか」

「その方が増やせると思ったのよ。絶対に値上がりするって言われたし、実際、そうなった時もあったんだもの」

「あいつらはみんなそう言うんだよ、誰にだってそう言って金を出させるんだよ。そんなこともわからないのか。ああ、何てこった。騙されるなんて」

文彦は頭を抱えた。

「騙されたんじゃないわ。その人だってこんなことになるとは思ってもいなかったのよ」

「その人って何だ。そいつを庇《かば》うのか、俺の金をこんなにしておいてまだ庇うのか。そいつを連れてこいよ。俺の前で、経過をきちんと説明してもらおうじゃないか。だいたい、株に絶対なんてあるわけないんだ。そんな言葉を使うのは違法なんだ。どこの証券会社だ、電話してやる」

「もう、いないわ」

「いない？」

「フリーのディーラーだから、今はもう会社に来ていないって言われたわ」

永遠子がぺたりとカーペットに座り込んだ。猛然と怒りが湧き上がった。文彦は今しがた見つけた下着を永遠子に投げ付けた。

「そのディーラーと浮気してたんだろ」

答えはない。

「俺が何にも気付かずにいるとでも思ってたのか。おまえに男がいることぐらいとっくにわかってたんだよ。温泉だってその男と行ったんだろ。俺が仕事でへとへとになってる最中、おまえは悠々と浮気を楽しんでたんだろ。まったくどういう女だよ、おまえは」

永遠子はうなだれたまま答えた。

「わかってたのなら、どうして何も言わなかったの」

「私の浮気なんか、見て見ぬふりができる程度のものだってこと？」

「うるさい」

永遠子がゆっくりと顔を上げた。今まで、肩を落としうなだれていた様子とは違って、その表情にある種の激しさが見えた。まるで死んだとばかり思っていた人間が急に起き上がってきたような気がして、文彦は一瞬、怯《ひる》んだ。

「俺は働いてるんだ、とにかく忙しくて死にそうなんだ」

「忙しい忙しいって、文彦はそれさえ言えばすべて通用すると思ってるの？　結婚してから私はずっとひとりだったわ。結婚記念日だって、私の誕生日だって、文彦の誕生日だって、私はひとりで過ごしたわ。何か話そうとしても、いつも文彦は酔っ払ってるかごろごろしてるばかりで、まともに私の顔さえ見ようとしなかったわ。私がどれだけひとりでご飯を食べたか知ってる？」

「それくらいどうして我慢できないんだ。世の中にはそれでもしっかり家を守ってる妻は山のようにいる。だいいち、俺は遊んでいるわけじゃない。こうして仕事をしているから生活できるんじゃないか」

「今年の初め、私がインフルエンザにかかった時、文彦はうつると困るってビジネスホテルに泊まったわ。あの三日間、熱にうなされながら寝込んでいた私のこと考えたことある？生理が遅れていることを話した時『面倒な話は後にしてくれ』と言ったのよ。妊娠しているかもしれないという話は、面倒な話なの？　私たち、結婚して、何かいいことあったかしら。

いつもいつも考えていたわ。結婚ってこんなものなのかしらって」

言葉に詰まって、文彦は声を荒らげた。

「開き直るな、浮気していたくせに」

「あなたもね」

「何だって」

「さすがに、ラブホテルの領収書は経費で落とせなかったようね。でも、ポケットに入れておくなんて、私にそんな気遣いもできなくなってしまったのね」

「あれはただの遊びだ。浮気とは違う」

「どう違うの？」

「継続は罪が重い」

「笑っちゃう」

そうして、実際に永遠子は笑った。それを見た瞬間、首筋から背中にかけて細かく鳥肌が広がった。なぜ謝れない。ごめんなさいと泣いて謝れば、まだ許してやろうという気になる。それなのにこのふてぶてしさは何なんだ。俺を馬鹿にしているのか。

「あの時、どうして私たち別れてしまわなかったのかしら。そうしたら、こんなみっともないことにはならなかったのに」

文彦は思わず腕を振り上げた。そうしなければ引っ込みがつかなかった。しかし、振り上げた腕は下ろす前に止まっていた。

文彦を見上げる永遠子の顔は、化粧気もなく、皮膚は白っぽくざらついていた。目の下にクマが浮かび、頰には濃い影が落ちていた。まるで疲れた中年女のようだった。

この女は誰だ。永遠子はこんな女じゃない。もっと美しくて華やかで、まだまだ男たちの視線を十分に惹き付けられる女のはずだ。

そうして、妻の顔をこんなふうに真正面から見たのはいつだったろうと考えた。

文彦は行き場のなくなった腕を持て余すように、永遠子に背を向けてマンションを出た。外の空気を吸い込むと、思わず胸が詰まって涙が落ちた。驚いた。泣かなければならない理由なんて自分にはない。泣くのは永遠子だ。それだけのことをあいつはやったのだ。それでも涙は止まらなかった。文彦は何度も頰を拭いながら、人のいない道を選び、やみくもに歩き続けた。

株はすべてを処分して七十万ほどになった。投資した時の半分に目減りしていたが、ゼロにならないだけマシと思うしかなかった。中古のアウディを手放して五十万。永遠子は自分が持っていたいくつかのブランド製品をリサイクルショップに売りにいった。それで十万ほどになり、あとの七十万は、互いの実家に泣き付いた。

二百万を経理に戻した時、心底ホッとした。これで預金はすっかりなくなってしまい、親への借金という荷物も増えたが、とりあえず会社での自分の立場を守ることができた。

オフィスで、文彦は顔を上げた。こんな長時間デスクに座っているのは久しぶりだ。日中は空席ばかりの営業部だったが、最近、人の姿が目立つようになっていた。何人か、傍目《はため》にもわかるほど元気がなくなっていて、ああ、あいつも株で失敗したんだな、と思った。逆にやけに明るく振る舞っている奴もいたが、そっちの方がもっと大きい痛手を受けているようだった。誰がどれだけ損をしたか、そんな話がまことしやかに流れて、昼飯の格好のおかずにされていた。

年末が近付いていた。去年まで、街は遊園地みたいに飾り付けられていたが、今年はどうなるのだろう。残業という名で遊び惚《ほう》け、経費という甘い汁を吸い、浮かれて、騒いで、女と寝て、サインした数字と領収書に並ぶゼロの数に麻痺し、疲れることさえ忘れていた。いったい誰のために、何のために消費し続けたのだろう。あのお祭り騒ぎのような日々は何だったのだろう。

胸ポケットに物憂い重さがあった。昨夜、永遠子に離婚届を渡されていた。どうするか、まだ決めていない。

退社後、外に出ると雨が降っていた。冬の雨は男たちの肩を冷たく皮肉に刺し続ける。今夜、予定は何もなかった。接待する約束もされる約束もキャンセルが相次いでいた。そろそろ温かいものが恋しい時期になっていて、少し飲んでゆくか、と駅に背を向けて歩き始めた。ガード下まで来た時、物売りが土鍋《どなべ》の露店を広げているのが目に入った。いったん通り過ぎたが、足を止めて逆戻りした。

「ひとつ、いかがですか」

訛《なま》りのまじった声がかかった。気のよさそうな親爺だ。

文彦はそれらを見下ろした。大小さまざまのサイズのものが並んでいる。

「この季節、やっぱりひとつはないと」

「そうだな」

「包みましょうか」

その中のひとつを指差しそうになって、文彦は慌ててポケットに手を突っ込んだ。

「いや、いい。またにするよ」

こんなものを買って、どうしようというのだ。今の自分たちに役立つはずもない。

雨に首をすくめて、文彦は歩き出した。

第三章　午後の陽光

お子さんは？

というのが、最近、季節の挨拶のように向けられるようになった。

エレベーターホールで顔を合わせる同じマンションの奥さん、二日に一度出掛ける商店街のおかみさん、たまに電話をよこすかつての同僚や、すでに子供のいる大学や高校の友人たち、小さい時から知っている実家近くのおばさん、父、舅《しゅうと》、姑《しゅうとめ》。

ええ、まだ。

と、永遠子は笑って答える。

彼らには、その言葉がどれだけ無神経なものであるかという認識がない。もちろん、悪意ではないのだから、と片付けられるほど、永遠子もお人好しにはなれない。

結婚して三年がたつ。

子供のことを考える時、どうしようもない困惑に包まれる。避妊しない結婚生活では、一年目で80パーセントが、二年目で90パーセントが妊娠する、というデータを見たことがある。驚いたのは、妻となった女たちの多くが、夫や今の生活に躊躇《ちゅうちょ》することなく妊娠するという事実だ。

子供を持つということが永遠子にはまったく実感がなかった。まだ、と答えるたび、その言葉に含まれる「いずれ」というニュアンスに、言った自分が戸惑ってしまう。いずれ、本当に自分は文彦との子供を持つようになるのだろうか。ぼんやりと想像することはあっても、いつも他人《ひと》ごとのように現実感がない。

あの時、なぜ離婚しなかったのかと問われても、うまく答えられない。

悪かった、と永遠子は自分を認めている。投資に失敗したことも、ディーラーとの浮気も、自分に非があることを否定するつもりはない。それでも文彦に「おまえが悪い」と決め付けられるのは我慢できなかった。それなら文彦がしでかした浮気と騙《だま》し取られた金の件はどうなるのだ。自分のことは棚に上げて、私だけを責めるつもりなのか。「あなただって悪いじゃない」と永遠子は抗議する。すると「俺も悪いが、おまえはもっと悪い」と、文彦はあくまで論点を永遠子に集めようとする。互いに過《あやま》ちを認めながらも、最後に残ったジョーカーを自分が引くようなことだけにはなりたくないのだった。

離婚届の緑の罫線《けいせん》に囲まれた欄に、名前を記入し、印を捺している時は、何の迷いもなかった。受け取った文彦も同じ気持ちだったろう。互いに金も信頼も失った。修復はありえない。今さらどんな顔をして夫婦として向き合ってゆけばいいのだ。

たぶん、自分たちを留めたのは未練でも葛藤《かっとう》でもなく、目の前に立ちふさがったさまざまな手続きだ。

両親に告げ、仲人に報告し、すっかり値崩れしたマンションを売却し、残りの住宅ローンを清算し、購入時に互いの家が出した頭金の割合で残金を分配し、持ち寄った家具や電化製品を分け、不要なものは始末し、新しいアパートかマンションに引っ越し、電話や電気や水道の手配をし、電話番号と住所の変更を通知し、文彦は会社の人事課に出向いて扶養家族や健康保険から永遠子を抜く手続きをし、永遠子は収入を得るために新しい就職先を探し、友人や知人や親戚や近隣にさまざまな言い訳をし、通帳や運転免許証の名義を変更し……そんなエネルギーなど、あるはずもなかった。ふたりは自分たちの関係を壊し合うことですでに疲れ果て、離婚しなかったのではなく、離婚すらできなかったのである。

しかし、時間というのはある意味で厚顔《こうがん》だ。今、永遠子と文彦は思いがけず穏やかに暮らしている。不思議に以前より喧嘩《けんか》することも少なくなった。

文彦は相変わらず仕事にのめり込んでいるが、接待が減って八時前に帰宅する日が週に二度はある。永遠子は習いごとをやめて、十時四時でインテリア会社のショールームのアルバイトに出るようになっていた。

不景気が確実に生活を脅かしつつあった。文彦の残業代が大幅にカットされ、経費の使い道にも厳しくなっていた。住宅ローンを負担に感じるようになり、親に返さなければならない借金もあったりして、否応《いやおう》無しに互いに協力せざるを得なくなった。

それでうまくいっているというのも皮肉な話だが、何よりも相手に期待しないということを覚えたからだと思う。とりあえず、今まで通りの日常を過ごしながらも、ふたりは基本的なところで互いに関心を持たない。詮索《せんさく》しない。追及しない。そうして怒りや苛立《いらだ》ちの原因となるものを極力排除する。いわば共同生活者だ。

そんなことを繰り返しているうちに、最近、永遠子は文彦の顔を思い出せなくなる瞬間があった。

傍目《はため》には、前とほとんど変わらないふたりだろう。近所からは、むしろ仲のいい夫婦と思われているかもしれない。そう思われることに不満はなかった。却って気楽に振る舞えた。

大きく変わったことがあるとしたら、寝室を別にしたことだろう。永遠子は今、ふたりで寝ていたダブルベッドにひとりで寝ている。文彦は六畳の和室で布団だ。別にしてからもう一年になる。もちろんセックスはない。

だから、困惑するまでもなく、妊娠などあるはずがない。

これだけは新婚当時から変わらない、トーストとコーヒーとスクランブルエッグという朝食をとりながら、文彦が言った。

「村岡部長の息子さんが結婚するから、お祝いに商品券を贈っておいてくれないか」

永遠子は振り向いた。

「いくらくらい？」

「そうだな、五万ってとこかな」

「そんなに」

「近々、重役のポストに就く人だから、あんまり貧乏臭いことはしたくないんだ」

文彦の目は、朝刊に向けられたままだ。

「そう」

もちろん、永遠子も文彦を見ているわけではない。

「住所は社員名簿に載ってるから」

「わかったわ」

文彦が着替えに立つ。

永遠子はテーブルの上に目をやった。皿の上にはパンの耳がひとかけらと卵が少し、コーヒーもほんの一口分が残されている。どういうわけか、文彦はよくこんな残し方をする。以前、永遠子はそれを彼独特の可愛らしい癖と思っていた。しかし今は見るたびにうんざりする。最後のひとかけらがなぜ食べられない。その子供っぽさが、彼の在り方のすべてを象徴しているように思えてしまう。

文彦を送り出してから、永遠子は掃除や洗濯などのあらかたの家事を済ませ、出掛ける準備をした。家事分担など、今さら言うつもりはない。勤めといってもアルバイトであり、生活費は以前のまま文彦の稼ぎで賄《まかな》っている。家計もずっと任されていて、家事を義務ではなく仕事だと割り切れば、大した不満も感じなかった。

芝浦にあるインテリア会社のショールームで、永遠子はリビングコーナーを担当していた。客層でいちばん多いのは結婚を控えた娘と母親の組合せだ。その次に新築や転居がある四十前後の夫婦、それから終《つい》の棲《す》み家《か》のために最後のインテリアを選ぶ高年齢層となる。来客層の年代を考えて、対応する方も若いだけの女の子を置いておけないらしく、それで永遠子が採用されたというわけだ。結婚前勤めていた商社でも、受付に座っていたことがあり、接客には慣れている。そのせいもあって永遠子の評判はなかなかいい。

もともと私は愛想のいい女だった。

と、ここに来るようになって永遠子はよく思う。今だって愛想のいい笑顔くらい、客にでも、近所の人にでも、コンビニのお兄さんにでも容易《たやす》く向けられる。なのに、文彦の前だとそれができない。何だか、そうすることが、ひどく損をする気分になってしまうのだ。

父は中野の家で、例の女性と暮らし始めた。

母は川崎の方で、好きな男と一緒に暮らしている。

熟年離婚など、めずらしいことでも何でもなかった。離婚数は年間二十万組に届こうとしているし、二十年以上暮らした夫婦間の離婚はとうに二万組を超えている。

新婚旅行から帰って、母が出ていったことを知った時は、裏切られたような憎しみを覚えたが、三年たった今ではそれも薄らいでいる。今さら父の肩を持つ気も、母の味方をする気もなかった。

確かに父は横暴なところがあり、夫婦で何かを楽しむ、というようなことを馬鹿らしく思うタイプだった。六年間寝たきりだった姑の世話も、母に全部押しつけてきた。祖母が死んだのは永遠子が中学に入る年だったが、寝ている部屋からはいつも尿や便の臭いがしていた。父が母に労《ねぎら》いや感謝の言葉をかける姿など一度だって見たことはない。妻は夫に奉仕して当然の生き物である、すべてにおいて父にはそういうところがあった。

「誰のおかげで飯が食えると思ってるんだ」

父は機嫌の悪い時、いつもそう言って母を黙らせた。

母が、それに我慢できなかったというなら仕方ない。永遠子には甘い父だったが、母の気持ちはわかる。永遠子にしても、父は父としてなら受け入れられるが、父のような夫を持ちたいと思ったことは一度もない。

だからといって、母が全面的に被害者であるとも永遠子は思ってはいなかった。母は最後に復讐をした。それはたぶん、永遠子の結婚が決まった時から始まった。結婚前の約半年、母は父に徹底的に服従した。何を言われても逆らうことなく、満足そうな笑みを浮かべ、かいがいしく振る舞った。

「結局、残るのはお父さんとふたりだから」

母はそんなことを言って父を限りなく増長させ安心させ、そして、何の前触れもなく家を出た。それが復讐でなくて何だろう。

本当のところ、母が父を憎んでいたのか憐《あわ》れんでいたのかはわからない。父が母をないがしろにしていたのか愛していたのかもわからない。夫婦のことは、夫婦にしかわからない。娘でさえも立ち入れない。自分が結婚してみて、永遠子はそれを実感するようになっていた。

母は最近、月に一度か二度、文彦の留守の時間帯を見計らってマンションにやって来る。父が再婚して、中野の実家に帰りづらくなったこともあり、母の来訪が嬉しくないわけではないが、その目的は娘に会いたいというばかりではなかった。

「悪いけど、一万ほど貸しておいて」

最初言われた時は驚いた。母が娘に金をせびる、という構図が頭になかった。ねだっていたのはずっと永遠子の方だった。たまたま持ち金がないのだろうと、気楽に考えて渡したが、それからも母は返すどころか、顔を出すたび同じことを言うのだった。大した金額ではない。多くてもせいぜいが三万だ。それくらいなら、アルバイト代で事足りる。

「中野の家は結局そのままでしょう。そこで新しい奥さんをもらったなんて、ちょっと憎らしいけど、まあ、それはいいわ。むしろホッとしてるくらい。それでね、お父さんが六十歳の定年になったら退職金の半分をもらう約束をしてるのだけど、それまであと二年もあるでしょう。その時は倍にして返すから、だから、ね、ちょっとだけ頼むわ」

しっかり者だと思っていた。几帳面で、潔癖《けっぺき》で、堅実で、母は娘を守る側の人だと信じていた。怒るというより、驚いていた。返して、とはどうしても言えなかった。母が今、どんな暮らしをしているのかを知るのが怖かった。

それでも一度だけ、帰りぎわに聞いたことがある。

「一緒に暮らしてる人って、どんな人？」

見覚えのあるパンプスに足を落として、母が振り向く。服だって、バッグだって、みんな中野にいた頃のものだ。家を出て行ってから、新しいものを身に着けた母など見たことはない。

「やさしい人よ」

母は笑って答える。その笑顔が幸福そうであることだけが救いだった。

仕事場に高校時代の友人の里佳子《りかこ》が訪ねて来たのは、午後の休憩が終わったところだった。不意に背後から声をかけられてびっくりした。彼女はバギーカーに子供を乗せていた。

「あら、やだ、いったい、いつの間に」

そんな永遠子の様子に、里佳子が小さく笑って肩をすくめた。

「驚いた？」

「当たり前じゃない。いつ生まれたの？」

「六ヵ月になるわ」

「びっくりだわ、まったく」

永遠子は腰を屈《かが》めて、子供の顔を覗き込んだ。ミルク臭さがふわりと漂う。ブルーのベビー服を着ているところを見ると男の子なのだろう。里佳子に似ず、やけに細い目をしている。

とりあえず無難な褒《ほ》め言葉を口にした。

「可愛いわね、名前は？」

「たく。開拓の拓って字、一字で」

「そういえば、前に男の子が生まれたら付けたい名前があるって言ってたわね。それ？」

「そう」

「その通りになったわけね。よかったじゃない、おめでとう」

「ありがとう」

「じゃあ、あの時はもうおなかにいたのね」

去年、一緒にランチをしたのはちょうど今頃の季節だった。

「ええ、考えてみればそうだったのよね」

永遠子はあの時にふたりで話題にしたことを思い出していた。

学生時代、芸能プロダクションにスカウトされたこともあるほど美しかった里佳子は、二十三歳で結婚した。それから五年、未だ子供に恵まれないと、こぼしていた。夫は創業が江戸時代といわれる老舗《しにせ》の人形屋の跡取り息子で、結婚当初は玉の輿《こし》と友人の間で評判になったものだが、嫁ぎ先は、子供を産むのも妻としての大切な役割である、ということが未だに罷《まか》り通る環境らしい。望んで五年できなければ、不妊症と呼ばれる。彼女の口振りから、治療をいろいろと行なっているのが感じ取れた。

「絶対に産むわ。どんな方法をとっても」

あの時の里佳子は相変わらず美しかったが、いくらか痩せて、頬にうっすらと影がさしていた。

「そのためなら何でもするわ。薬でも、手術でも、体外受精でも、人工授精でも、他人の精子でも、他人の卵子でも、誰かのおなかを借りてでも」

その中のどの方法をとったのか、それとも自然が解決してくれたのかは聞かなかった。どうであろうと、とにかく子供に恵まれたのだから、すべては丸く収まったというわけだ。

「生まれてみたら、いろいろと悩んでたことなんか嘘みたい」

「ほんと、よかったわね」

そして里佳子はバトンを渡すように、永遠子に尋ねた。

「永遠子は？」

「私？」

「結婚して三年でしょう」

「そうだけど」

「欲しくないの？」

少し考えた。もちろん、少しだけだ。

「何て言ったらいいかわからないわ。自分が子供を持つってことがどうもピンとこないの」

「子供はいいわ、本当よ。悪いことは言わないから産んだ方がいいわ。子供を持ってみたらきっと実感するわ。ああ、子供ってこんなに可愛いものかって。私ね、子供が生まれてから、すべてのことは大したことじゃないと思えるようになったの。この子さえいてくれたら、後は何もいらない。本当よ。こういう気持ちは親にも夫にも感じなかったものよ」

恍惚とした表情で里佳子が言う。思わず上目遣いで見返した。あの時の会話で、里佳子はこう言っていた。

「何がいやって、他人から、お子さんは？　とか、子供は可愛いわよって言われることぐらい腹が立つことないわ」

そう言って、形のいい眉を顰《ひそ》めたのを忘れたのだろうか。

不意に身体の奥深くで、生理が始まる前のあの独特の鈍い痛みが広がった。永遠子はささやかな皮肉を込めて言い返した。

「そんなこと言ってたら、マザコンの子になっちゃうわよ」

「夫がマザコンなのは最悪だけど、息子ならどれだけマザコンになってもいいわ」

なまじ冗談とばかり思えないような口調で里佳子は言った。

「それでね、ベビーベッドとかベビーダンスとかを見ていきたいんだけど、いいかしら」

「もちろんよ」

退屈したのか子供がぐずり、ふあんふあん、と鼻にかかった声で泣き始めた。

「あら、ミルクかしらオムツかしら」

そんな困惑も楽しそうに、里佳子が子供を抱き上げる。まだ慣れてないのか抱き方がぎこちない。拓、拓、と里佳子が名を呼びながら背中を指先でぽんぽんと叩いてあやす。

どうしたの？　何が欲しいの？

幼児語を混ぜながら、里佳子が愛《いと》しさに満ちた目で我が子を抱き締めている。


夕方、やっぱり生理が始まった。

さほど重いタイプではないが、腰にくったりした痛みと、いくらかの憂鬱がある。マーケットの買物で、夕食の材料と一緒に、馴染《なじ》んだメーカーのナプキンをひと袋カゴの中に放りこんだ。

生理は月に一度の儀式のようなものだ。以前は、それが来るたび「女は損だ」という思いを持った。旅行は日を考えなければならない。着る服は気を遣わなければならない。バッグはかさばり、匂いにも配慮がいる。

初潮を迎えたのは中学二年の時だ。周りより少し遅れていたので、来た時はホッとした。けれども同時に、自分の中で何かが失われたことも感じていた。もう少女のままではいられない、大人になるしか道はない、ということを、その時知ったのだと思う。いつか「女は得だ」と思える時が来るのだろうか。

夜遅くに男の声で電話があった。

「林田と申しますが」

と、言われてもすぐにはピンとこなかった。

「もしかしたら、里佳子がそちらに伺ってないでしょうか」

その時、初めて里佳子の夫と気がついた。

「あ、はい、昼過ぎに仕事先に来てくれましたけど」

「えっ、行きましたか。それで今は」

林田の声が色めき立つ。

「一時間ほどで帰られました」

「その後、どこに行ったか知りませんか？」

「さあ、それは……あの、里佳子、戻ってないんですか」

「ええ、まあ、実はそうなんです」

林田の声が濁る。

「それで今、あちこちに電話をかけて探してるんですが。あの、つかぬことをお聞きしますが、その時、里佳子は子供を連れていましたか？」

「ええ、拓くんでしょう。可愛いお子さんですね。おめでとうございます」

電話の向こうで林田が黙り込んだ。

「林田さん？」

「えっ、はい、どうも」

「何かあったんですか」

しばらくの沈黙の後、歯切れ悪く林田は言った。

「実は、その子供は違うんです」

「え？」

「僕たちに子供はいません」

林田が何を言っているのかすぐには理解できなかった。

「黙って連れて来たらしいんです」

「拓ちゃんを、ですか」

「拓って言ってましたか……場所は近くのショッピングセンターだそうです。買物中、ほんの少しの間目を離している間に誘拐されたと警察に駆け込んだ人がいて」

指先が冷たくなった。

「まさか、里佳子が」

「僕も、まさかと思います。本当のところどうなのか、まだよく事情も呑み込めていないんです。夕方になっても帰って来ないので心配してたら、警察の人が来て、いろいろと聞かれました。何でも子供を連れた里佳子を見た人がいるとかで……あなたのところに子供を連れて行ったとなれば、たぶん本当のことなのでしょう」

永遠子は何か言おうとしたのだが、喉がぴたりと塞《ふさ》がったように声にならない。

「すみません、こんな夜遅くにご迷惑をかけて。まだあちこちと探さなくちゃいけないので、これで失礼します」

電話が切れても、しばらく受話器から手が離せなかった。

拓、拓。

そう呼びながら、幸福に満ちた笑顔で子供を抱き締める里佳子の姿を思い出していた。

＊

「大津くん」

振り返ると、村岡部長が立っていた。

「あっ、どうも」

早足で近付く。村岡部長が文彦の肩に手をかけ、廊下の隅に連れてゆく。

「この間は気を遣ってもらって悪かったね」

「いえ、ほんの気持ちですから」

五万は痛かったが、やはり贈っておいてよかったと思う。

「家内もよろしくと言っていたよ。ところで、来週の日曜なんだが、時間、あるか？」

「何でしょう」

「奥さんと一緒にうちで飯でもどうかと思ってね」

「よろしいんですか」

「大したこともできないんだが」

文彦は最敬礼で頭を下げた。

「ありがとうございます。喜んで伺わせていただきます」

村岡部長を見送ってから、文彦は口元の笑みを慌てて抑えた。

バブルが弾けて、社会全体が大打撃を受けているのは違いないが、本当の実力というのはこんな時にこそ発揮される。村岡部長はここ半年ばかりでめきめきと頭角を現わし、次の役員改選時には間違いなく取締役に推挙されると言われている人物だった。

もともと制作畑の人で、動きの派手な営業の陰に隠れていたようなところがあったが、企業が広告にかける予算を減らすようになった分、質の高さが強く求められるようになり、それを待っていたかのように続けて二回、村岡部長の管轄する制作部が広告賞を取った。並み居る大手の広告代理店を押さえての快挙である。それは社のイメージアップに大きく貢献した。文彦はその頃から、少しずつ村岡部長に近付き始めていた。

今の直属の上司である佐々木部長はすでに危うい状況だった。営業部の成績が前年の数字を大きく下回ったことで、子会社へ回されるとの噂《うわさ》がまことしやかに流れていた。好景気の時はいい部長だった。いい思いも散々したに違いない。社内では肩で風を切るようにして歩いていた。それが今ではすっかり精彩をなくし、浮かない顔つきでデスクで電話ばかりしている。それを見ていると、帳尻《ちょうじり》というのはちゃんと合うようにできているのだな、とつくづく思う。

確かに、佐々木部長には入社以来可愛がってもらった。仲人をしてもらったという恩義もある。しかし今のご時勢、情がらみで身の振り方は決められない。そんなことをしていたら、こちらの立場まで怪しくなってしまう。

ここ半月で二度飲みに誘われて、二度とも断った。一緒に飲んでいるところを誰かに見られて、まだ「佐々木派」なんて思われたらコトだ。そのことに、後ろめたさがないわけではないが、沈むとわかっている船に、どうしていつまでもしがみついていられるだろう。たぶん、誰もが同じようなことを考えているに違いない。目に見えて、佐々木部長の周りからは人が遠退《とおの》いていた。

文彦は三十一歳になった。三十歳で主任のポストを手にいれるはずだったが、世の中が引っ繰り返り、予定は大幅に狂ってしまった。しかし、自分だけが狂ったわけじゃない。同期の奴らはみな同じ目に遭《あ》っている。こうして今は、誰もが息を潜《ひそ》めて世の中の動きを静観している。その中から抜きんでるためにも、村岡部長との繋《つな》がりが必要だった。

「だから今度の日曜、あけといてくれよ」

文彦はテレビに目を向けたまま永遠子に言った。画面には、百歳の双子のおばあちゃんが映っている。あそこまでいくと怖いもんなんかないんだろうな、と思う。

「でもその日、友達のお見舞いに行くつもりなの」

永遠子もまたテレビを観ている。たまに一緒の夕食はいつもこんな感じだった。いいや夕食だけじゃない。いつだって視界に互いを入れることはない。

「友達って、子供を誘拐したあの友達か」

文彦が尋ねる。

「誘拐じゃないわ。しばらく連れ回しただけよ」

「神経症で入院したとか言ってたよな」

「今はもう退院して、実家に戻ってるわ」

「とにかくその日は必ずあけといてくれ」

永遠子はしばらく考え込み、やがて小さな声で「わかったわ」と答えた。それからすぐにテーブルの上の食器をかちゃかちゃと重ねて、キッチンの流し台に運んでいった。

俺がまだ食ってるだろ。

いくらかムッとする。けれども、すぐに考え直した。別段怒るほどのことでもない。むしろ、向かい合って食っている方がよほど息が詰まる。

最近、気がついたことがある。女は諦めることを知らない生き物だ、ということだ。永遠子たちの年代の女は特にそうだ。彼女らはお金さえあれば手に入らないものはない、という時代を飽き飽きするほど生きて来て、人の持っているものを自分が持っていないのは恥ずかしいことだとたたき込まれてきた。ステイタスとかアイデンティティとか、わけのわからないものを信奉し、結婚も、家族も、人生も、ブランド製品と同じ欲望の対象として持っている。世の中には望んでも手に入れられないものがあるということを、彼女らは受け入れられない。そのくせ、自分に足りないものを見つけだす天才で、そうして、手に入れられないことを悲劇と嘆く。

その友達というのがいい例だ。自分に子供ができないとなると、精神を病むまで子供を欲しがるなんて信じられない。

永遠子はどうだろう。

文彦はちらりと、最近、いくらか肉がついて丸みを帯び、それはそれで悪くないヒップに目をやった。

永遠子も子供を欲しいなどと考えることがあるのだろうか。

会話もなければセックスもない。互いに必要以上の関心を持たない今の永遠子との関係は、最悪といえばそうだろう。だからと言って、困ることは大してない。会話しなくても用は足りるし、セックスがしたければ風俗がある。考えてみれば、文句を言われない分、こっちの方がずっと快適ではないか。

なぜ離婚をしないのかと聞かれると、返答に困ってしまう。

悪酔いして、吐けばすっきりするとわかっていても、それがひどく高価な酒だったら、もう少し我慢してみようかと考える。結婚には金と労力をかけた。あれだけのことをしておいて、こんなに早く間違いだったと認めてしまっては、親にも親戚にも友人にも世間にも、顔向けできない。

離婚しようと思えばすぐにできる。だからこそ、急ぐ気になれないのかもしれない。今は、そのタイミングを測っている状態というわけだ。

しかし、そのタイミングとはいったいいつのことだろう。

最近、新宿のファッションヘルスへ時折出掛けている。半年ほど前、仕事関係の松下から紹介された店だ。会員制なので信用できるし、料金も手ごろで、女の子の質もいい。

ずっと、女には困らないと思っていた。実際、今でもクラブやキャバクラの女の子をうまく誘いだす自信はある。しかし景気が下向きになったとたん、女たちは浅ましいほど金を要求してくるようになった。大人同士が気楽に遊び、ついでにお小遣い程度の金が動く、というような悠長なことは言ってられないくらい、彼女らの実入りも心細いものになったのだろう。文彦の方も残業手当も必要経費も実質的に半分に減った。無理をすれば金は何とかなるが、そこまでしてセックスしたいわけじゃない。

社内でうまく不倫をやっていた奴は、あちこちでトラブルが発生し、廊下の突き当たりや使わない会議室で、小声で罵《のの》り合っている。素人《しろうと》の女の子を相手にしていた奴は、待ち伏せされたり自宅に電話をかけられたりして、死ぬの生きるのと迫られ、思案にくれている。男も女も頭を抱えて、快楽の後始末に躍起になっている。

その点、風俗なら気が楽だ。そうしょっちゅう行けるわけではないが、金額も決まっているし、本番なしでも十分満足できる。何しろ女の子が驚くほど若く、文彦がここのところ指名している友美は、去年、高校を卒業して十九歳になったばかりだ。

久しぶりに店に顔を出した。前に来てから三週間が過ぎていた。

店の方針なのか、一緒に部屋に入ると、友美は必ず床に膝をついて「ご指名、ありがとうございます」と頭を下げる。思わず永遠子に見せてやりたくなる。一度でもいいからこんな態度で迎えてみろと言いたくなる。

「友美ちゃん、元気だった？」

「全然。だって大津さん、なかなか来てくれないんだもの」

リップサービスとわかっていても、可愛いことを言ってくれるなあと、気分がよくなる。

文彦は服を脱いだ。正直に言うと、最初、ペニスにサービスをされている時、こんな若い子にこんなことをさせていいのかという罪悪感みたいなものがあった。しかし、すぐに慣れた。金を払っているんだから当然、とまではいかなくても、どこかで客の方がエライという優越感のようなものがあることは否《いな》めない。

男たちの射精する瞬間の間抜けた顔を、友美はどんなふうに眺めているのだろう。パンツを脱いだ男の姿なんて、無様《ぶざま》以外の何物でもない。前に、どんな感じ？　と聞いたら「可愛いです」という答えがあって、思わず笑ってしまった。性が介入すると、年齢も地位も金も関係なく、女はどんな男も子供に見えてしまうらしい。

友美の手でしてもらうのは確かに気持ちいいが、ここで行なわれるのは男と女の行為ではなく、あくまでサービスだ。しているのではなくされている。しかし、それはそれで気が楽だってところもある。

「友美ちゃんさ、いつまでこの仕事続けるつもり？」

終えた後、服をつけながら尋ねた。中年のおっさんみたいなことを口にしたな、とすぐに後悔したが、友美はそうは感じなかったらしい。

「お金がたまるまで」

と、素直な答えがあり、同時に背後からふわりとジャケットがかけられた。振り向くとキャミソールから剝出《むきだ》しになった友美の華奢《きゃしゃ》な肩が目に入った。まだ少女の面影《おもかげ》が残っている。

「どうしてそんなにお金がいるのさ」

「バブル崩壊でお父さんの会社が潰《つぶ》れて、借金ができちゃったの。下には、弟と妹もいるし、私も働かないとね。でも、いつか専門学校に行くつもり。将来はトリマーになりたいの」

無邪気に言う。

「それ、なに？」

「犬の美容師さん。私、犬とか猫、大好きだから」

「こういうとこで働いてるの、ご両親は知ってるの？」

「まさか。言えない、そんなこと」

友美が力なく笑った。まだ十九歳だというのに、家族を背負おうとするその気持ちを切なく思った。

「これ、少ないけど」

文彦は財布から五千円札を引き抜いた。

「えっ、どうして」

「ほんとは、どこかに食事にでも連れて行ってあげたいけど、店外デートはいけないんだろ」

「これだって、バレたら店長に叱《しか》られちゃう」

「黙っていればわからないさ」

「でも」

「いいから」

友美が目と鼻と口を顔の真ん中にくしゅくしゅと寄せて笑った。

「嬉しい。じゃ、いただきます」

優しい気持ちになって、文彦は笑い返した。

自分はもともと女に優しい男だった。付き合った女たちは大抵そう言った。困っていたり、泣いたりしているのを見ると、放っておけなくなる。もし、そうじゃないと感じるとしたら、それは俺のせいじゃない。

「気にするなよ」

永遠子とふたりで出掛けるのは久しぶりだった。

最近は、蒲田の家にも文彦ひとりで行くことが多くなった。とはいっても、両親と同居している妹にまた子供が生まれて、家の中はいつも大騒ぎで、行くたびにうんざりして帰ってくる。

　永遠子とはいろいろあっても、やはり自分のマンションはホッとする。和室に布団というのにもすっかり慣れて、最近はよく眠れるようになった。独身時代からベッドだったが、ダブルは好きじゃなかった。永遠子の趣味に付き合っただけだ。

　久しぶりにお洒落をした永遠子を見た。クリーム色のスーツを着て、化粧も髪型も決まっている。スカートから伸びた足も形がいい。いつも文彦が見る永遠子は、朝の、すっぴんで時折前髪にカーラー一個がついたままの状態か、夜の、お化粧がはげて見慣れたトレーナーに膝の出たジーパンをはいている姿だ。前に「何とかしろよ」と言った時、「誰に見られるわけじゃなし」という答えが返ってきた。その誰の中に、もう俺は入ってないというわけだ。

　村岡部長宅に招かれる、ということは、それ相応の期待を持っていいということである。気に入られれば、役員改選後に行なわれる人事異動で、文彦が主任に推挙される可能性はおおいにある。

「出世なんか」と、男たちは一様に言う。

「出世なんかして何になるんだ、俺はこのままでいいね。気楽に生きてゆきたいんだ」

　そう言って、実際に昇進を断った者など一度も見たことはない。もちろん、自分もそのひとりだ。

「わかってるだろうけど」

　メモに書かれた番地を辿《たど》りながら、文彦は言った。

「失礼のないように頼むよ。会社にとって今いちばん重要な人なんだから」

土産《みやげ》として携えた銀座の有名店のシュークリームの箱を持ち直して、永遠子が答えた。

「あなたにとって、でしょう」

どうやら友達の見舞いに行けなかったことを、まだ不満に思っているらしい。

永遠子は今日がどれだけ意味のある日か全然わかってない。これからのサラリーマン人生がかかっている大切な日を、頭のおかしくなった友達と同一線上に並べるなんて、呆《あき》れて言葉を返す気にもなれなかった。

部長の家は、結婚する息子のために二世帯住宅に改築したと聞いていたが、さすがに大きい構えをしていた。敷地は六十、いや七十坪はあるだろう。地価が落ちたといっても三鷹《みたか》ならまだ相当するはずだ。庭もある。池もある。やっぱり一戸建てはいいなと思う。

約束の二時ちょうど。腕時計を確認し、衿《えり》を正して、チャイムを鳴らした。

「いやぁ、よく来てくれたね」

村岡部長が迎えに出てくる。文彦は深々と頭を下げた。

「お招きありがとうございます」

永遠子はさっきからまるで口をきかない。

タクシーの中は、彼女の不機嫌さで息が詰まりそうだ。スーツの袖口が薄黒く汚れている。

ストッキングには伝線が走っている。

「だから、悪かったと言ってるだろ」

文彦は小声で言った。

「まさか、あんなことで呼ばれたなんて、俺だって思ってもみなかったさ」

部長の家に呼ばれたのは、単に食事に招かれたのではなかった。いや、確かに夕食は用意してくれた。出前の寿司だが、特上だったし、ビールも酒も出た。しかし、それはついでのことで、本当の目的は、改築した息子夫婦の部屋の掃除と、荷物の整理だった。

着いて、挨拶を交わし終えると、すぐさま二階の新居に案内され、部長夫人がにこにこしながら雑巾とモップを持ってきた。えっ、と思ったが、今さら帰るわけにもいかない。文彦は永遠子は床を全部ワックスがけさせられ、キッチンと風呂場の掃除もさせられた。段ボールに入った不用品を納戸や押し入れに運び、タンスやソファの移動、最後に池の水苔《みずごけ》取りもさせられた。

「悪いね、大津くん」

と、村岡部長に言われると、

「いやぁ、どうってことないですよ」

と、笑って答えた。永遠子も話を合わせて「次は何をしましょうか」などと、夫人に愛想よく振る舞い、指示どおりこまめに動き回っていた。

彼らの息子は今、新婚旅行の真っ最中で、帰って来たらすぐ生活が始められるようにしておきたいのだそうだ。過保護じゃないのか、何で俺たちがしなくちゃならないんだ、と思っても、もちろん顔に出すことはできない。

「そうなんですよね、僕たちも新婚旅行から帰った時、部屋の中が片付いてなくて、うんざりでした。なぁ、そうだったよな」

同意を求めると「ええ、ほんとに」と永遠子も笑って頷いた。

掃除を終えて、夕食に寿司をつまんで、いくらか酒を飲んで、見たくもない結婚式のビデオを観させられて、話好きの夫人にたっぷり息子の自慢を聞かされて、残りの寿司を持たされて、ようやく解放されたのは八時を少し回っていた。

「ありがとう、今日は助かったよ。頼りになる部下を持つと心強い」

「いえ、お役にたてて光栄です。また何かありましたら、いつでも呼んでください」

そう言って靴を履き、満面に笑みを浮かべて頭を下げ、ドアを閉めたとたん、永遠子は伸びたゴムがもどったみたいに不機嫌な表情で黙り込んだ。それはタクシーの中だけではなく、マンションに着いても続いた。

「もう、永遠子を巻き込むようなことはしないからさ」

文彦は玄関ドアの鍵を掛けてから、先にリビングに入ってゆく永遠子の背に向かって言った。

「当たり前だわ」

ソファに寿司折りを投げ出し、永遠子が低く硬い声で言い捨てる。

「あんなことまでして出世したいの？」

文彦は黙った。

「それとも、あんなことまでしなきゃ出世できないの。失望したわ。ほんと、がっかり。情けなくて、みっともなくて、卑屈ったらありゃしない。文彦、それでも男なの」

怒りをこらえた。せっかく着ていったクリーム色のスーツが汚れて、気が立っているんだと思おうとした。ストッキングが伝線して腹を立てているんだと思おうとした。

「最低」

捨て台詞《ぜりふ》を残して、永遠子が寝室に入ってゆく。文彦はネクタイを緩《ゆる》めると、棚からウィスキーとグラスを持ってきた。氷も水も用意するのは面倒臭い。そのまま注いで、喉に流し込んだ。ダイニングの椅子から、ソファに投げ出された寿司折りが見えた。

寝室のドアが開いた。ぱたぱたといつもより強い調子で永遠子のスリッパが鳴る。すぐに風呂に湯を張る音がした。

文彦は立て続けにグラスを口に運んだ。しかし、酔いは少しも気持ちをなだめてはくれなかった。疲労がアルコールで発酵したように、身体の一部を熱く焦がしてゆく。

最低だって？

文彦は奥歯を強く噛んだ。

俺が下手《したて》に出ているのをいいことに、付け上がりやがって。このマンションのローンを払っているのは誰だ。誰のおかげで、のうのうと暮らしてゆけると思ってるんだ。遊び程度にしか働いたことがないおまえに、会社という組織の何がわかる。綺麗ごとばかり並べて、俺を非難できる立場か。おまえはいったい何様だ。浮気して、株で大損して、それでも俺に離婚されないことをなぜ感謝しない。料理もうまくない、洗濯物はすぐためる、アイロンがけは下手《へた》で、掃除は週に二回しかしない。そんな妻のおまえが、俺にエラそうな口をきけるのか。俺を馬鹿にできるのか。

酔うほどに苛立ちが募り、口へグラスを運ぶペースが速まってゆく。

やがて、永遠子が風呂から上がり、寝室に戻っていった。ドアの隙間から、ふわりと入浴剤の香りが流れてきた。

怒りが徐々にひとつの形になってゆくのを感じた。

あいつが妻だって？　冗談じゃない。セックスもさせない女が妻だというのか。

指先がじんと痺《しび》れていた。獰猛《どうもう》な思いが熱く湿った身体に突き上げてくる。文彦はネクタイをはずし、ジャケットを脱いだ。それからゆっくり立ち上がり、寝室に向かった。


出て行って、と永遠子は静かに言った。

その冷静さが、却って文彦を逆上させた。ベッドに近付く。反抗など許さない。永遠子が上半身を起こして、毛布を胸の前で握り締める。廊下の明かりが、半分だけ永遠子の顔を照らしている。怯《おび》えと軽蔑とでぬらついた目が向けられた。

いやよ、絶対にいや。

文彦は小さく笑った。結婚前、そう言って俺を散々焦《じ》らした。そのくせ、組み敷かれて気持ちいいと喘《あえ》ぎ声を出したのは誰だ。他の男とはやれても、夫の俺とはやれないのか。それでも、おまえは俺の妻か。

永遠子のパジャマに手をかける。息を呑むような無言の叫びがあった。一気に引くと、ぱらぱらとボタンが飛び、永遠子の白い乳房がこぼれ出た。パジャマの上着を半分脱がし、腕を動かせないようにして、ベッドに押しつけた。

やめて。文彦、やめて。

永遠子の抵抗がいっそう興奮をたかめた。その口を手で塞ぎ、乳首に唇を押し当て、もう片方の手でパジャマのズボンとショーツをいっしょくたに引き摺《ず》り下ろす。風呂上がりのまだ湿った陰毛が柔らかく指先に触れた。閉じようとする両腿《もも》を、文彦は身体を押し込むようにして割った。やめて、と永遠子のこもった声が夜に崩れてゆく。ペニスは痛いくらいに勃《ぼっ》起《き》している。

＊

「何なの、これは」

入って来るなり、母が呆れ声で部屋の中を見回した。

「いったいいつ掃除したの、綿埃《わたぼこり》が立ってるじゃない。それにあの汚れたお皿の山はなに、いつから洗ってないの」

その上、弁当やカップラーメンやパンの空き箱や空き袋が、ゴミ箱に入りきらずに流し台の上で重なっている。

「このゴミ、いつから捨ててないの」

言いながら母は廊下に出て洗面所に入り、またもや大げさな声を上げた。

「洗濯物、こんなにためて。それにお風呂も垢《あか》だらけ。トイレだって。何なのいったい、どうしてこんなだらしないことしてるの」

居間に戻って来た母は、ソファに寝転がったまま、ぼんやりとテレビを観ている永遠子の前に立ちふさがった。

「どいて、観えない」

「永遠子、あなた主婦なんでしょう。どういうことなの、この有様は」

永遠子は少し身体をずらして、再びテレビに観入った。さっきアルバイトから戻ったばかりだった。ひどく疲れていて何もする気が起きず、着替えもしないままソファに横になり、こうしてトレンディドラマの再放送を観ている。

「私、主婦になった覚えなんかないわ」

「何を言ってるの、結婚したんだから主婦でしょう。主婦なら主婦らしく、家のことくらいちゃんとしなさい」

その言葉に、永遠子はゆっくりと目線を上げた。

「主婦らしいってどういうこと？　お母さん、そんなもの少しも教えてくれなかったじゃない」

母の顔に怪訝《けげん》な表情が浮かぶ。

「永遠子、どうかしたの？ 文彦さんと何かあったの？」

「お母さんが私に教えてくれたのは、いい学校に入って、いい就職をして、いい条件の男を見つけて結婚すること。そうして、一生楽して暮らしてゆくこと」

「何を寝呆《ねぼ》けたこと言ってるの。結婚したら誰でも主婦になるの。そうして掃除や洗濯や料理をするの。そんなの当たり前じゃない」

「当たり前って何よ。小さい時から、家の手伝いなんかよりひとつでも多く単語をおぼえなさいって、お母さん言ったじゃない。家庭科なんか受験に関係ないから頑張らなくっていいって。それが今さら、掃除や洗濯や料理をするのが当たり前ってどういうこと？」

母はさすがに不機嫌そうに眉をひそめた。

「とにかく起きなさい、だらしない」

「イヤよ、疲れてるんだから」

母が両手を腰に当てて仁王立ちになった。

「何があったか知らないけど、あなたは好きで文彦さんと結婚したんでしょう。夫のために、主婦としての仕事をしてあげたいとは思わないの」

「ご褒美《ほうび》は？」

「ご褒美？」

「お母さん、成績が一番上がるごとに千円くれたわよね。志望大学に受かったら海外旅行に行かせてくれた。だから私も頑張ったの。でも主婦なんて一生懸命やっても何もご褒美はないの。ただ働きさせられるだけ」

「何かご褒美がないと、何もする気にはなれないって言うの」

「そうよ。そう教えてくれたのはお母さんだわ」

「いい加減にしなさい。さっきから、みんな私のせいみたいに言って。あなたはもう大人なのよ。結婚だって自分の意志でしたのよ。だったら自分で責任を取りなさい」

そして母は呆れるというより、ほとんど絶望したように深く息を吐き出した。

「いったいどうしちゃったの。この間まで、普通にしてたじゃない。ちゃんと主婦業もやってたじゃない」

「やめてよ」

永遠子は頭を抱え込んだ。

「その普通ってことこそ何なのよ。お母さんだって、私には普通に見えたわ。マーケットで買物してるその辺のお母さんと同じだと思ってた。自分は普通であることに嫌気がさして放り出したくせに、私に押しつけるのはやめてよ」

母は永遠子を見つめたまま、しばらく黙った。それから小さく息を吐き出すと、キッチンに行って、たまった食器を洗い始めた。

永遠子はソファの上で、土の中から這《は》い出したばかりの虫みたいに丸まった。母を傷つけていることはわかっていた。誰かを傷つけなければ、自分で自分を切り刻んでしまいそうだった。こんな時に顔を出した母が悪いのだ。どうせいつものように一万か二万をせびりに来たのだろう。取れないとわかれば、嫌味たらしく食器など洗わず、とっとと男の所に帰ればいい。何かして欲しいなんて思ってない。部屋が汚れていようと、洗い物がたまっていようと、このまま放っておいてくれればいい。

十日前、文彦が警察から呼び出され、事情聴取された。

売春防止法に引っ掛かったのだという。何でも、風俗店で、十六歳の少女からいかがわしいサービスを受けたというのだった。

「まさか十六歳だったなんて知らなかったんだ。店から十九歳と聞いてたんだ」

警察から戻った文彦は、ソファを立ったり座ったり、テーブルの周りを歩き回ったりしながら、躍起になって的はずれな釈明をした。

「大丈夫だ、心配しなくても罪にはならない。書類送検もされることはない。ほんとうに単なる事情聴取だけってことさ。考えようによっては、俺の方が被害者みたいなもんなんだ。そこのところは警察の方も理解してくれて、却って俺に同情してくれたくらいなんだ。だから心配することはない。表沙汰《おもてざた》には絶対にならない」

永遠子は黙って聞いている。

「それにしても、まさかこんなことに巻き込まれるとは思ってもみなかった。松下だよ、すべてはあいつのせいだ。まったく面倒な店を紹介してくれたもんだ。もう、あいつに仕事は絶対に回さないからな。初めから口ばっかりの信用のおけない男と思ってたけど、その通りだった。とにかく参ったよ、まったく参った」

「歩き回るのはやめて」

硬い口調で永遠子は言った。文彦の言い訳は錆付《さびつ》いた機械音を聞かせられているようだった。文彦は我に返ったように、ソファに腰を下ろした。

「大丈夫だって、どういうこと？」

永遠子は尋ねた。

「だから、本当に何でもないんだ。俺が騙されたんであって、罪を犯したわけじゃない」

「でも十六歳の女の子にそういうことさせたのは事実なんでしょう」

「それはそうだけど、知らなかったんだからしょうがない」

「知らなければ、それで済むの」

文彦が片眉を不快そうにひそめ、声のトーンを落として言った。

「済むも何も、いいじゃないかもう、罪にならなかったんだから。そう警察も言ってるんだから」

「世の中の男たちが、お金で自分たちの下半身の処理をさせていることを、しょうがないって女が笑って済ませてくれると思ってたら大間違いよ。そんな女、いやしないわ。わからないの、軽蔑してるのよ」

一呼吸置いて、文彦が言った。

「君もだね」

「もちろんよ」

文彦はソファの背に寄り掛かり、天井を見上げた。それから、いくらか自分を揶揄《やゆ》するように言った。

「いいさ、軽蔑でも何でもすればいい。確かに俺は、君にそうされるにふさわしい男だからな」

「開き直るの？」

自分の言葉を後悔するように、文彦の緊張した声があった。

「あの時のことは悪かったと思ってる」

「言っておくけど、あれはレイプよ」

永遠子は静かに、しかしはっきりとした口調で告げた。

「たとえ夫婦でも、片方の意思を無視したセックスはレイプ以外の何物でもないわ。それとも、あの夜は私もその気になってたとでも言うつもりなの」

文彦の頬が強張った。

「だから、謝った」

「謝れば、済むの」

「それ以外の方法がわからない」

あれから二ヵ月近くがたっていた。あの日以来、ふたりの生活は完璧に別になった。永遠子は文彦に関する世話をいっさい放棄し、すべてにおいて生活の時間帯をずらし、顔も合わせないようにした。それでもどこかで、文彦の動向を意識していたのは確かだ。つまり、顔を合わせたくないという程度の関心は残されていた。しかし、そのわずかな可能性のようなものさえ、文彦は自らの手でぶち壊した。

「本当に、あなたって、どうしようもない男だわ」

「だから、気の済むまで君の思い通りにすればいいと言っている。家の中がどんなにひどい状況になっても文句も言わないできただろう」

「私の我儘《わがまま》をきいてやってるつもりなの」

「どうしてそんなふうにしか考えられないんだ。俺は後悔している。君に申し訳ないと思っている。ただ、それだけだ」

「もう、うんざりだわ」

永遠子は胃の中のものを吐き出すように言った。

「まったくだ、俺もうんざりだ。こんな生活を続けていたらどうにかなってしまう。すべて君のしたいようにしてくれ。離婚したいならそうしよう。告訴したいというなら、それも仕方ない」

「慰謝料はしっかりもらうわ」

「ああ」

「このマンションも」

「好きにしろよ」

永遠子は顔を向けた。文彦が知らない誰かに見えた。

「私たち」

「ああ」

「本当に、もうおしまいね」

「そうだな」

空気がしんとした。

翌日、文彦はボストンバッグに身の回りの物を詰めて、出勤していった。しばらくカプセルホテルで寝泊りするという。

止めるつもりはなかった。これでいい。妻をレイプするような男だ。少女に平気でいやらしいことをさせる男だ。別れて当然だ。自分がバカだった。男を見る目がなかったのだ。文彦の気持ちも、もうすっかり固まっている。今さら引き返せない。

そんな文彦にどうして言えるだろう。

永遠子は呆然として考える。

どうして妊娠しているなどと言えるだろう。

医者から告げられた時の、動揺と狼狽《ろうばい》と苛立ちと臍《ほぞ》をかむような思いの中に、わずかにかすめた弾むような感覚は何だったのだろう。おめでとう、と言われ、思わず「ありがとうございます」と頭を下げた自分はどこから来たのだろう。

もし、そうであったら、その場で堕胎の手続きをするつもりだった。受付で用紙だけは受け取ったが、看護婦から説明を受ける気にはなれず、バッグの中に丸めて押し込むのが精一杯だった。

別れると決めた。

ひとりで育てる自信はない。ましてや働きながらだ。家を出た母や、再婚した父を頼りにすることもできない。それにまだ自分は若い。他の男と巡り合う可能性だって十分ある。そうなれば子供を持つチャンスも再び訪れるはずだ。子供はやはり、祝福されて生まれるべきだ。

産まない理由ならいくつでも挙げられた。しかし、そうしながらも永遠子は自分の身体が確実に変化してゆくのを思い知らされるのだった。

突然、言いようもない吐き気に襲われたり、空腹に見舞われたり、身体が熱っぽかったりだるかったり、乳房が張ったり乳首が濃くなったり、この身体の異変はすべてまだ小指の先ほどの大きさにもならない命のなせるわざだ。ふと、おなかの大きい女性に目がいったり、小さな子供に笑いかけたくなったり、ベビー服やおもちゃの前で足を止めたり、添加物食品から手を引っ込めたり、空を青く感じたり、笑いがこみあげたり、それもまた、まだ見ぬ子の主張のように感じられた。

今さら何を迷うことがある。そう思いながらも、迷いは焦《じ》れったく付きまとう。何度も何度も、問いと答えとが繰り返されている。

「だから、同意書にサインと判子が欲しいの」

ランチタイムを過ぎた喫茶店は人の姿もまばらだった。テーブルを挟んだ向かい側で、文彦が惚《ほう》けたように用紙に視線を落としている。昨日、午後に会社を抜け出してこの店に来てくれるように電話した。

「ここよ」

永遠子は記入欄を指差した。

「本気なのか」

「ええ」

永遠子は淡々と答えた。もう、訳のわからない感情を持ち出して答えを延ばすのはやめにした。

「待ってくれ、ちょっと待ってくれ」

「もう決めたの」

「勝手に決めるな、俺の子でもあるだろ」

「あなたの子ですって」

永遠子は目線だけを上げた。文彦が少し身体を退《ひ》いた。

「今さらそんなこと主張しないで」

「俺に、父親としての資格はないってわけか」

永遠子は通りに面した窓に目を向けた。

「あなただけじゃないわ。私にも母親の資格なんかないわ。それどころか、私たちはもともと結婚する資格もなかったのよ」

ぬるくなったコーヒーに文彦が手を伸ばした。

「ああ、確かにそうかもしれないな」

「悪いけど、時間がないの。四時には病院に入らなくちゃならないから」

「今から？」

「こんなこと、早く終わらせたいの」

「近くなのか」

「ええ」

文彦はジャケットの内ポケットから、ペンと判子を取り出した。柔らかな午後の日差しが窓から差し込んで、少し震えている文彦の手の甲に降り注いでいる。

「これが終わったら、今度は離婚の手続きね」

「そうだな」

ペンをノックする音がした。

病院まで一緒に歩いた。

いいと言うのに、文彦は送ると言ってきかなかった。

何も喋らなかった。どちらかが口を開けば、どちらかが必ず傷つく。いつの間にか、そんな言葉のやりとりしかできなくなっていた。

小さい頃、何になりたいと聞かれて「お嫁さん」と答えたことがある。それは確かに実現した。美しいウェディングドレスに身を包み、祝福と笑顔を存分に受け、夢のような幸福に満たされた。手にした幸福があまりに眩《まぶ》しくて、目がくらみ、その先に何が待っているかなんて考えもしなかった。夢は必ず醒《さ》める。そしてその向こうに、夢よりもはるかに長い時間が、残酷なまでに延々と続いてゆく。

病院の前で、どうしても足が動かなかった。

どうしても、どうしても動かないのだった。

「なんでだ」

文彦が言った。

「なんで、俺たち、こんなことになっちまったんだ」

永遠子は奥歯を嚙み締めた。それにはいつも「あなたのせい」と口走ってきた。責められる前に言い返さなければ、自分が悪者にされてしまう。ふたりはいつだって、罪をなすりつけ合うことに心を砕いた。精一杯毛を逆立てるようにして、自分の正当を訴えた。

なぜ気付かなかったのだろう。どちらが悪くたって結局は同じことだ。不幸になるために、傷つけあってゆくだけだ。

「帰ろう」

手のひらに温度を感じた。文彦の手だった。その感触を欲しがっていた自分を認めること
が怖かった。それは、ずっと負けることだと思っていた。

「家に帰ろう」

けれど、この温かさ以外に、自分を救う何があろう。

気付くのが遅すぎたとは思いたくない。

永遠子は指先に力を込め、文彦の手を握り返した。

第四章　明け方の夢

今村の告白には笑ってしまった。

家では、座って小便をしなければいけないと言う。周りに飛び散って汚れるのが奥さんは我慢できないそうだ。

「便座に座るたび、去勢されてゆくような気がするよ」

と、今村は情けない声で付け加えた。

もともと仕事ができる奴じゃない。人のよさだけが取り柄《とりえ》の男だ。小便のたびに、もそもそとパンツを下ろす姿を想像すると、似合いすぎて思わず噴き出してしまった。それは誰も同じだったらしく、テーブルを囲んだ仲間うちからも遠慮のない笑いが巻き起こった。

有楽町のガード下に並ぶ焼鳥屋は、今日も賑《にぎ》わっている。限られた場所に小さな店がひしめきあい、絶え間ない電車の音と、重唱さながらの馬鹿笑いと、立ち上る煙とで満ちている。

顔触れもさまざまで、学生から自由業、文彦のようなサラリーマン、怪しげな風体《ふうてい》の男や、ホームレスらしき者まで、雑多な人間が顔を突き合わせている。道にまでテーブルや椅子がはみだしているが、どれも似たようなものだから境界がよくわからない。適当に座って、適当に注文する。飲んで食べて、せいぜいが二千五百円といったところだ。早くて、安くて、味も悪くない。最近はいつも混んでいて、ちょっと遅く行くと席を見つけられないこともある。先日、どこかの雑誌が、今いちばん活気のある場所と書いているのを読んだ。

しかし、それはちょっと違うと文彦は思っている。活気というより、やけくそなだけだ。

ここから五、六分も歩けば、銀座の高級クラブ街に行き着ける。時折、道路の向こうを、ぴかぴかの着物を着た一目でそれとわかる女が歩いてゆく。最近はとんとご無沙汰《ぶさた》だった。社内では経費節減が念仏みたいに繰り返され、クラブの請求書など回そうものなら、すぐさま経理から呼び出しがかかった。打ち合せのコーヒー代から、千円のタクシー代まで渋られるのでうんざりだった。取り引き先の接待を、料亭から割烹《かっぽう》に、クラブからキャバクラに替えなければならない営業の身にもなってみろと言いたい。

「通《つう》しか知らない小さい店なんですけど、漁師との特別なルートを持っていて、いい鮪《まぐろ》が入るんです」

「もうプロは飽きましたからね。やっぱり今は、素人《しろうと》の若い女の子がいる店ですよ」

単なる格好づけの言い訳でしかないことは相手もわかっているだろう。しかし、不況はある意味で公平に誰の頭上にも降りかかっている。表立って皮肉を言われることはない。早い話、お互い様ということだ。

その代わり、と言っては何だが、ここ最近、同僚たちと飲みに出る機会が増えるようになった。今日もオフィスで何となく話がまとまり、似たような年の六人がぶらりとここにやって来た。

「しかし、日本も変わったよな、富《トン》ちゃんが総理大臣になるんだもんな」

同僚のひとりが、ねぎまとハツの注文の合間に言った。

「日本もこの先、どうなることやら」

生ビールの泡を鼻の下につけながら、もうひとりが答える。

「それより、俺、ロス地震をテレビで観て、次は絶対東京だって思ったよ」

「中華航空は落ちたし」

「セナは死んじゃうし」

「たけしは、こけるわ」

「米不足だわ」

「それに松本の毒ガスだろ」

「いいことなんか、ちっともないよな」

今夏、記録的な猛暑に襲われて、皆、すっかり干涸《ひから》びていた。九月に入ってようやく息がつけるようになったが、それと入れ替わるように、誰もが足元に押し寄せる不安を持て余していた。

もちろん、それは政治でも事件でも災害でも、ましてや芸能人のスキャンダルでもない。口にこそ出さないが、リストラだ。

年度初め、会社は希望退職者を募った。そこまで経営が芳《かんば》しくないということに、まず社員の誰もが驚かなければならなかった。退職金は上乗せされるとのことだったが、結局、希望者数は会社側の思惑の三分の一にも満たなかった。当然だろう。次に就職するアテがあるならともかく、この不景気にいくらかまとまった金を貰《もら》ったとしても、預金を食い潰《つぶ》すような生活なんて誰が望んでするものか。

当然だが、次の手段としてリストラという名のもとに肩叩《かたたた》きが始まっていた。すでに四十代半ば過ぎの何人かの役職者が、子会社や関連会社に飛ばされていた。かつて、仲人までしてもらった佐々木部長も、半年ほど前に取り引きのあった警備会社に出向させられ、今はどういうわけかコンビニエンスストアの店長になっているという。

そんな話が耳に入ってくるたび、社員たちの声のトーンが落ちてゆく。最近、社への不平不満を誰も口にしなくなった。それまで威勢のよかった社員もぴたりと口を閉ざし、企画会議での上司相手の喧嘩《けんか》まがいの派手なやり取りもなくなった。自分が巻き込まれない保証はどこにもない。目立つことをすれば、どんな拍子で標的にされるかわからない。誰もがまずそれを懸念して行動するようになっていた。

それでも、文彦だけは自信を持っていた。今では主任に昇任し、信頼がおけて可愛いと思える部下もついた。推薦してくれた村岡部長は去年の役員改選ですでに常務に昇格していて、リストラ対策の統括責任者となっている。三ヵ月ほど前、村岡常務から誘われて飲みに出た時、ビールをつがれながらこう言われた。

「頼りにしてるからな」

「はい、任せてください」

文彦は頷《うなず》きながら、我ながら処世術にたけたものだな、と思った。多少の自己嫌悪を感じながらも、こんなご時勢だ、生き残る方法はそう多くはない。いろいろと思いはあるが、早々と村岡についておいてよかった。それでこそ、プライベートでも気配りを欠かさなかった甲斐《かい》があったというものだ。

頼りにしてる、という村岡常務の言葉の意味を文彦はもちろん理解している。早い話、リストラの対象となる社員の選別に力を貸せと言っているのだ。誰を切るか。誰を残すか。仕事はできるか。問題は抱えてないか。文彦にある程度評価させ、対象リストに加えるかはずすかを決めるという。営業からはまず三人、と言われていた。

文彦は目の前で呑気《のんき》そうにレバーを食っている今村に目をやった。タレが落ちてズボンを汚しているのに気付かない。

まず奴だな、と思った。奴を残して何の意味がある。大した業績もない。人をまとめる能力もない。金の無駄遣いとしか思えない。

どういうわけか奴が嫌いだった。見ているだけでつい苛々《いらいら》させられてしまう。

今村が焼鳥の皿に袖口を引っ掛けてひっくり返した。同僚から非難の声が飛んだ。文彦は生ビールを追加した。やっぱり今村しかいない。

美有《みゆ》はもうすぐ一歳になる。

子供を持って初めて知ったが、子供は本当に可愛い。起きている時間にマンションに帰ると、たどたどしい足取りで飛び付いてくる。美有は母親の永遠子より、父親の自分の方が好きみたいだ。百パーセントの信頼で、自分のすべてを預けてくる美有を抱くといつも感じる。この子は俺が守らなければならない。確か以前にも、それと似たような気持ちを抱いたことがあるような気がするが、いったいいつだったろう。

「美有は寝たのか？」

「ええ」

永遠子がスーツのジャケットに鼻を近づけて、顔をしかめた。

「また焼鳥屋？」

「まあな」

パジャマに着替えて、美有の寝ている和室を覗《のぞ》く。小さな布団の中で、小さな美有が、小さく寝息をたてている。枕元に座って、頰を指でつっ突いた。

「起こさないで。さっき、やっと寝たところなんだから」

ダイニングから永遠子の声が飛ぶ。ふん、と鼻を鳴らして、文彦は少し名残惜しげに部屋を出た。永遠子は毎日、美有と遊んでいられるが、自分はそうはいかない。いいじゃないか、これくらい。起きたら、また寝かせればいいだけのことじゃないか。

「何か食べる？」

「いいや、コーヒーをもらうよ」

テレビのスイッチを入れ、夕刊を広げた。運動不足と過食がたたって、ここのところすっかり身体が重くなっていた。結婚した五年前に較《くら》べたら七キロ太った。三十三歳で中年太りはいただけない。最近、夜食は控えるようにしていた。

今のところ、家庭はいたって円満だ。美有が生まれたことで、互いに夫婦というより、親として向き合うようになったせいもある。結婚して、何年も男と女のままで顔を突き合わせるには限界があるのは当たり前だ。子は鎹《かすがい》、の意味を最近実感するようになっていた。

「九時頃だったかしら、智恵ちゃんから電話があったわ」

コーヒーメーカーをセットして、永遠子が振り返った。蒲田の実家で両親と同居している妹のことだ。

「何だって？」

「ちょっと話があるんですって」

「ふうん、聞いといてくれればいいのに」

「文彦に話したいんでしょう。明日にでも、連絡入れておいて」

「ああ」

コーヒーをテーブルに置いて、永遠子が言った。

「悪いけど、後はお願い。私、先に寝るから」

「何だ、一緒に飲まないのか」

文彦は新聞から顔を上げた。

「もう、くたくたなの」

蛍光灯の明かりに、化粧気のない永遠子の顔が照らし出される。それ以上、彼女の口が動きだす前に、慌てて新聞に目を戻した。

「いいよ、寝ろよ」

背後で、襖《ふすま》の閉まる音がした。

永遠子は今、和室で美有と一緒に寝ている。以前は三人一緒だったが、美有は夜泣きがひどく、文彦までも寝不足の毎日を送らなければならなかった。それではたまらないと、別々に寝ることになり、ほとんど治まった今も、何となくその状態が続いている。友人に聞いても、それはめずらしいことではないらしく、うちも同じさ、という声はよく聞く。

たまに永遠子を寝室の方に誘うと、応じる時もあるが、たいてい今夜と同じように「疲れている」との答えが返ってきた。昼間は美有と一緒に遊んでいるだけなんだろ、と思うが、その気がないなら仕方ない。無理をさせるつもりは全然ない。それで都合が悪いこともない。最近、性欲も減退してきたように思う。明け方に妄想をかきたてるような夢も見なくなった。やっぱり少し、身体を鍛えた方がいいかもしれない。

昼休み、桂木《かつらぎ》に誘われ、混む時間を避けて、少し遅めの昼食をとりに会社を出た。時々顔を出す和食屋ののれんをぐぐると、顔馴染《なじ》みの受付嬢と入れ違いになった。

「あら大津さん、今からですか？」

「おう、元気？」

「残念、私ももう少し遅く来ればよかった」

なかなかの美人だ。言われて悪い気はしないが、彼女がリストラされた総務課長と不倫の関係にあったというのは有名な話だ。まだ二十三、四だというのに、妙に世馴《よな》れたところがあり、ちょっと退《ひ》いてしまう。

最近、ああいった男を惑わすタイプの女に少しも心惹《ひ》かれなくなった。自分はもう若い女に対する幻想は捨てた。仕事でも、遊びでも、若い女はたくさん見てきたが、あの情熱と冷血にはほとほと疲れ果てる。できれば大人の女がいい。シンプルな白いブラウスに、肩にさらりとカーディガンを羽織るだけでサマになるような女だ。

席に着くと、桂木が神妙な顔つきで頭を下げた。

「先日は、わざわざ来ていただいてありがとうございました」

「何言ってるんだ、あんなことぐらいどうってことない」

「おふくろもすごく喜んでました」

本日の定食と、ついでに小瓶のビールも注文した。小さなグラスでささやかに乾杯する。

「いい法事だったよ」

「七回忌だけは、ちゃんとやりたかったんです。三回忌の時は、法事どころじゃなかったですから。迷惑だと思ったんですが、今、僕がもっとも信頼している大津さんを、親父に紹介したかったんです」

文彦は少し照れて、ビールを飲み干した。体育会系のノリはあまり好きではないが、部下に慕われ、それに応えるというスタンスは悪い気分ではなかった。

桂木は二年前に入社して、すぐさま文彦の下についた。気配りが利いて、頭の回転が速く、クライアントの受けも悪くない。いい奴が配属されたなと思っていた。

ただ、いつも同じスーツを着て、同じネクタイを締めている。それも、ディスカウントショップで買ったものだと一目でわかる安物だ。営業は、身だしなみも戦略のひとつだ。そのことを言うと、桂木は恐縮したように「気をつけます」と身体を小さくした。そうして、次に着てきたスーツは、前よりもっとひどい代物《しろもの》だった。

「すいません、死んだ親父のなんです」

桂木の境遇を知ったのは、それがきっかけだった。

高校三年の時に父親を亡くしたという。深夜、残業を終え車で帰宅する途中、ガードレールに激突したそうだ。労災は認められず、規定の退職金と、生命保険が下りた。保険金は三千万ほどあったらしいが、家のローンの返済でほとんどなくなったらしい。母親はかつてのツテを頼って働きに出るようになったが、生活は相当苦しくなった。下にまだ中学の妹もいて、桂木は高校を卒業したら就職するつもりだったが、母親は断固大学進学を勧めた。そうして桂木はバイトに明け暮れながら大学に入り、卒業した。

「おふくろにも苦労かけたんで、これからは楽させてやろうと思ってます」

いい話だな、と思った。近ごろ聞かない話だ。らしくもなく、少しばかり胸がじんとした。

文彦はスーツを二着やった。ネクタイも五本つけた。背丈は同じくらいだ。サイズに問題はない。

「いいんですか」

紙袋を開いて、桂木はびっくりしたように顔を上げた。

「気にするな。太って着られなくなったんだ。持っていてもしょうがないだろう。着てくれるなら、そっちの方が有り難い」

「ありがとうございます」

桂木は深々と頭を下げた。

あの時から、桂木には仕事だけではない情のようなものを感じるようになっていた。そして桂木の方も、同じものを抱いているように思えた。

忘れていたわけではないが、雑用に気を取られて、妹に連絡を入れたのは三日たってからだった。廊下の奥の休憩コーナーで、文彦は携帯を取り出した。

遅れたのが不満だったのか、智恵は少し尖《とが》った声を出した。

「どうしてすぐ電話くれないのよ」

「悪かった、ちょっと忙しかったんだ。それで？」

「お父さんのことなんだけど」

「親父がどうかしたのか？」

「最近、少し変なの」

「変って何だ」

携帯にいくらか雑音が入って聞きにくい。

「何て言うか、物忘れがひどいっていうか、ぼんやりしてるっていうか」

「親父もそろそろボケてきたんだろ」

文彦はいくらか冗談めかして言ったが、智恵の声は硬かった。

「この間なんか、自分の名前を忘れちゃったのよ。もちろん、普通の時もたくさんあるんだけど。何て言うか、どことなく頼りなげというか」

「おふくろは何て言ってるんだ」

「年をとれば仕方ないって。でも、お母さんは、毎日習いごととかボランティアとかで出歩いてて、まともにお父さんと話なんかしてないもの、わかるはずないわ」

「おふくろの言う通りなんじゃないか。俺だって、最近とみに物忘れするようになったもんな」

「そうかな」

「親父も定年退職して気が抜けたんだろ。しばらく放っておいてやれよ。長いこと、仕事に追いまくられてきたんだ。きっと今はぼーっとする時間が必要なのさ」

電話を切って、文彦は窓の外に目をやった。

親父か、と呟《つぶや》いた。

小さい頃は、時折遊んでくれたこともあったが、いつからか文彦の方が避けるようになっていた。煩《わずら》わしいというか、居心地が悪いというか、向き合っても、意識して互いに違う方向を見てしまう。何を話していいのかわからなかった。父親は、母親とはまったく次元の違う存在だ。親子の愛情というものだけでは括《くく》れないひずみがある。

ここのところ晴天が続いていた。今日もまた目に痛いくらい空が青い。

ふと、残酷だなと思った。澄み切った空は、どこか人を突き放しているように見える。


ついに村岡常務から呼び出しがかかった。

対象として三人を挙げるように言われていたが、文彦はどうしてもふたりしか選べなかった。ひとりは今村で、もうひとりは植田という四十少し前の男だ。

植田はもう課長になっていてもおかしくない年齢だが、今も主任に留まっている。人との接し方に少し癖があり、クライアントの受けにもムラがある。気に入られればとことんだが、拒否する人間も結構いる。決め手になったのは、飲み屋に相当ツケを溜めていて、会社に回すこともできず、自腹は切れず、結局、下請けの制作会社に押しつけていることがわかったからだ。実際、文彦も、たかられた制作会社から泣きつかれた。支払い能力を超えてまで酒に浸る男など、所詮《しょせん》、先が見えている。

そのふたりを挙げるのに躊躇《ちゅうちょ》はなかったが、もうひとりとなると選べない。いやな奴もいるが、いやなところばかりでもない。それぞれに事情というものも抱えている。いくら文彦でも、一から十まで冷淡にはなれない。

「申し訳ありません」

「そうか、わかった。まあ、そんな沈んだ顔をするな。君が挙げた社員を必ずしもリストラにかけるというわけじゃない。あくまで参考だ。それほど負担に感じることはない」

「そう言われると、少しはホッとします」

「少し若いのも何とかしないといけないかな」

「常務」

「何だ」

「勝手な言い分かもしれませんが、下の者をこれ以上減らすのは、会社にとって損失になると思います。長い目で見て、いずれ戦力になる層は残しておくべきです。課長クラスひとりの給料で、若いのがふたり雇えます」

「だから課長を減らせと？」

「いえ、そういうわけではありませんが」

「まあ、君の言い分もわかる。しかし、若い者はまだ他で仕事を見つけられる可能性も十分にある。ましてや独身なら気楽な身だ」

「しかし」

「とにかく、ご苦労さんだった。君にはいやな仕事をさせてしまったな。これも社の将来のためだと思ってくれ」

文彦は頭を下げて、常務室を出た。

秋は本当に気短だ。

四時を回る頃から太陽は目に見える勢いで西の彼方《かなた》に帰ってゆく。

すでに年末年始の仕事が始まっていた。クリスマスと正月がごっちゃになっている。しかし実際にその日が来ると、今度はひな祭りや花見が仕事になる。いつも思う、この業界にいると三ヵ月は確実に早く年を取る。

しかし、ひとつ大きな契約も決まって、久しぶりに軽やかな気分だった。早く帰って、美有を風呂にでも入れてやるかと、いつもよりいくらか早めに机の上を片付け始めた。

「おい、大津」

頭上から呼ばれて、文彦は顔を上げた。植田だった。一瞬、身体が硬くなった。

「何か？」

「わかってるだろう」

「何でしょう」

植田の唇が歪《ゆが》んで、吐き捨てるように「このやろう」という声が聞こえた。何をされるか、すぐに想像がついた。そして想像どおり、中腰になった文彦を、斜め下から植田の拳《こぶし》が襲った。顎《あご》にひしゃげるような衝撃を受け、文彦は床に尻餅《しりもち》をついた。

「犬みたいな真似《まね》しやがって」

口に広がる鉄の味を文彦は舌先で舐《な》めた。あちこちのデスクで、社員が立ち竦《すく》んで事の成り行きを眺めている。桂木が飛んで来るのが見えた。

「大津さん、大丈夫ですか」

桂木は膝をついて文彦の身体を起こし、植田に食って掛かった。

「何をするんですか」

植田が背を向ける。桂木が腹立たしげに、その背に投げ掛けた。

「一方的に暴力を振るうってどういうことですか。卑怯《ひきょう》じゃないですか」

植田が足を止め、振り返ると、まっすぐに桂木を見た。

「俺は、こいつのチクリで、会社を追い出されることになった。次の仕事場は製本所の倉庫番だってさ。もし、おまえが大津を信用しているとしたら、とんだ笑い話だね。知ってるのか、おまえもリストラの対象として名前が挙がってることを。こいつは表ではいい先輩面《づら》していても、裏では平気で人の寝首をかくような男なんだよ」

桂木が瞬《まばた》きを繰り返しながら、植田を見つめる。

「そんなこと」

「待ってろよ、じきに発表があるさ。こいつが尻尾《しっぽ》を振ってる村岡常務の筋から」

植田が営業部を出てゆく。桂木が文彦を振り返った。

「今の話、本当ですか?」

文彦は立ち上がって、ズボンについた汚れを払った。

「馬鹿馬鹿しい、そんなことあるはずないだろ」

「ですよね」

「あの人のことは自分で蒔《ま》いた種だ。誰かを恨みたかったんだろう」

「ひどい話だ」

その日はそれで治まったが、一週間後に回ってきた人事異動の通達に、文彦の目は釘づけになった。今村の名前がない。代わりに桂木の名が載っていた。聞いたこともないビルの清掃会社だ。文彦は思わず桂木のデスクに顔を向けた。桂木が呆然《ぼうぜん》と通達を眺め、やがてゆっくりと首を捻《ひね》って文彦を見た。明らかに、裏切られたという目をしていた。

「違う」

文彦は通達を摑《つか》んだまま立ち上がり、村岡常務の部屋へと向かった。

「どうしてですか、どうして今村ではなく、桂木なんですか」

意気込んで訴える文彦に、村岡常務は少しも慌てることなく、背の高い革張りのチェアにゆったりと身体を預けた。

「あまり知られてないようだが、今村くんの奥さんはスポーツシューズメーカーの社長の姪《めい》御《ご》さんでね」

「え……」

「かつては業界ベスト10《テン》にも入ってなかったが、今はトップ3《スリー》にのし上がった会社だよ。実は、そこがウォーキングシューズを大々的に売り出すことになったんだ。あちらから、広告をすべて今村くんに任せたいと言ってきた。今、今村くんをはずすことはできないんだ」

今村にしゃがんで小便をさせる女房のことか。そんなルートで結婚した女だったのか。

「しかし、だからと言ってどうして桂木なんですか。あいつはよく働くし、仕事もデキます。いつか必ず社に必要となる人間です」

「将来というような悠長な状態じゃ駄目なんだ。私が残したいのは即戦力の社員だ。言ったはずだ、君の意見はあくまで参考にするだけだってね。後の判断は私がした」

文彦は唇を嚙《か》んだ。桂木がそれを信じるとは思えなかった。裏切られたと感じるに違いない。桂木にそう思われるのがつらかった。

「それはそうと、植田くんとオフィスで派手に喧嘩をしたんだって？」

「いえ、一方的に殴られただけです」

文彦は俯《うつむ》いたまま首を振った。

「どうやら社内で、私と組んでリストラを推し進めていたという噂《うわさ》が立っているみたいだね」

「植田さんが言っただけです、そんなこと誰も信じてません」

「だろうが、君もそんなことがあったんじゃ、オフィスには居づらいだろう」

文彦はゆっくりと顔を上げた。村岡常務の口元に笑みが浮かんでいる。

「どうだ、しばらく社から離れてみないか。なあに二年か三年だ。状況がよくなれば、すぐに帰ってもらう。どこに行っても君は私の大事な部下に変わりない。少し外で武者修行をするような気楽な気分で行ってくれればいいんだ」

文彦は黙って聞いていた。これで三人か、と思った。

*

女性誌の占いのページは、今もつい読んでしまう。

読んだとたん忘れるとわかっていても、読むのが癖になっている。朝のワイドショーでも占いが映ると観てしまう。今朝は金運健康運恋愛運とも最高と出ていた。今さら、どれが最高でも変わりようがないのに、やはりどこか気分がいい。

永遠子は美有を見下ろした。

眠っている美有がいちばん可愛い。

このままずっと眠っていてくれたら、と思う。

お昼を食べさせると、美有は二時間ほど昼寝をする。毎日、それが待ち遠しい。今の永遠子にとって、唯一息をつける貴重な時間となっている。

子供を持てたことの幸せは感じている。健康に育っている幸運も感謝している。それでも、澱《おり》のようにたまってゆく寝不足と疲労に、時に気持ちがささくれだってしまうこともある。

正直言って、子供がこれほど手のかかるものとは思ってもいなかった。こんな小さな子がひとり家族に加わっただけで、洗濯物は倍になり、部屋は日に二度掃除しなければならず、食事の手間も格段に増えた。毎日のことだ。休みはもちろん、土曜も日曜もない。

眠っている美有の指先が赤く滲《にじ》んでいる。永遠子はウェットティッシュでそれを拭き取った。お昼に食べたチキンライスのケチャップだ。どれだけスプーンを持たそうとしても、美有は放り出して、皿の中に手を突っ込んだ。

「駄目って言ってるでしょ！」

声を荒らげても、永遠子に叱《しか》られることになどすっかり慣れて、平気な顔をしている。スプーンを摑ませる。スプーンが投げられる。今日ばかりでなく、それが食事のたびに繰り返される。根比べのようなものだった。

前に、文彦がその様子を見て「好きにさせればいいじゃないか」と、永遠子を非難するような口振りで言ったことがある。思わずカッとして言い返した。

「私だって、好きでやってるわけじゃないわ。この間、ファミリーレストランでスパゲティをぐしゃぐしゃにして、お店の人にいやな顔をされたじゃない。あの時、私に『もう少し何とかしろよ』と言ったのは文彦じゃない」

文彦は肩をすくめ、美有に向かって「怖いママでしゅね、美有ちゃん」などと、赤ちゃん言葉で逃げてしまう。

父親なんて気楽なものだ。いいとこどりばかりで、自分の気の向いた時だけ可愛がり、面倒な時は知らん顔だ。夜泣きをしても、うるさいと言えば何とかなると思っている。初めて高熱を出した時、狼狽《うろた》えて携帯に電話してもとりあってくれなかった。たまに気紛れにお風呂に入れるぐらいで、十分に協力していると思っている。やっと寝た子を無理に起こして、ぐずれば「後は頼む」と押しつける。

腹立たしさも悔しさもある。言ってやりたいことを挙げればきりがない。それを呑《の》み込んできたのは何故だろう。自分のような女も、いつの間にか会社で働いてお金を稼ぐのが夫の仕事であり、家のこと子供のことは妻の仕事、と思うようになったのだろうか。

昼寝の後は、公園への散歩だ。子供にとって、社会性を養うのに大事なことだとわかっている。それでも永遠子は苦手だった。今日もまた、母親たちとのライバル心を忍ばせた、上滑りなお喋《しゃべ》りに参加しなくてはならないかと思うとうんざりする。

美有は標準より身体が少し小さい。言葉もいくらか遅れている。同じくらいの子供を連れた母親にそれを指摘された時、まるで子育てに失敗していると咎《とが》められているような気がした。いくら保健所で「気にするほどのことではない」と言われても、他の子供と較べるとその差は歴然としている。

自分が疲れていることはわかっている。だから小さなことにキリキリしてしまうのだ。ゆっくり眠りたい。ひとりになりたい。そんなことを、美有が眠っている間に、自分の昼食をとりながら、汚れた床を拭きながら考えていると、もう布団の中がもぞもぞと動き始める。今日もまた、これから公園に行って、帰りにマーケットに寄り、夕食を作って、食べさせて、お風呂に入れて、寝かしつける。一日のノルマはまだ半分しか果たしていない。

川崎に住む母親とは、最近、あまり顔を合わせなくなった。

ひと月ほど前、美有の顔を見に遊びに来て以来、連絡もない。父親が定年になって、約束の慰謝料として退職金の半分が手に入ったので、のんびりと暮らしているのだろう。先日来た時、何だか少し華やかになっていて戸惑った。一緒に暮らしているという男とは会ったことはないし、会う気もないが、安定していることだけは確かなようだ。祝福すべきことなのだろうが、永遠子には素直にそうなれない思いもある。

中野の再婚した父親も、それなりに落ち着いている。

出産の時、永遠子は実家に帰らなかった。継母《ままはは》となった人の世話になるには抵抗があった。癖のある人ではないが、永遠子にとっては、家に入り込んできた他人という思いが消えない。実家の鍵はいつも持っているが、あの人が住むようになってから、訪ねる時は必ずチャイムを鳴らすようになった。

その日の午後、駅前の商店街をベビーカーを押しながらぶらぶらしていると、声を掛けられた。やけに暖かな冬の午後だ。

「すいません、ちょっといいですか」

振り向くと若い男が立っている。永遠子は足を止めて、戸惑いながら男を眺めた。

「奥さん、きれいですね。さっきからずっと見てたんです」

少し崩れた感じのソフトスーツを着ている。いくらか癖のある口元がセクシーだった。ふっと、今朝の占いはどうだったかな、と考えて、頬が少し紅潮した。

「何か」

「もし、よかったら、少しお話しできないかなと思って」

「子供がいますから」

「僕は平気ですよ、子供は大好きですから」

何かしら意図があるのはすぐにわかった。こういったキャッチセールスは、何も渋谷や新宿ばかりに横行しているわけではない。いちいち答える必要はなく、相手になどしないで、黙って背を向ければいいだけのことだ。それなのに、どこか、永遠子はそうすることが惜しいような気になっていた。話ぐらい、と思う自分がいた。自分の言葉に、媚《こび》のような甘えのような含みがあった。

そして、それに気付いて、ひどく傷ついた。

「いえ、結構です」

「ほんの五分でいいんです」

「急ぎますから」

永遠子は足早にベビーカーを押してその場を離れた。背後から「何だよ、おばさんが」と毒づく声が耳に届いて、身体が熱くなった。

しばらく歩いて、足を止めた。クリーニング屋のガラス窓に自分の姿が映っている。

かつて散々贅沢《ぜいたく》をして、ちゃらちゃら生きて、結婚で計算違いしたと臍《ほぞ》をかんでいる女。それでも自分に見切りをつけられず、物欲しげにきょろきょろ辺りを窺《うかが》っている女。バブルの残骸《ざんがい》のような女。彼らにしたら、こんな絶好の獲物はないだろう。

ガラスに映る自分を、自分だと認めるのが怖かった。かつて私だけはそうならないと、確信を持っていたはずの主婦という一個の塊の中に、髪の先まで埋没している。そのくせ、開き直ることもできない。

美有がぐずり始めた。

「帰ろうね」

言葉をかけてから、もつれそうになる足を何とか前に押し出した。


今日も格闘のような昼食を終え、美有がようやく眠りについた。

いつもなら雑巾を手にして、食べこぼしで汚れたダイニングの床を拭き始めるのだが、まったく気力が湧《わ》かず、永遠子はぺたりと座り込んだ。

美有はさっき、昼食に出した、豆腐を手摑みにしてぐしゃぐしゃにつぶした。スープをカップごと床に落とした。それでも悪びれた様子もなく、けらけらと笑っている。わざとやってるわけではない、とは思えなかった。

「いい加減にしなさい」

永遠子は声を荒らげた。小さな手の甲をぴしゃりと叩いた。しかし美有は少しも怯《ひる》まず、逆に「あーあー」と攻撃的な声を上げて、その豆腐にまみれた手で永遠子の髪を引っ張った。

「何すんのよ！」

気がついたら、頬をはたいていた。思いがけず大きな音がした。美有は一瞬、何が起こったのかわからなかったように永遠子を見つめ、それからわっと泣きだした。

ショックだった。そんなことをした自分に驚いた。永遠子は美有を抱き締めた。

「ごめん、ごめん、痛かったでしょう。ママが悪かったわ」

美有の背をなでる。しばらく泣いていた美有も、やがて機嫌を直して再び食べ始める。それでも懲《こ》りずに、手で摑みたがる。止める気力もなくして、永遠子はぼんやりとその様子を眺めた。

結婚して妻になった時、自分を変えなければならない、というような意識はほとんどなかった。しかし、母になるということが、これほど変化を強《し》いられるものとは思ってもみなかった。

何もかも美有が中心だ。予定も約束も、この理性の存在しない小さな生きものに支配されている。永遠子にとって今までこれほど思い通りにならない対象はない。

今はただ受け入れることがすべてだ。自分が受け入れられることは、まずない。

初めて手を上げた時から、永遠子は自分の中に徐々に湧き起こる、ある種狂暴な衝動を意識するようになっていた。

美有は可愛い、美有を愛している。それでもある瞬間、激しい感情にかられる。罵声《ばせい》を浴びせる。つねる。布団をかぶせる。お風呂の湯に沈める。食事をやらない。突き放す。叩く。笑い掛けない。無視する。

幼児虐待に関しての知識はある。そんなことをする親がいるなど信じられない。自分がするはずがない。それでも、ふとした時に、愛《いと》しいはずの美有を、激しく憎む自分に気付く。ほんの一瞬だ。息を一度吸うくらいの短い間だ。

しかし、永遠子は怖かった。そんなことをするはずがない、という思いの内側に小さな亀《き》裂《れつ》が入り始めているような気がする。


無性に誰かと話がしたかった。

愚痴や不満をこぼし合う相手ではない。それなら近所で何とか見つかる。そうではなくて、ほんの短い時間でいい、自分を現実から連れ出して欲しかった。占いなんか何の慰めにもならない。吉と出ようが凶と出ようが、役にもたたない。自分の知らない自分になって、その人格の中に身を埋めてしまいたい。

テレクラを始めたのは、それが今できるもっとも手軽な方法だったからだ。雑誌の占いのページをめくる途中、たまたま目についた。フリーダイヤルの番号を押すだけでいい。お金はかからない。何より、こちらのことは何も知られないというのが安心だった。最近、美有が寝付くと、つい受話器に手が伸びてしまう。

「もしもし」

「あ、もしもし。よかった、やっとつながった。ね、おたく、いくつ？」

せっかちな男の声がする。

「……二十五。あなたは？」

「ま、そんなもの。ね、人妻だろ」

「どうして？」

「こんな時間に掛けてくるのって、人妻に決まってるからさ」

「違うわ。デパートに勤めているの。今日は定休日。あなたはサラリーマン？」

「そうだよ。ね、どこで待ち合わせる？　すぐ出て来られる？」

「話だけじゃ駄目？」

「今さら何言ってんのさ。焦《じ》らせるつもり？　いいからとにかく出ておいでよ」

そこで、いつも永遠子は受話器を置いた。出てくる男のパターンはほとんど決まっていた。話をするのではなく、最初から交渉だった。とたんにげんなりしてしまう。会う気はなかった。目的はセックスではない。

私が求めているのは……

と、理由付けをしそうになって、自分を笑ってしまった。セックスしたって構わない。いいや、本当はしまくってやりたい。舐められて、いじくられて、ひぃひぃ声を上げてやりたい。

永遠子はブラウスの上から自分の胸を手で包んだ。

かつて、ブラジャーを内側からふっくりと盛り上げていた胸はもうどこにもない。授乳の役割を済ますと、しゅるしゅるとしぼんで無惨な姿になってしまった。乳首はまだ大きく黒ずんでいて、見苦しい。帝王切開の痕《あと》は一年たった今も残り、妊娠線もまだ消えない。とても誰かに見せられる身体ではなかった。

妊娠した時、自分の身体がこんなふうになるなんて考えもしなかった。いや、たとえ知っていたとしても、産むことに躊躇《ちゅうちょ》はなかったと思う。身体なんて、子供と引き替えるほどの価値などないと思っていた。たぶん母性というやつだ。

それなのに、今、永遠子は自分の身体を受け入れられない。どうしてこんな姿になってしまったのか、嘆くしかない。

そして、思う、すべては美有のせいなのだと。

「それで、どうする？」

言うと、文彦が初めて気がついたように顔を向けた。

「えっ、何だって」

「やだ、聞いてなかったの？」

「ああ、ごめん」

文彦は最近、どこかうわの空だ。また浮気でもしているのだろうか。けれどもそれを詮索《せんさく》するエネルギーも情熱も、今の永遠子にはない。

「だから住宅ローンの借り替え。年5・5パーセントなんて馬鹿馬鹿しいわ」

「そうだな、考えなくちゃな」

「それから、今度マンションの外壁塗装をするんだけど、少し負担があるらしいわ」

「修繕費積み立てやってるだろ」

「私たちは途中で入居したから、今までの積み立て金だけでは足りないみたいなの」

「ふうん」

「それと、管理組合から役員になってくれないかと頼まれたわ。そうそう、下の階のおじいさんが亡くなったんだけど、香典はどれくらい包めばいいかしら。お風呂場の排水がうまくいかないから何とかして欲しいんだけど。それから……」

文彦が黙って立ち上がった。そのまま何も言わず寝室に入って行く。永遠子は息を吐き、天井を眺めた。

好きでこんな話をしているわけじゃない。現実はどんどん人の柔らかな場所を壊してゆく。けれども、それがイヤだと言って放っておくわけにはいかない。誰かがそれを引き受けるしかない。

その全部が、妻の仕事だというのか。妻は壊れないとでも思っているのか。

クリスマスのイルミネーションが商店街を派手に彩り始めていた。まるで街全体が南国の鳥になってしまったようだ。

美有が、スノウマンのぬいぐるみをしっかり抱えて眠っている。

今日もまた、聞き分けのない美有を前にして、衝動が細かく粟立《あわだ》つように襲ってきた。大声を出してしまった。お尻を強く叩いてしまった。

その自己嫌悪と、自分への怖れとで、いたたまれなくなる。これ以上は烈《はげ》しくならない、と言えない自分がここにいる。

その思いを抑え込むように、永遠子は番号を押した。もう五度目だった。どの相手もせっかちに会うことばかり要求する。今ではすっかり慣れて、適当なところでフックを押し、再び雑誌のページをめくる。そこにはまるで魔法の金庫を開けるように番号が並んでいる。

「もしもし」

「あ、はい。どうも、初めまして」

どこか、おどおどしたような声があった。かなり若いということがわかる。

「こんにちは」

永遠子は言った。いつもなら、すぐに年を聞いてくるのに、相手は何も言わない。しばらく待っても、やはり言わない。

「あの」

「はい」

「黙っていても、しょうがないわ」

「ああ、そうですね。えっと、えっと……何を話そうか。自己紹介なんかするのかな」

思わず苦笑した。

「もしかして、初めて？」

「えっ」

「テレクラで、そんなこと言う人なんかいないわ」

「考えてみれば、そうだ」

相手も笑った。

「寝る相手を見つけに来たんじゃないの？」

「いえ」

「違うの？」

「何て言うか、思い出にできたらって」

男の声が少し照れた。

「思い出？」

「僕、今から東京を離れるから」

「そう、でもテレクラを思い出にするなんて、ちょっと侘《わび》しいんじゃない？」

「そうかもしれないけど、僕にはちょうどいいんだ。東京で、いいことなんて何もなかったから」

「悲しいこと言うのね」

「ごめん、しんき臭いこと言っちゃったな」

「いいのよ、気にしないで」

「別に東京だけじゃなかったけどね。たぶん、僕はそういうふうに生まれついてきたんだと思う。あるだろう、何をやっても運が悪いっていうか、いつも貧乏くじを引いてしまうっていうか」

「何があったの？」

「いろんなこと、思い出したくないことばかり」

短い沈黙があった。まるで暗い谷底を見下ろすような、途方に暮れる沈黙だった。

永遠子はふと、目の前の雑誌に目をやった。占いのページが開いている。

「ねえ、何座？」

「え？」

「星座よ、占ってあげる」

「いいよ」

「いいから」

「射手《いて》座」

永遠子は射手座の欄に目をやった。

「すごい、あなたは今からものすごく幸せになるって出てるわ」

彼は黙った。何て言えばいいのか困っているようだ。

「この占い、よく当たるのよ。信じて大丈夫」

実際に何が書いてあるかなんて、どうでもよかった。幸せなんて、望む人のところに行くべきものなのだ。

「そうか」

彼が苦笑している。

「東京を離れてどこに行くの？」

「神戸《こうべ》。あっちに友達がいて、何とか働き口が見つかったんだ」

「素敵なところだわ。坂があって、海があって、コーヒーがおいしいの」

「へえ、そうなの」

「私も一緒に行きたいくらい」

ほんの少し間をおいて、彼が言った。

「おいでよ」

ふっと、行ってもいいような気がした。美有も文彦も捨てて、知らない誰かになって、知らない人生を始める。私さえ私を忘れて、まっさらになる。

「ああ、もう時間だ」

「そう、残念」

「ありがとう、楽しかった。いい思い出ができた」

「こんなことぐらい」

「僕、女の人とあんまり話したことがなくて。モテないんだ」

「大丈夫。これからの恋愛運も最高よ」

「そうか、うん、楽しみにするよ。じゃあ、さよなら、元気で」

「あなたも」

受話器を置くと、いつの間にか起きだした美有が、小さな手で永遠子のブラウスの裾をしっかりと摑んでいた。怯《おび》えたような目をしている。まるで、永遠子がどこかに行ってしまうのではないかと不安がっているように見えた。この子は私がいないと生きてゆけない。そう思うことだけが、今は自分を母という場所に留まらせてくれそうな気がした。

「おいで」

永遠子は美有を抱き締めた。

「大丈夫、どこにも行かないわ。ママはずっとここにいるわ」

それを、自分に言いきかせるように呟いた。

＊

文彦はいつもより三十分、早く家を出るようになった。中目黒で日比谷線に乗り換えて一時間かかる。

新しい職場は南千住《みなみせんじゅ》にある小さなイベント会社だ。三階建ての古びた小さなビルで、エレベーターもない。イベント会社と言っても、商店街の福引きや、町内の盆踊り大会などを手掛けている程度の規模である。

初めての出社時、力が抜けた。どこかで、村岡常務の鼻をあかすほどの成果を上げてやる、と思っていたが、その意気込みもすっかりなくしていた。その上、出向という形で来た文彦に対して、社員たちはやっかい者を押しつけられたという思いを持っていることがありありと見えた。その扱いに、文彦自身、ひどくプライドを傷つけられていた。

こんなところ。

と、思わずにはいられない。

こんなところ、辞めてやる。

と、思わなければ、出社する気さえ起こらない。

永遠子にはまだ何も話していなかった。今のところ、給料は本社からの振込みだし、明細書は文彦が受け取るし、連絡は携帯だ。まさか出向になっているなどとは考えてもいないだろう。しかし、いつまでも隠し通せるものではない。そのためにも、早く新しい仕事を見つけて、説得するしかないということはわかっていた。

友人や、仕事で付き合った奴など、ツテを頼って連絡を取ってみたが、どこからも色よい返事は貰えなかった。それぞれに苦しい事情を抱えていて、バブル時、あれほど羽振りのよかった会社が跡形もなくなっている、というのもめずらしいことではなかった。

それよりも、かつては平身低頭で接してきた奴らから、露骨に避けられたり居留守を使われたりするのが情けなかった。リストラにあった噂はすでに広がっている。後ろ楯《だて》を失った文彦とは、もう関わりたくないということなのか。結局、自分にはその程度の力と価値しかなかったということなのか。

しかし、今はささやかなプライドなどを持ち出して、クサっている場合ではなかった。とにかく、やるだけのことをやるしかない。

今日、編集プロダクションをやっている松下と会う段取りがついていた。業界の中で次々と消えてゆくその手のプロダクションが多い中、松下のところは経営もそこそこ軌道に乗っているらしい。

松下にはここ三、四年よく仕事を回してやった。少し無理をして、ギャラを上乗せしてやったこともある。商品の写真を裏焼きした時も尻拭《しりぬぐ》いに奔走してやった。ましてや、とんでもない風俗店を紹介して、俺を散々な目に遭《あ》わせている。あの時のことはまだ忘れてないはずだ。

新橋の喫茶店で待っていると、十五分遅れて松下がやってきた。文彦が本社にいた時には考えられないことだ。その待たされた時間で、すでに文彦は自分がどう扱われているかを感じていた。

「いや、どうも遅れちゃってすいません。久しぶりです、大津さん」

へこへこしながら、松下が現われた。

「ほんとだな。どう調子は」

「ま、こんなもんですよ。それにしても大変でしたね、聞きましたよ、出向ですって」

「サラリーマンなんてそんなもんさ」

松下がウェイトレスに手を上げ、呼び寄せる。

「僕、ホットミルクね」

それから文彦に顔を向けた。

「どうですか、新しい職場は」

「まああってとこかな」

「まあまあなら十分じゃないですか。この不景気、路頭に迷ってる人間はうようよいますからね」

「そうだな」

「夜逃げに自己破産に自殺、飲み屋で話題になるのはそんなのばっかりでイヤんなりますよ。まあ、うちだって、いつそうならないとも限らないんですけど、ちょっとうまくいってるなんて噂が流れると、いろいろと言ってくるのがいて困るんですよね」

心なしか松下の声のトーンが上がった。

「この間もね、ひとり来た奴がいましてね。昔、面倒見てやったんだから俺を助けろ、なんて、横柄《おうへい》な口調で言ってくるんですよ。頭に来ちゃいましたよ。世話にもなったけど、こっちもいろいろと面倒は見てきたんです。それに、あの時頭を下げていたのはそいつにじゃなくて、そいつの会社にだってことがどうしてわからないんでしょうね」

文彦はコーヒーカップを口に運んだ。松下にここまで牽制《けんせい》されるとは思ってもみなかった。いつもいい顔を見せていたが、内心では相当嫌っていたのかもしれない。権力を笠《かさ》に着てえらそうに振る舞ったつもりはないが、された方にしてみれば、悔しい思いもしたのだろう。

「それで、大津さんの話っていうのは？」

わざとらしく松下が言った。仕事を探している、などと口が裂けても言えるもんか。

「いや、実は出向先でもパンフレットなんかを手掛けているんだ。規模は本社と較べものにならないけど、またどこか編プロに頼もうと思ってね」

松下は困惑したような顔で、慌てて煙草を灰皿に押しつけた。

「やだな、仕事の話なら最初からそう言ってくれたらいいのに」

「何の話だと思ったんだ？」

「いえ、別に。そうですか、パンフレットの制作ですか。いつでも言ってください。どんな小さい仕事だってやるつもりですから」

態度の豹変《ひょうへん》に笑ってしまいそうになった。

「まあ今日は挨拶のつもりだから」

「また飲みにでも行きましょうよ。いい子がいる店、最近、開拓したんです」

「そのうちな。じゃあ、僕はこれで」

文彦は伝票を手にして、立ち上がった。

「いえ、それは僕が」

「いいんだ、じゃあな」

文彦はレジで支払いを済ませ、外に出た。

まっぴらだ、と思った。誰かを頼ったり、ツテをたどったりするのはまっぴらだ。


携帯が鳴り始めた。

これといった仕事もなく、事務所のデスクで、商店街のチラシに載っている三枚五百円の鱈《たら》の味噌漬けとか、一足三百九十八円の健康サンダルなどを眺めていた時だ。

「こちら中目黒の交番ですが」

との声に、思わず間の抜けた声を出した。

「はあ？」

「つかぬことをお聞きしますが、六十歳前後、身長は約百七十、体重約六十五キロ、焦茶のスーツでネクタイは茶と黄色の細い縞《しま》模様、髪は生え際辺りが白髪で、銀縁の老眼鏡、右顎にほくろがひとつ、この人物をご存じということはありませんか」

指先がすっと冷たくなった。

「父です。何かあったんですか」

「心配なさることはありません。事故とかそういうことでもありません。元気においでです。

ただ、迎えの方が必要なので、こちらにご足労願えますか？」

「すぐ行きます」

文彦は慌てて席を立った。

交番のスチール椅子に、父は小さくなって座っていた。

入ってきた文彦を見ても、まるで興味のないような、素通りするような、焦点の合わない目を向けた。それでも、とにかく無事でいることを確認してほっとした。警官の説明によると、父は自分からここに来たのだそうだ。そして、こう尋ねた。

「私はどこに帰ればいいんでしょう」

名前も住所も思い出せないと言う。どこに行こうとしていたかもわからないと言う。とりあえず中に入れて、事情を聞いたが要領を得ず、本人の同意を得てポケット内を調べた。ハンカチやティッシュと一緒に財布があり、その中に携帯電話の番号が書かれたメモが挟まっていた。

そのメモは、一年ほど前、文彦が初めて携帯電話を手に入れた時、母親や妹と同じように父親に渡したものだった。

「ご迷惑をおかけしました。どうもありがとうございました」

文彦は混乱した思いで深々と頭を下げ、交番を後にした。

すぐに蒲田に連れ帰る気になれず、目黒川沿いの道を、ふたりで歩いた。父は飄々《ひょうひょう》としていた。別段ショックを受けている様子もなく、落ち着いていた。ただ、父は知らない目をしていた。文彦の知らない場所を見ている目をしていた。智恵の言っていたことが、今さらながら思い出された。

「おとうさん、ちょっと変なの」

まったく取り合わなかったことが、今、悔やまれてならない。まさか、こんな状態になっているとは思ってもみなかった。

去年、定年退職を迎えるまで、父は相当の仕事人間だった。アテにしていた再就職先から、不況を理由に断りを入れられた時、本人はそう落胆するでもなく「こんなご時勢だから仕方ない。のんびり家で孫と遊ぶよ」と言っていた。こんなことになるなら、何とか働ける場所を見つけてやればよかった。そうすれば、こんな症状など出ないですんだかもしれない。

「文彦、仕事はどうだ」

突然、父が言ったのでびっくりした。

「えっ、うん、まあまあだ。何とかやってる」

それがひどくまともな言い方で、文彦は父の表情を窺った。

「永遠子さんと美有はどうしてる」

確かにいつもの知っている父だ。

「元気だよ。美有も大きくなったし、今度、顔を見せに遊びにゆくよ」

「桜の頃がいいな、もうすぐだ」

目黒川の両岸は桜並木が続いている。父は蕾《つぼみ》がいくらか赤くふくらみ始めている枝先を見上げた。

「おまえがまだ幼稚園の頃、家族四人で花見に行ったことがあるんだが、覚えてるか？」

「いや」

「じゃあ、そこで何があったかも覚えてないだろう」

「何があったの？」

どこか自分の口調が子供の頃に戻っている。

「おまえ、犬に咬《か》まれたんだ」

「えっ」

「はしゃいで、犬に飛び付いて、逆に咬まれた。その時の傷が、今も左腕の肘《ひじ》の後ろに残っているはずだ」

文彦は慌ててジャケットとワイシャツの袖を一緒にたくしあげた。確かに小さく傷が残っている。今まで気付きもしなかった。

「ほんとだ」

「毎年、半袖を着る季節になると、いつもその傷が見えてあの時のことを思い出す。しかし、安心しろ、ちゃんと仇《かたき》は取ったから」

「仇って？」

「仕返しに、こっちも咬み付いてやった」

「おとうさんが？」

「もちろん、私がだ」

思わず笑ってしまった。笑い始めたら止まらなくなった。つられたように父も笑った。すれ違う人が変な顔をしている。

そして、文彦は泣きそうになった。

「おとうさん」

「ああ」

「僕も、美有に咬み付いた犬がいたら、咬み返してやる」

「短気は起こすな、おまえの悪い癖だ」

そうして後は黙り込み、また遠くを見る目になった。

これから父は、少しずつ父でなくなってゆくのだろうか。違うところに行ってしまうのだろうか。もう手遅れなのか。まだ、話さなければならないことが山ほどある。聞いておきたいことも、教えてもらいたいことも尽きぬほどあるというのに。

「おとうさん」

しかし、もう父の答えはない。

「おとうさん」

何もない。

「おとうさん」

それでも文彦は言った。たとえ、父に届かなくても、これから数えきれないほど、そう呼び掛けようと思っていた。


「本気なの」

永遠子が険しい表情で振り向いた。流しの水が出しっぱなしだ。

「ああ本気だ」

「辞めて、どうするの」

「まだ決めてない。しばらくは退職金と雇用保険で何とかなる。その間に次の仕事を探す」

「アテはあるの？」

「今は、ない」

永遠子が蛇口に手を伸ばし、水を止めた。

「今の仕事、そんなに嫌なの？」

「俺は必要とされてないんだ。嫌だというなら、それはむしろあっちの方だと思う。本音は早く辞めて欲しいんだ。俺をそうし向けるために、出向させた会社なんだから」

美有がぐずり始めた。永遠子はベビー椅子から、自分の胸に抱き移した。

「でも、しばらく我慢すれば受け入れられるかもしれないわ。それに、本社に戻れる可能性だってないわけじゃないんでしょう。辞めたら、それでおしまいだわ」

「たとえ、戻れと言われても、もう戻らない。あの常務の下で働く気はまったくない」

「村岡常務なんて年なんだから、何年か我慢すればいなくなるわ。上司は何も村岡常務だけじゃないでしょう」

文彦は大きく息を吸い込んだ。

「永遠子の言いたいことはわかっている。こんな不景気に、アテもないのに会社を辞めて、これからどうやって生活するんだってことだろう。もしかしたら、たとえどんな場所に追いやられても、夫として、父親として、家族のために働くのが務めなのかもしれない。そのことは俺も考えた。単なる我儘《わがまま》なんじゃないか、我慢が足りないんじゃないかって悩みもした。でも、俺は、自分の人生と引き替えにしてまで、その役目を果たしたいとは思わないんだ」

永遠子が美有を胸に抱いたまま、床に目を落とす。

「私と美有が、文彦を犠牲にしてるって言うの？」

「そうじゃない、状況が変わったってことさ。今までの生活と比較したって、もうどうしようもないんだ」

美有が永遠子の胸の中で、もがくように身体を捩《よじ》っている。自分たちの緊張に満ちた会話を感じているのだろう。

「永遠子、思い切って聞くよ。俺が金を稼げなくなったら、すべては終わりか」

「…………」

「金がない夫や父親は、存在価値がないのか」

永遠子の目が文彦からはずれ、テレビに向けられた。画面では二ヵ月前の阪神大震災の様子を映している。ひどい有様だった。あの美しい街がここまで壊滅してしまうなんて、今も信じられない。世の中には、確かに、まさかということが起きる。そのことを畏《おそ》れながら実感した。

やがて、静かに永遠子は呟いた。

「何をやっても運が悪い人って、もしかしたら、本当にいるのかもしれない」

「え？」

「ううん、何でもないの」

首を振った。

「それでどうなんだ？」

「その前に、私にも聞かせて」

「ああ」

「それは相談なの？　それとも報告なの？」

文彦はしばらく黙った。

結局、永遠子からの答えはなかった。

「報告だ」

地下鉄は混んでいた。

いつもはそれでも、小さく折ったスポーツ新聞を読むのだが、さすがに今朝はそんな気にはなれず、中吊りの広告文字をぼんやりと追っていた。

永遠子にはああ言ったものの、胸の中ではまだ迷っていた。正直言えば、文彦も不安でならなかった。会社を辞めて、それでどうなる。もし働き口が見つからなかったら、もし今よりもっとひどい職につくことになったら。

どこにだって嫌な上司はいる。不本意な部署に回されるのも、サラリーマンなら当たり前だ。それを我慢するところにこそ価値があり、いつか、我慢してよかったと思える時が来るのではないか。

しかし、来なかったらどうする。将来なんて、今は指切りよりあやふやな時代だ。バブル崩壊がいい例ではないか。そうしたら、後悔だけを胸の中で腐らせてゆくのか。

その時、電車が止まったまま、発車しないことに気付いた。

霞《かすみ》ケ関《せき》の駅だ。

プラットホームから何やら慌ただしい声が聞こえてきた。

事故か？　故障か？

徐々に乗客も不審に思い始めたらしい。車内にざわめきが広がっていった。

不意に、連結器近くのひとりの乗客が蹲《うずくま》った。貧血なのか、顔にはまったく血の気がない。その様子を他人の肩越しにぼんやり眺めていると、すぐに、同じ症状でまたひとりが倒れた。

そして、また。

車内は騒然となった。

何が起きたのかわからない。わからないまま、文彦も絞り上げられるような吐き気を覚え、思わず口に手を当てた。

マンションの玄関に、永遠子と美有が立っている。

もう報道で知っているのだろう。ふたりは不安げに、虚《うつ》ろげに、今にも午後の陽炎《かげろう》に溶けてしまいそうなほど頼りなげに見えた。

まだ、頭の中はいくらかぐらぐら揺れている。混乱した意識は、疑問だけを残して宙に浮き、サイレンや怒声や呻《うめ》き声が激しく交錯する場面が、フラッシュバックするように文彦の脳裏に恐怖を呼び起こす。

何が起きたのかわからない。

ただ早く、家に帰りたかった。帰って、永遠子と美有を抱き締めたかった。

パパ、と、叫んで美有がたどたどしく走り寄ってきた。

文彦は大きく手を開いて、その小さな身体を受けとめ、夏草のような美有の匂いをゆっくりと吸い込んだ。

永遠子が泣いている。

とにかく、生きて帰って来られた。今はそのことだけを思った。

第五章　藁の巣

洗濯物を干しにベランダに出ると、昨日まであったツバメの巣がなくなっていた。コンクリートの床には、無残に藁《わら》や土が散らばっている。ピィピィ鳴いていたヒナたちの姿もなく、親ツバメがうろうろと辺りを旋回している。

「どうしよう、ヒナがいなくなっちゃったわ」

居間に顔をのぞかせて、永遠子はダイニングで新聞を広げる文彦に向かって言った。

「カラスにでも襲われたんだろ」

文彦が事もなげに答えたので、白けた気分になった。

「残酷なんだから」

「いつも、洗濯物が汚れるって嫌ってたじゃないか」

「嫌ってなんかいないわ、ちょっと困ってただけよ。美有が見たらがっかりするわ。ヒナが大きくなるのを楽しみにしてたのに」

「そろそろ起こす時間じゃないのか」

永遠子は洗濯物を干しにかかった。

「文彦、起こしてきてよ」

「新聞、読んでるんだよ」

「私は洗濯物を干してるの」

「何だよ、人使いが荒いな」

ぶつぶつ言いながら、新聞を投げ出して、文彦が子供部屋に入ってゆく。

永遠子は手を止めて、道路を挟んだ向かい側に目をやった。

ひと月ほど前から、駐車場だったのが取り壊されて、マンション建設が始まっていた。この間、新聞の折り込みチラシを見て驚いた。新築で平米も広いというのに、永遠子たちが購入した頃より二割も安い。それを見れば自分たちのマンションの資産価値も知れるというものだ。最近、ようやくローンを安い金利に借り替えられて、返済はいくらか楽になったが、やはり損をした感は拭えない。「日本は狭く、土地は限られている。上がっても、下がることはありえない」と、あの頃、口角に泡をためて煽《あお》った奴らを引きずり出してやりたい。

洗濯物を干し終わって、ダイニングに戻ると、まだ眠り足りなくてぐずっている美有が、文彦に抱えられてやって来た。

「こいつの寝起きの悪いの、誰に似たんだろうな」

文彦は上はTシャツで、下はよれよれのパジャマのままだ。まだ髭《ひげ》も剃《そ》ってない。どことなく顔つきも貧相になったような気がする。最近、無職という立場がひどく似合ってきたように見えるのは、穿《うが》った見方だろうか。

「私じゃないわよ」

「俺でもないさ」

「じゃあ、後はお願いね」

永遠子はカラになった洗濯カゴを洗面所に戻し、寝室に入った。今から化粧をし、着替えて、出勤の準備をしなくてはならない。

リストラにかかった文彦が、会社を辞めてから三ヵ月がたった。

「保険が下りている間ぶらぶらしたい」

という彼の希望を、しぶしぶながらも永遠子は呑んだ。とりあえず給料の六割のお金は入って来るし、希望退職ということで退職金の上乗せもあった。当面、路頭に迷うことはない。もちろん、不安は消えたわけではなく、先のことを考えると胃がきりきりしてくる。ふたりだけならまだしも、今は美有もいる。かかるお金を計算し始めたらきりがない。

それでもどこかで「何とかなる」という思いもあるのだった。

それは楽天的というのとは少し違っている。言ってみれば、刹那《せつな》だろう。

今年、人生はどこでどうなるかわからない、と思えるような出来事が続いた。地震やサリンに遭遇したのが偶然なのではなく、たまたまそこにいなかったことが偶然だったのだと、あの時、誰もが思ったはずだ。それ以来、明日に備える、という人生より、明日死ぬかもしれない、という生き方を頭に描く人間が多くなったような気がする。

今、永遠子は代々木《よよぎ》にあるＯＡ機器販売の事務のアルバイトをしている。パートタイムではなく、九時五時のフルタイムだ。条件も時間給もまあまあだが、八時過ぎには家を出なければならないのが少しつらい。

文彦との話し合いの末、朝食の用意と洗濯が永遠子の朝の仕事となった。永遠子が出掛けてから、文彦は美有と一緒に朝食をとり、保育園に預けにゆく。その後、家に戻って食器を洗い、掃除をし、洗濯物を取り込み、夕食の準備をする。その合間に職安や、知り合いを頼って仕事を探しに出掛けているらしい。

家事をすることに、最初はいくらか抵抗があったようだが、今はペースも摑んだようだ。文彦も、自分に稼ぎがないことにやはり後ろめたさを感じているのだろう。

職探しが大変なのは、永遠子も同じだった。

美有を産む前にパートに出ていたインテリア会社に打診した時、あまりにあっさりと断られてショックだった。辞める時、またいつでも来てくれと言ってくれていた主任は、手のひらを返したように「欠員がない」と冷ややかに首を横に振った。気を取り直し、新聞の求人欄やアルバイト雑誌を見てこれならと思える求人は、よく読むと、腹立たしいことに三十歳までという制限がついていたりする。資格もキャリアもなく、パソコンもろくに使えない三十過ぎの主婦など、モノの役にも立ちはしないということだ。考えてみれば、新卒の就職難が続き、若い人材は溢《あふ》れている。どうせなら、そっちを採用した方がずっと合理的だということは永遠子にもわかる。

職種を選ばなければ、ないこともないのだが、馬鹿げていると思いながらも、永遠子にもまだ自尊心というものが残っているのだった。ただでさえ近所の人に、無職になった文彦のことをとやかく噂されているのは知っている。過去の華やかだったOL時代を思い返すと、近所のスーパーや弁当屋に出る気にはどうしてもなれなかった。それなりの格好がつく、つまり曲がりなりにもハンドバッグを持ち、ハイヒールを履いて出勤するような仕事がしたかった。

希望どおりの仕事を見つけられたのは、若山のおかげである。

若山は、永遠子が結婚前に勤めていた会社の上司で、結婚式にも出席してもらった。どうにも適当な仕事が見つからず、困り果てた末、決心して連絡を取った。勤めていた頃、若山はよくしてくれた。可愛がってもくれた。それはもちろん、仕事上だけではない。

そんな過去の経緯があるとはいえ、正直言って、面倒な頼みごとを持っていって若山がどんな反応を示すか少し不安だった。しかし、若山は快く引き受けてくれ、今の仕事を紹介してくれた。

昔から、若山は力のある上司だった。頭が切れ、闊達《かったつ》で話がうまく、重役たちから一目置かれ、部下からの信頼も厚かった。実際、彼に憧れていた女性社員は多く、永遠子はそんな若山と秘密の関係を持っていることに、他のＯＬたちと自分とは違うのだという虚栄心を満たされていた。

　六年ぶりに会った若山は、いくらか白髪が増えていたが、少しも変わってはいなかった。

「驚いたよ、綺麗になったなぁ」

　待ち合わせた喫茶店で、目を細めながら若山に眺められると、しばらく忘れていた女であるという緊張感を思い出した。

「まさか、もうすっかり平凡な主婦です」

「あの頃は可愛かったが、今は大人の色っぽさが加わった。僕はあの頃より、今の永遠子の方が好きだな」

　若山に「永遠子」と呼び捨てにされた時、身体の奥からふわりと甘い思いが込み上げてきた。

「相変わらずですね」

「何が？」

「営業上手なんだから」

　若山が快活に笑いながら、コーヒーカップを口に運ぶ。

　彼の指に目が行った。肉付きがよく、爪はいつも清潔に四角く切り揃《そろ》えられている。あの指で自分にされたさまざまなことが思い出され、永遠子は膝頭《ひざがしら》に思わずぎゅっと力をこめた。

永遠子の話を聞いて、若山はしばらく考え込み、それから「三日後までに何とかしよう」と言ってくれた。そして実際、三日後には連絡が入り、今の会社の面接の段取りがついたのだった。やはりこの人に任せてよかった。この安堵《あんど》感は、今の文彦にはとても感じられないものだ。

若山のことは、もちろん文彦には内緒だ。言えば、勘繰《かんぐ》られるに決まっている。ハネムーンの時、部屋から電話したのを聞かれてしまい、そのことで若山とかつてそういう関係にあったのではないかと、文彦は疑っている。

最近、時折、若山とふたりで会うようになった。会うと言っても食事をするだけだが、今の永遠子にとって、それは楽しみのひとつになっている。

先日会った時に、就職祝いとして若山からネックレスをプレゼントされた。それをつけて、永遠子は鏡に向かった。小粒だが、ヘッドはダイヤだ。

もし、若山に誘われたらどうしよう。

食事の約束をするたび、考える。正直言って、身体に自信はない。出産を経て、乳房の形は崩れ、お腹には帝王切開の痕《あと》も残っている。エクササイズやダイエットで、いくらかマシになったものの、かつての自分の身体を知っている若山は幻滅するだろう。けれどもまた、若山だからこそ安心して委《ゆだ》ねられるような気もする。

「永遠子にはまだわからないかもしれないが、僕ぐらいの年齢になると、若く美しい身体はむしろ退屈に感じるんだ。人は、顔にも身体にも、人生を刻み込んでゆく。そういったものを含めて、愛しく思うようになる」

と言った若山の言葉は、彼特有のリップサービスだろうか。それとも、本気で口説《くど》いているのだろうか。


バッグを手にして、ダイニングに顔を出した。文彦が美有に食事を与えている。

「今夜、少し遅くなるから」

「またかよ。遊んでばっかりだな」

文彦が不服そうに唇を尖らせる。

「アルバイトの私なんか、いつクビにされるかわかんないのよ。快適に仕事をするためにも、会社の人とのコミュニケーションは大切にしておかないとね」

「その服、買ったのか」

美有の口にスプーンで卵豆腐を運びながら、文彦がちらりと目を向けた。

「昔のよ、久しぶりに着てみたの。新しいのを買う余裕なんかあるはずないでしょ」

「ネックレスは」

「細かいこと言うのね、安物よ」

「夕食はいらないんだな」

「たぶん」

「はっきりさせといてくれよ。無駄になったらもったいないだろ」

「じゃあ、いらない」

「何だよ、その言い方。作る方の身になって考えろよ」

「やめてよ、出掛けにそういうこと言うの」

それから永遠子は美有に近付いた。美有が抱いて欲しいと腕を伸ばす。

「ごめんね、美有ちゃん、ママはお仕事なの。いい子にしててね」

永遠子は少し大げさに別れを告げる。美有がくしゃりと泣き顔になる。

「さっさと行けよ、また美有がぐずるだろ」

わざとそうしているのだ。子供に泣かれるのが楽しい。泣かれるくらい必要とされていると思えるから働く元気も出る。泣きだしそうな美有の頰にキスをする。以前は、文彦の頰だった。けれど、不精髭の伸びた今の文彦の頰に、唇を近付ける気にはとてもなれない。

青山の懐石料理の店など、今の永遠子には縁のない場所だ。

店内には漆塗りのテーブルがゆったりと配置され、中央には箱庭がしつらえてある。あまり客はいない。バブルの頃、こういった場所は胡散《うさん》臭い連中に占領され、嬌声《きょうせい》と品のない冗談でいつもごった返していた。そういう時しか知らないので、こう静かだと何だか却《かえ》って落ち着かない。

「仕事はどう？」

若山が尋ねる。永遠子は彼の切り子ガラスの猪口《ちょこ》に冷酒を注いだ。

「何とか頑張ってます。部長がいろいろとお口添えして下さったので、みんな親切にしてくれます」

「あそこの会社とは長い付き合いなんだ。それなりに面倒も見てきた。何か困ったことがあったら、いつでも言ってきなさい」

「ありがとうございます」

美しく彩られた皿に箸を伸ばす。崩すのが惜しいくらいだ。

料理が満たすものは食欲だけではない、ということを教えてくれる。

「久しぶりに勤めに出るってどういう気分だ」

若山はほんの少し酔っている。目の周りが赤く染まっている。

「とっても楽しい」

いつの間にか、永遠子の口調があの頃に戻っている。

「だろうな、見ていてわかるよ。勤め始めてまだ大してたたないのに、僕のところに相談に来た頃とは別人みたいに表情がいきいきしている」

「独身の頃には考えられなかったわ。あの頃は、早く五時にならないかってそればっかりだったけど、今は毎日、もう五時になっちゃうのって感じなの」

「家には、可愛い娘と亭主が待っているのに？」

「娘は可愛いけれど、夫はね」

最近、文彦の顔を見るだけで苛々《いらいら》してしまう。若山に会ってから、尚《なお》さらそう思うようになった。男はやはり仕事をしていなければダメだ。力を持たなければ、図体《ずうたい》のでかいただのやっかい者だ。

「そういえば、亭主の仕事は見つかったのか」

「まだ全然。本気で見つける気があるのか、ないのか」

「まあ、こういう厳しい状況だからな」

「でも、収入の面では確かに苦しいけれど、正直言うと、今のこの状態も私は結構気に入ってるの」

若山が苦笑する。

「亭主に家事を押しつけて、自分は外に働きに出る。逆転したってわけだな」

「最近、そんな家庭も増えているみたいよ」

「まったく、とんでもない世の中になったもんだ」

若山が冷酒を口に運ぶ。

今夜、誘うつもりだろうか。

永遠子はついそれを考える。

「部長は相変わらず忙しいんでしょう。私と、こんなところでのんびりしていてもいいんですか？」

「部長はよそう。もう、上司じゃないんだから」

「じゃあ、若山さん」

「実はてんてこまいだ。まさかと思ってたんだが、五月の末に、来年開催予定だった都市博の中止が決定しただろう。それで、大幅に予定が狂ってしまってね。所詮、政治のわからん奴に任すとこんなもんだ」

「都市博に関わってらしたんですか？」

「社の統括責任者だった」

「じゃあ、いろいろと大変ですね」

「正直言ってうんざりしてるよ。しかし中止と決まったものは仕方ない。まあ、うまく乗り切る自信はあるから、永遠子は気にしなくていい」

九時を少し過ぎたところで食事は終わり、ふたりは店を出た。

若山はどうするつもりだろう。ホテルのバーで少し飲んでそれから、というのがあの頃のパターンだった。永遠子の足が戸惑っている。寄り添うような、離れるような、距離がうまく摑めない。若山が手を上げ、車を止めた。

「じゃあ、今夜はここで」

永遠子は咄嗟《とっさ》に笑顔を向けた。

「ごちそうさまでした」

「また、連絡するから」

「はい」

車代のつもりか、若山は素早く五千円札を永遠子の手に握らせた。

「そんな、いいんです」

「気にするな、とっておきなさい」

断るのも気がひけた。

「じゃあ甘えさせていただきます」

永遠子は車に乗り込んだ。肩透かしをくらったような思いはつゆほども見せない。そんなものを見せたら負けになる。若山に見送られながら、車は２４６号線を走りだした。

なぜだろう。他に女がいるのだろうか。

永遠子はシートにもたれて夜の街に目を向けた。若山ならいて当然だ。永遠子が結婚すると言った時も、あっさりと別れを受け入れた。拍子抜けするくらいだった。次の女に困ることはない、そう宣言されたような気がした。

だったら、なぜ永遠子を食事に誘ったりするのだろう。それがかつて関係があった女に対するエチケットだとでも思っているのだろうか。それとも、これこそが若山の手なのだろうか。

永遠子はバッグからミントガムを取り出し、口の中に放りこんだ。酔って帰ると文彦はいつにもまして不機嫌になる。そうして、そういう時に限って夜中に布団の中に潜り込んでくる。疲れてる、と断るにしても限度がある。今夜辺りは付き合わなければならないだろう。

それを思うと乾いたため息がもれた。

その年の夏、銀行が破綻《はたん》した。

銀行も倒産する、ということを初めて知った。預金を不安に思うような蓄《たくわ》えがあるわけではないが、アテにならないものがどんどん増えてゆくことの実感は膨《ふく》らんでゆく。相変わらず景気は下降する一方で、文彦の就職先も見つからない。最近、何を話していても、ぎすぎすしてしまう。そんなつもりはなかったのに、昨日の夜も、結局そうなった。

「それで、いったいどうするつもりなの」

「なるようにしかならないだろ」

「そんな言い方ってある？」

「おまえが気楽に働いていられるのは、俺が家のことを引き受けているからだろ」

「気楽に働いてるわけじゃないわ。家族のために働いてるのよ」

「たかだか十五万くらい稼ぐからって、エラそうな顔をするな」

「あなたは一円だって稼いでないじゃない」

「結婚してからずっと俺が食わせてやったんだ。少しぐらい交替したっていいだろ」

文彦の顔からは勤めていた頃の緊張感が失《う》せ、投げ遣《や》りな表情が覗いている。口を開けばどうしても責めてしまう。文彦から返ってくる言葉は捨て台詞《ぜりふ》ばかりだ。子供部屋から美有の泣き声が聞こえてきて、永遠子は慌てて席を立った。美有には争いを見せないようにしているが、空気を察してか、最近、こんなふうに夜に疳《かん》の虫が起こるようになった。

「どうしたの美有、大丈夫よ、ママはここにいるわ」

泣きじゃくる美有を胸に抱き締め、寝かしつける。先日、保育園からのノートに、言葉が少し遅いようだ、と書かれていたことが思い出される。今のふたりの状況が、何か影響を及ぼしているのだろうか。

もし、と考える。もし、このままだったら自分たちはどうなるのだろう。

春、義父にアルツハイマーの症状が現われた。今のところ、まだ日常生活に大きな支障はないが、緩《ゆる》やかに進行しているのは確かだ。今は義妹夫婦が同居しているので安心だが、もし出てゆくようなことになれば、長男である文彦が引き受けなければならなくなるだろう。実際、文彦は「戻ろうか」と言ったことがある。そうなれば確かに経済的には安定するだろうが、それと引き替えに、舅《しゅうと》姑《しゅうとめ》との同居や介護という問題が身近に迫る。

文彦の実家をアテにしなくても、永遠子には中野の家がある。父の再婚相手のことが煩わしいが、家も土地もいずれは一人娘の永遠子のものになる。自分に安定した収入の道さえあれば、美有とふたり、中野の家で生きてゆけないわけではない。

腕に美有の重さを感じながら、永遠子は想像する。新しい生活を考える時、すでに美有とふたり、という単位しか頭に浮かんでいない自分にさえ気付かなくなっている。

「無理なお願いかもしれないけれど」

西麻布の寿司屋でのことだ。永遠子は酒を飲む前に若山に話を切り出した。

「女のお願いは、たいていいつも無理なことばかりだ。何か欲しいものでもあるのかな」

若山がゆったりと笑いながら顔を向けた。その顔を見ただけで、叶《かな》わないことはないという気になってしまう。

「すぐにじゃなくていいの。もっと後でもいいんだけれど、いずれは今の会社で正社員として雇ってもらうことはできないかしら」

若山の表情がかすかに曇った。

「どうした、家で何かあったのか」

「いいえ、何にも。だからこそ、そう思うの」

「そうか」

「夫は相変わらず仕事も見つけられず、家でぶらぶらしてるだけ。そんな夫を見てるのは、もううんざり」

「別れるつもりなのか？」

「まだ、そこまで考えてないわ。でも、この状態が続くようなら、いずれ考えなければならない時が来ると思うの。正社員になれば、社会保険なんかもつくし、安定するでしょう」

「まあ、確かにそうだな」

「やっぱり無理かしら」

「いや、そんなことはないだろう。頼めば、ひとりぐらい何とかなる」

「本当に？」

「わかった。すべて私に任せておきなさい」

永遠子は思わず息を吐いた。

「やっぱり若山さんは違うわ」

「何が？」

「器が違うの、文彦なんか足元にも及ばない」

「今さらおだてるつもりかい」

「本当にそう思ってるわ」

若山の手が、カウンターの下で永遠子の膝にのせられた。懐かしい重さだった。その重さを覚えていたことに、永遠子は自分を笑いたくなった。

「取り引きするつもりじゃないんだ」

「わかってます」

「今夜はあまり飲まないでおくよ」

「そうね、そうして」

永遠子は頷く。

躊躇《ためらい》などみじんもなかった。むしろ、焦《じ》らされていたのは永遠子の方だ。会った時から、いつだってそのことを考えていた。もう、身体が準備を始めている。若山にそれを見透かされてしまいそうで、永遠子は慌てて足を組み替えた。

男の指はこんなに柔らかだったろうか。男の身体はこんなに安心できるものだったろうか。よく鞣《なめ》された革のように、永遠子は若山の愛撫《あいぶ》に包まれる。

快楽のすべては永遠子のものだ。永遠子はただ、与えられるだけの存在でいればいい。欲しかったのは、愛しく扱われることだった。足りなかったのは、耳元で囁《ささや》かれる感嘆の声だった。自分の快楽のために、女への愛撫を放棄する男など、どこに存在価値があるだろう。

若山は惜しまない。永遠子が欲しいものをあらかじめ知っているかのように、惜しみなく与え続ける。永遠子は快楽という甘く熟成した酒を心ゆくまで味わえばいい。血の一滴まで酔うほどに、飲み込んでしまえばいい。

「俺はヒモじゃないぞ」

その言葉を、文彦から朝刊と一緒に投げ付けられた。

「そんなこと、誰も言ってないでしょ」

「だったら、黙って金を置いてゆけ」

美有が激しく泣きだした。永遠子はベビー椅子から美有を抱き上げた。

「大きな声を出さないで。美有がびっくりしてるじゃない」

生活費を渡す時、少しばかり皮肉ったのが、文彦の痛いところをついてしまったらしい。

いいわね、文彦は使うばっかりで。

言い過ぎたことは認めるが、ここまで言わせるようにしたのは誰だ。会社を辞めてからもう半年ではないか。しばらく考える時間が欲しいとか、今度こそやりがいのある仕事を見つけたいとか、もっともらしい理由を並べながら、毎日ぐうたら過ごしているだけではないか。日に日に薄汚れてゆく自分自身を、文彦はどう思っているのだ。この際どんな仕事でもいいから、妻や娘のために働こうという気にはならないのか。自分を犠牲にしても守りぬこうとは思わないのか。それが、夫として父親として男としての生き方ではないのか。

硬い表情でマンションを出て、永遠子は唇を嚙み締めた。

もう、自分でやるしかない。文彦をアテにしても展望があるとは思えない。所詮、文彦はその程度の男だったのだ。こうなったら美有との生活は、自分で守るしかない。そのためにも、悠長なことは言ってられない。早く正社員の話を進めてもらおう。

午後にでも、若山に連絡を入れるつもりでいた。ここ半月ばかり会ってないが、例の都市博中止の事後処理にいろいろと手間取っているのは知っている。そんなことを考えながら仕事をしていると、人事課から呼び出しがかかった。

「ちょっとお話があるので、こちらに来ていただけますか」

ピンと来た。若山が話を通してくれたのだ。やはり若山は行動が速い。頼んだことは、必ず実行してくれる。弾む気持ちで出向いた。

しかし、人事課長からの言葉は意外なものだった。

「今月いっぱいで、アルバイトを終了していただきます」

少し考え、永遠子は尋ねた。

「それはどういう意味でしょうか」

「どういう、とは？」

「改めて採用されるということでしょうか」

人事課長はわずかに首を傾けた。

「何の話ですか」

「ですから正社員として」

「言っていることがよくわかりませんが、今、そのような予定はありません」

「でも、あの、若山さんから」

「ああ、そうでしたね。君は若山さんのツテで来ていたんでしたね」

人事課長の口元に、かすかに侮《あなど》るような笑みが浮かんだ。

「今さら、こんなことを言うのも何ですが、君のアルバイト採用は若山さんの頼みということで特別だったんです。人材派遣会社に頼めば、もっと資格を持った若い子を回してくれるのを、無理に都合をつけたんです」

背中が熱くなった。なぜ、こんな嫌味を言われなければならないのだ。

「どうやらまだご存じないようですね」

人事課長はどこか楽しんでいるように見える。

「若山さん、お辞めになったんですよ」

「えっ？」

「都市博中止のごたごたで、結局、責任を取るという形で退職されたんです。まあ、社内の反対派を強引に押さえて、莫大な資金を注ぎ込んで、結局は全部パーになってしまったわけですから、当然と言えば当然の結果でしょうけど」

喉《のど》の奥がぺたりと貼りついて、声がうまく出ない。

「というわけで、うちの社としても、もう若山さんに義理立てする必要がなくなったというわけです。ここまで言えば、わかるでしょう」

言葉がすぐには見つからず、永遠子はしばらくぼんやりと立ち尽くした。

*

髭を剃るのはやめにした。

寝癖のついた髪は水をつけて簡単に押さえておく。運動不足のせいか顔がむくんでいる。白目が濁って、口の端が切れている。ビタミンが足りないのかもしれない。

洗面所の鏡に映る自分を見ると、我ながら人相が悪くなったな、と文彦は思う。

こうしていると、ネクタイやスーツといった堅苦しいものをよくまあ律儀に身につけていたものだと不思議になる。今はほとんどジャージだ。ウエストはゴムだし、シワを気にする必要もない。美有を保育園に預けにゆく時は、さすがにジーパンとポロシャツに着替えるが、それもだんだん面倒臭くなっている。今さら、誰に見せるわけでもない。誰にどう思われようと構うことはない。

保育園が近付くと、同じ年ごろの子供を連れた母親と顔を合わせることが多い。文彦のことをどう思っているのか、誰もあまり目を合わさない。どんな想像をされているか、考えなくてもわかる。文彦の方も見ないようにしていた。

無職の男は肩身が狭いものだ。役たたず、ろくでなし、ごくつぶし、みんな男の形容詞だ。同じ立場でも、女はこうは言われない。世の中ってやつは、女に生きやすいようにできている。

園に着くと、いつものように若い保母がにこにこしながら出てきた。

「おとうさん、ご苦労さまです」

若いなぁ、と思う。まだ二十歳そこそこだ。

「よろしくお願いします」

「はい美有ちゃん、パパにバイバイね」

美有が保母の手に渡る。美有がこっちに向かって手をひらひらさせる。が、すぐに背を向けてそそくさと園の中に入って行く。女なんて、あんなに小さくても冷たいものだ。美有も、父親のことを恥ずかしいと思っているのだろうか。

文彦は駅に向かって歩き出した。本当は家に帰って朝食の後片付けと、掃除をしなくてはならないのだが、足は違う方に向いていた。ここのところ、毎日のようにパチンコ屋に通っていた。擦《す》ることがほとんどだが、たまに小遣いを稼ぐこともできる。使える金はたかがしれているが、まっすぐ家に帰る気はしない。

そろそろ雇用保険金の給付も切れる時期だ。辞めたことを後悔はしてないし、しばらくぶらぶらしたいと思ったのも確かだが、まさか次の仕事を見つけるのにこんなに手間取るとは考えてもいなかった。四週間に一度、ハローワークと呼ばれる職安に出向くたび、世の中にはこれほど多くの失業者たちがいるのかと驚いてしまう。

求人はまったくないわけではない。しかし、贅沢と言われるかもしれないが、どれだけカードを繰っても、これならと思えるような仕事は見つからないのだった。

前と同じ広告関係の仕事なら、就けないこともないだろう。ぽっちりのプライドを捨てて、誰かを拝み倒せば、どこかにうまく潜り込むことはできる。けれども、前の会社より相当ランクが落ちることはわかっている。せっかく辞めたのに、同じ職種の、それも条件の悪いところにどうして再就職しなければならないのか。弱小代理店が、大手にどういう扱いを受けるかよく知っている。それだけに、今さらそんな気にはなれなかった。だいたい、同じ職種に就くなら、辞める必要などなかったではないか。

いっそのことラーメン屋を開くとか、小さい時から好きな釣りの店を持つとか、そういった選択も悪くはないと思うが、独立するにも元手がかかる。無理を言えば、蒲田の土地を生前贈与してもらうことができるかもしれない。しかし、会社を辞めてから文彦は実家には一度も顔を出していなかった。両親や妹夫婦に合わせる顔がない、ということもあるが、本音を言えばアルツハイマーが進行しつつある父に会うのが怖かった。少しずつ、知らない誰かになってゆく父を、受け入れる勇気がなかった。

どちらにしても、独立するというような情熱があるわけではない。だいたい、どれだけ待っても、やる気というものが湧いてこない。毎日を、のんべんだらりと過ごしていても、それなりに時間が過ぎてゆくことに気付いてしまうと、そういう生き方も悪くないなと思えてしまう。

ただ、永遠子から金を受け取る時だけが憂鬱《ゆううつ》だった。銀行の通帳も印鑑もキャッシュカードも、すべて永遠子が管理している。前はそれでよかったが、今となってみれば、家計を全部永遠子に任せてしまったのは失敗だった。何をするにも、永遠子に無心しなければならない。そのために、時には卑屈な気遣いをしてしまう自分が、どうにもやり切れない。もしかしたら、それは自分の退職金かもしれないのに、どうして頭を下げなければならないのだろう。あいつが専業主婦の頃、稼いでくる俺に頭を下げたことなど一度だってあったか。

しかし、最近はそれにさえ慣れるようになっていた。五千円の小遣いがもらえるなら、土下座だってできるような気がする。

そんな自分が、先日、永遠子からヒモみたいな言い方をされた時、怒って新聞を投げ付けたなんて、今となっては笑ってしまう。ヒモの方がよっぽどマシだ。ヒモはまだ女を喜ばせられる。自分はベッドの中でまで拒まれる。その点で、ヒモ以下だ。

駅前の行きつけのパチンコ屋に入った。新型が導入されたばかりで、まだこんなに早い時間なのに混んでいる。資金はさほどあるわけではなく、三千円のプリペイドカードを買って、慎重に台を選びながら奥に進んで行った。最近、少しは台の目利きができるようになってきた。

文彦は一台を選んで腰を下ろした。さっそく打ち始める。ゴジラが出てくるやつだ。思ったとおり回転がいい。すぐさまリーチがかかった。今日はちょっと稼げるかもしれない。

「大津さん？」

その時、背後から声がかかり、文彦は振り向いた。

「やっぱり大津さんだ」

知らない女が笑っている。いや、どこかで見たような気もするが、誰だったろう。長くて茶色の髪、流行の細い眉、豹柄のブラウスにぴったりしたパンツ。こんな格好をした女は最近巷《ちまた》に溢れている。

「久しぶり、元気だった？」

女が言った。ひどく親しげな話し振りだ。

「うん、まあ、何とか」

曖昧《あいまい》にごまかしながら記憶を辿《たど》るが、どうしても思い出せない。

「この辺に住んでるの？」

「そうなんだ、君も？」

「そう、最近、こっちに引っ越して来たの」

「そうか」

「今、私、何してると思う？」

「さあ」

指を台に固定したまま、困ったように文彦は首を傾ける。

「近くのショットバーで働いているの」

やっぱりその筋の女か。前は銀座か、いや違う。赤坂でもない。六本木か、新宿か、池袋か。

「一度、遊びに来てよ。駅の裏側なんだけど、レンタルビデオ屋の角を入って五十メートルほど歩いたところにある『グレン』って店」

「うん、わかった」

それから彼女は、いくらか含んだように笑った。

「大津さん、私が誰だかわかってないでしょう」

「いや、そんなことはないけど」

「ひどいんだから、まったく。とにかく、一度くらい飲みにきて。待ってるから」

女が背を向ける。

文彦は台に向かった。画面にゴジラが現われて、火を噴いている。またもやリーチだ。5が二個。真ん中の数字が回転する。

来い、来い、来い。

並んだ。

やった！　と、胸の中で叫ぶ。店員が「おめでとうございます」と、カードを挟みにやって来た。今日はイケるかもしれない。これで小遣いが稼げる、と思ったとたん、記憶が蘇《よみがえ》った。

文彦は振り返った。あの茶色の髪を黒にして、すっきりとしたショートカットにして、濃い化粧をみんな落として、平凡な白いTシャツにジーパンをはかせれば、確かにそうだ。間違いない。

どうして気付かなかったのだろう。

文彦は慌てて椅子から下りた。しかし、彼女の姿はもうどこにも見えなかった。

「じゃあ、ちょっと行ってくるよ」

文彦は、美有と一緒に夕飯を食べている永遠子に言った。献立は野菜炒めに炒飯《チャーハン》と豆腐の味噌汁だ。もちろん、文彦が作ったものだ。

「遅くなる？」

「いや、十時頃までには帰るつもりだけど」

「うまく決まるといいわね」

「ああ」

曖昧な返事をして玄関に向かう。永遠子には、仕事のことで友人に会うと言ってある。

玄関には、永遠子のハイヒールが片方倒れたまま脱ぎ捨ててあった。それを直そうと手を伸ばして、引っ込めた。足でそれを隅に押しやって、自分のスニーカーを履く。革靴はここ半年下駄箱にしまわれたままだ。

外に出ると女は綺麗になるというが、永遠子を見ているとつくづくそう思う。ついこの間までただの主婦だったのが、少しずつ女を取り戻している。尻や腰に緊張感があり、身体つきもしまってきた。男でもできたか、と考えるが、そうだったとしても今の自分に何ができるだろう。もしそれで、永遠子が小遣いを気持ちよく出してくれるなら、誰と何をしても構わないと、本気で思う。

聞いた通り、駅裏のレンタルビデオ屋の角を曲がって、看板を確認しながら進んでゆくと、グレン、という文字が目に入った。磨りガラスのドアが結構洒落《しゃれ》ていた。とりあえず、財布の中には今日パチンコで稼いだ一万五千円がある。ショットバーということだから、さほど金はかからないはずだ。

ドアを開けると、カウンターの向こうに、彼女の姿が見えた。彼女は、文彦が来ることを予期していたように、ゆったりとほほ笑んだ。昼の格好ではなく、髪はひとつにまとめられ、黒い光沢のあるブラウスを着ている。

「いらっしゃい」

「うん」

頷いて、文彦はカウンターの隅に座った。まだ八時を少し過ぎたところで、客は他にふたりいるだけだ。

「何にします？」

「ハーパー」

「炭酸で割るのね、それとライム」

「ああ」

覚えられていたことに、いくらか困惑しながらも、悪くない気分だった。目の前で彼女がそれを作り始める。その手元を眺めながら、文彦は尋ねた。

「美容師になったんじゃなかったのか」

マドラーを持つ手が止まった。

「思い出してくれたんだ」

「ごめん、あの頃の沙織とは別人みたいだったから、すぐにはわからなかった」

「別人と言えば、確かに別人だわ」

「どうして、美容師をやめたんだ」

文彦の問いに、沙織はいくらか上目遣いをして、左手を胸の高さまで持ち上げた。

「これがね」

手首には、黒い革がリストバンドのように巻かれている。

「この下に残っているもの、覚えてる？」

文彦は緊張した。

「そう、あの時の傷よ」

グラスが前に差し出されたが、すぐ口をつける気にはならなかった。六年前の結婚式のことが思い出される。沙織が手首を切った、あの日のことだ。

「まだ、傷が残ってるのか？」

「残ってるぐらいならいいんだけれど、下手《へた》な切り方しちゃったから、神経が一本、繋《つな》がらなくなったの」

すっ、と耳の後ろが冷たくなった。

「結局、美容師は諦《あきら》めたわ」

事もなげに沙織は言った。文彦はどう返事をしていいかわからず、ようやくグラスに手を伸ばした。

「知らなかった」

「いいのよ」

「ごめん、まさか、そんなことになってるなんて」

ここに来たことを後悔していた。知らないで済むなら、知らないままでいればよかった。パチンコ屋で会った女が沙織とわかった時、どこかで甘い感傷が蘇っていた。昔の女と、昔を語り合うのも悪くない、その程度の気持ちだったのだ。

「俺のこと、恨んでるだろうな」

「ええ、死ぬほど」

頰が強張《こわば》った。

「嘘よ」

沙織が笑った。

「馬鹿ね、今さらそんなこと思ってないわ。確かに、私の人生はあの時からちょっと違う方に向いちゃったけど、それはそれで結構楽しくやってるから」

「そうか。だったらいいけど」

「大津さんは？」

「俺か」

「昼間からパチンコ屋なんて、ちょっとびっくりしちゃった。今日はお休みだったの？」

「ああ、まあね」

と、いくらか曖昧に答えてから、格好つけようとした自分に苦笑した。

「実は会社、辞めたんだ」

「え……」

「早い話、リストラでさ」

「そう」

沙織が目を伏せる。

「私ももらっていい？」

「うん。でも、情けないことに、あんまり金持ってないんだ」

「ごめん、ノルマだから一杯だけ」

そうして、沙織は国産の安いウィスキーを自分のグラスに注いだ。

「あの頃、いっぱい経費を使ってたのにね」

「そのツケが回って来たのさ」

沙織の方が傷ついた顔をする。あの頃も、彼女はよくこんな顔をした。

「まさか、自分がこんな目に遭うとはな」

「そう」

「不運は他人のところに行くもんだって思ってた」

「何だか、切ないわ」

沙織が息を吐く。

「ああ」

「人生って、思い通りにいかないわね」

「ほんとだな」

頷くと、不意に泣きたくなった。

焼けぼっくいに火がついた、というのとは少し違っていた。セックスがしたくて、というわけでもなかった。そのことは実際にセックスをしてみてすぐに気付いた。ただ、裸でぴったりと寄り添い、微睡《まどろ》んでいるだけでいい。そうやって相手の皮膚の柔らかさや、髪の匂いや、血の流れる音や、息の温かさを感じていると、すべてのことが宙に霧散してゆくような安堵感に包まれる。

逢瀬《おうせ》を重ねると、それは限りなく習慣に近付いていった。美有を保育園に届けた後の数時間を、文彦は沙織と過ごすようになっていた。金がない時は安いコーヒーを出す店に行き、パチンコで稼いだ時や、永遠子の財布からいくらか抜き取ることに成功した時は、ホテルに入る。

沙織に一緒に暮らしている男がいることは、最初にホテルに入った時に聞かされていた。

「役者の卵でね、小さな劇団に所属してるの。この間、渋谷の小劇場で公演したのよ。彼は準主役で、評判もすごくよかったの」

沙織が嬉しそうに話すのを見ているのは、悪い気分ではなかった。沙織の幸福に、横やりを入れるつもりはなく、むしろそうあってほしいという願いがある。

その日、服を脱いだ沙織の背に、文彦の目が留まった。

「どうしたんだ、それ」

白い背には輪郭のぼやけたアザが広がっていた。

「ああ、ちょっとぶつけたの」

文彦は眉をひそめた。

「殴られたんじゃないのか」

沙織は答えずベッドにするりと入り込み、文彦に身体を押しつけてきた。

「そいつは殴るような男なのか」

「いつもじゃないわ」

「何があった」

「大したことじゃないの。私がいけないだけ。役者っていうのは、すごく神経が繊細なの。私、馬鹿だから、すぐ彼の気持ちを逆撫《さかな》でするようなことを言ってしまうの」

「だからって」

「でも、優しいところもたくさんあるのよ」

「そいつに惚《ほ》れてるのか」

「私には、彼しかいないもの」

どういう意味か、判断しかねた。その男以外目に入らない、と言ったのか、それともその男しか自分を相手にしてくれない、という意味なのか。

「ねえ、あなたは？」

「俺？」

「奥さんや子供とうまくいってる？」

「まあまあかな」

言った自分に、文彦は苦笑した。

「そんなわけないだろ」

沙織は文彦の脇腹に手を回して、さらに密着してくる。ふたりの間に隙間《すきま》がなくなって、肌が柔らかく溶けあってゆく。

「昔のあなたと私って、全然違う人間だった。でも今は、とても似てる気がする」

「そうだな」

ふたりは黙る。沈黙は少しも気まずいものではなかった。むしろ、語り合っているより互いを理解できそうな気がした。

「このまま、どこかに行きたい」

独り言のように、沙織が言った。

「どこ？」

「誰も知らないところ」

「いいな」

「暖かくて、海がすぐそばにあって、どこにいても波の音が聞こえるの」

「魚がうまくて」

「そこで小さな居酒屋をやるの。口は悪いけど、気のいい漁師さんたちを相手に」

「俺は昼間、釣りに出よう」

「私は朝から煮物を作るわ」

「沙織は料理が上手《うま》いから」

「行きたいわ」

「俺もだ」

文彦は窓に目を向けた。雨が降ってきたらしい。サッシの磨りガラスに小さく水滴が当たり、埃《ほこり》を吸って流れ落ちてゆく。ベランダに干してある洗濯物のことが頭をかすめたが、どうでもいいいと思った。


「今月いっぱいで、アルバイトはクビになるわ」

帰って来た永遠子が、表情を硬くして言った。

「どうして」

文彦はキッチンから顔を向けた。後は味噌汁に油揚げを入れるだけだ。

「知らないわ、所詮アルバイトだもの、いつクビになったって仕方ないわ」

「そうか」

「それだけ？」

永遠子の尖った声が背中に投げつけられる。

「それだけしか言うことはないの？」

黙ったまま、文彦は細切りにした油揚げを鍋《なべ》の中に放り込んだ。

「もうイヤよ、もう我慢できないわ。今度こそ文彦に働いてもらうから。仕事なんか何だっていいわ。とにかく働いて、ちゃんとお金を稼いできて」

「ああ」

「なに、そのどうでもいいような言い方」

文彦の返事がいっそう永遠子の気持ちを逆撫でしたらしい。

「あなたは夫なのよ、美有の父親なのよ。どんなことがあっても私たちを守るのが務めでしょう。そのことどう思ってるの、どう責任をとるつもりなの」

居間で積木遊びをしていた美有が泣きだした。文彦がキッチンから出ると、それを押し退《の》けるようにして、永遠子が美有に駆け寄った。

「文彦が、時々、私の財布からお金を盗んでいたのは知ってるわ。少しは息抜きも必要だろうって、大目に見てきたのよ。それもみんな、あなたがいつかちゃんと働き始めるって信じてたから。でも、あなたは何もしようとしない。どころか、どんどん甘えてゆくばかり。鏡を見てみなさいよ。自分がどんな姿をしているかわかってるの。情けないとは思わないの」

泣いているのは美有だけではない。永遠子の声も震えていた。

文彦は居間の真ん中で立ち尽くした。反撃などできるはずもなかった。永遠子の言っていることはみんな正しい。

いい大学に入りたかった。いい会社に就職して、いい給料を手にして、いい女と結婚して、いい子に恵まれたかった。すべては自分が望んだことだ。誰に強要されたわけじゃない。権力に屈したくないなら、権力を持つことだ。欲しいものがあるなら、金を得ることだ。敗者には同情はしても同調はしない。ひとつでも人より多く手に入れれば、その分、いい思いができる。

そうして気がつくと、その手にしてきたすべてのものに、今、大きなしっぺ返しをくらっている。

もう金もない。地位も名誉もない。父親としての責任も、夫としての信頼も失った。この期《ご》に及んで、自分はいったい何にしがみついているのだろう。こんなまだ三分の一も自分のものにならないマンションか。世間体か。プライドか。それとも、男としての生き方か。

今、手を離しさえすれば、何もかもが終わる。代わりに手に入るもの。何もないという自由。守らなければならないものを何ひとつ持たないという生き方。

それはひどく魅力的に映った。

「もうイヤ。もう限界よ」

永遠子と美有の泣き声が遠くなってゆく。

文彦はただ立ち尽くしている。


「行こうか」

密着した肌だけが温かい。自分を確かめられるのは、もうここだけなのかもしれない。

「どこに？」

沙織がくぐもった声で尋ねた。

「海の見える、俺たちのことを誰も知らない、遠いところ」

「行きたいわ。そこで小さな居酒屋をやるのね」

「うん」

くすくす笑いながら、沙織が身体を押しつけてくる。

「いつ？」

「いつでも。君の好きな時に」

「じゃあ雨の日がいいわ。雨と一緒に、どこかに流されるみたいにふたりして消えてしまうの」

「いいね」

「私、お気にいりの水玉の傘を差してゆくわ。そうね、駅の改札口にちょうど十二時」

「うん」

「夢みたい」

「ああ、ほんとに夢みたいだ」


夕飯の準備を終えて、美有とバービー人形で遊んでいると電話が鳴った。

文彦は立ち上がって、受話器を取り上げた。

「大津さんですか」

いくらか緊張した男の声がする。

「ええ、そうですが」

「僕、桂木です」

あ、と声が喉の奥に引っ掛かった。

「ご無沙汰してます。お元気でしたか」

「あ、いや、うん、何とかやってる。君はどうだ」

「僕も何とかやってます」

「そうか」

後の言葉が続かない。桂木に恨まれているのはわかっていた。今さら、どう声をかければいいのかわからない。

「君には済まないことをしたと思ってるよ」

「いえ、そんな」

「僕とかかわったばかりに、君まで巻き込むことになってしまった」

「そんなこと、もう気にしてません。だいいち僕のリストラは大津さんの責任じゃありません。確かに、あの時はちょっと裏切られたような気になりましたけど、すぐ気がつきました。そういうご時勢なんですよ、今は」

そんなふうに言われると、いくらか気も楽になる。

「大津さん、ちょっと噂で聞いたんですけど、今、何もしていないって本当ですか」

「よく知ってるな。ああ、無職ってやつだ」

「よかった。あ、すいません、そんなこと言って。大津さん、電話したのはお願いがあるからなんです」

「何だ」

「一緒に仕事をしませんか」

一瞬、言葉に詰まった。

「大津さんの力を貸して欲しいんです」

「今の僕は、何の力もないよ」

「大津さんじゃないと駄目なんです。噂を聞いてから、ずっと考えていたんです。大津さんと一緒にやれたらって。そしたらきっとうまくいくって。実は今、新しく始めようと考えている仕事があって」

「待ってくれ」

文彦は桂木の言葉を遮った。

「買い被《かぶ》りだよ。僕は君にそんなふうに言ってもらえる男じゃない」

「すぐ断らないでください。とにかく会ってどういう仕事なのか、せめて話を聞いてもらえませんか。明日、そっちに伺います。大津さんの都合のいい時間を言ってください。話を聞いて、それでどうしても駄目だというなら、僕も諦めます。でも、断るのはそれからにしてください」

この場で無下《むげ》に断ることはできなかった。桂木には負い目もある。自分みたいな男に、そこまで言ってくれることに感謝の気持ちもある。断るにしても、会ってそうすべきだろう。

「わかった。じゃあ明日、そうだな十時半でどうだろう」

文彦は知っている喫茶店の名を挙げた。

「わかりました、伺います。会うのを楽しみにしています」

翌朝、細かい雨が降っていた。

向かいのマンションはすでに外壁工事が終わり、そこに広がる雨染みまでも洒落た模様に見えた。

ついに降ったな、と、文彦は濁った空を見上げながら呟いた。

あれから何度か沙織とは会っていたが、その話は一度もしていない。寝物語のついでの他愛ない約束だった。もしかしたら、沙織は忘れているかもしれない。それでも構わない。むしろ、その方がいい。沙織をわざわざ道連れにすることはない。約束したのは沙織ではなく、自分に対してだ。

出よう。この家を出て、ひとりになろう。

永遠子はクビになるとわかっていながら、今日も仕事に出掛けて行った。一日分の給料も今は貴重な生活費だ。永遠子は逞《たくま》しい。まったく、ほれぼれするくらいだ。俺なんかいなくても十分生きてゆける。むしろ、その方が楽になるだろう。

文彦はいつも後回しにする朝食後の片付けを手早く済ませた。小さなボストンバッグに、詰められるだけの荷物がすでに用意してある。それから、いつもと変わりなく美有の手をひいて家を出た。

保育園に預ける時、若い保母に「迎えが遅くなるかもしれない」と告げると、屈託ない声が返ってきた。

「わかりました、延長保育ですね。はい、美有ちゃん、パパにバイバイね」

美有が手を振る。さっさと背を向けて、園の中に駆けてゆく。

「美有」

文彦は娘の名を呼んだ。けれども、美有はもう友達と遊び始めている。

美有が生まれた時のことを思い出した。まだ目も開かない頃、小さな手で指をぎゅっと握り締められた時、この子を死んでも守ろうと思った。けれど今わかる。守られてきたのは自分の方だ。守るものがあるということは、守られているということだ。

待ち合わせの喫茶店に入ると、すでに桂木が待っていた。久しぶりで見る桂木は、ひどく大人びて見えた。驚いたことに、桂木は文彦がやったスーツを着、ネクタイをしていた。それを見て胸が熱くなった。

簡単に挨拶を済ますと、コーヒーを飲む時間も惜しむように、桂木は興奮気味に話し始めた。

「僕、結局、転勤になった清掃会社をすぐに辞めてから小さなイベント会社に就職したんです。主に、地域のお祭りに大道芸人を呼んだり、遊園地の人寄せにボディコンの女の子を送り込んだり、そんな程度だったんですが、この間、ちょっとした知り合いから、講演ができる人はいないかって頼まれたんですよ。外食チェーンの社員研修だったんですが、もう派手に金のかかることはできないから、それに代わるものということで、講演会って案が出たらしいんです。でも、講師をどう探していいかわからないってことで頼まれて、それで以前にちょっと仕事をさせてもらったことがある実演販売のベテランの人に、客を惹き付けるコツみたいなことで、話してもらうことにしたんです」

「どうだった？」

思わず、尋ねた。

「大受けでした」

桂木はやはり発想がいい。一緒に仕事をしていた時から、それは文彦も認めていた。

「そうか、さすがだな」

「その後、二件、引き受けました。一件は元スチュワーデスの教育をしていた人に来てもらって、これもまずまず成功しました。二件目は中年の女性のセミナーだってことで、エッセイなんかも出してる女優さんに来てもらったんですが」

文彦は後の言葉を引き継いだ。

「大変な手間とギャラがかかっただろう」

「ええ、まったく、とんでもない目に遭いました」

「タレント文化人のような、芸能プロダクションがからんでいるようなのは駄目だ。金がかかるばっかりだ」

「まったくその通りでした。ギャラの他に、宿泊先のホテルの指定から、マネージャーと、ヘアメイク分と、どうみても恋人という連れの男の分まで、食事代から足代から、散々要求されました」

「だろうな」

「それは確かに失敗でしたが、僕は、これからは、こういうものが必要とされるんじゃないかって思ったんです」

桂木が膝を乗り出してくる。

「今年、いろんな事件があったじゃないですか、景気も相変わらず回復しない。だからこそ、心ぐらいは満たしたいと思うでしょう。どう生きるかということを、たくさんの人が知りたがっているような気がするんです。こっちから話を持ってゆくと、結構、反応もいいんです。公民館とか、学校の体育館で行なわれるような地域的な講演会から、専門学校や、企業の研修会、組合関係、図書館、ホテルとか、思いがけないところにも需要があることがわかったんです。これが広告とタイアップすれば、もっとさまざまな場所で開催できます」

「確かに、可能性は大きいな」

「実際に今、エステティックサロンと打ち合せに入ってます。でも正直言って、講師をどう選べばいいのかよくわからないんです。地味だと客は喜ばないし、芸能人はこりごりだし」

ふと、新聞の生活欄の記事を思い出した。

「最近、料理研究家が注目されているのを知ってるか」

「料理学校の先生ですか？」

「いや、主婦の趣味が昂《こう》じて研究家になった人たちだ。先生じゃないから、堅苦しいこともない。主催がエステティックサロンなら、ダイエットは欠かせないだろう。テーマとしてもはずれないはずだ」

「ええ、そうだ、確かにその通りです」

「その他にも、テーマによるが、講師として引っ張り出せる可能性がある人物はたくさんいる」

「たとえば？」

「企業向けなら、すでにリタイアした社長や、元役人というのも裏話が聞けて面白いんじゃないかな。柔らかいところでは、旅館の女将《おかみ》とか職人さんなんていうのもいいかもしれない。そういう、今まで表立ってない人たちは、講演会に引っ張りだすチャンスがなかっただけだ。きっと面白い話をたくさん持っている」

「ああ、ほんとだ。ジャーナリストや、学識者、大学教授なんていうのはちょっと堅すぎるんですよね」

「客に求められていることを、まず的確に把握しなければ、人は集まらない」

「けれど、講師になる人とどうやってコンタクトを取ればいいんです？　そういう人たちは窓口もないだろうし」

「やはり、直接出向くしかないだろう」

「ギャラの交渉とかは？」

「タレントとは違うのだから、法外なことは言わないだろう。煩雑《はんざつ》さがないだけでも助かる。いや、むしろ、そういったことのマネージメントを引き受けることで、また仕事になるかもしれない」

「あ、そうか。そういうこともあるわけですよね。大津さん、いいじゃないですか、それ悪くない話じゃないですか」

「ああ、そうだな、悪くない話だな」

こんな感覚を味わうのは久しぶりだった。自分の中で、置き去りにされていた躍動のようなものが、ふつふつと音をたてて蘇ってくるのを感じていた。

雨が降り続いていることも忘れていた。時間が過ぎてゆくのにも気がつかなかった。文彦は桂木と顔を寄せ合うようにして話し込んだ。


十一月も終わろうとしていた。

先週、新しいパソコンの基本ソフトが売り出された。秋葉原《あきはばら》は前日深夜にカウントダウンする派手な演出で盛り上げた。文彦ももちろん一本手に入れた。

桂木と会ってから、ひと月が過ぎていた。あまりに長く休み過ぎ、勘はまだ完全に戻っているわけではないが、自分の中の仕事のサイクルが、確実に回転し始めていた。

今夜、打ち合せが長引いて、最終電車で帰って来た。雨が降っていた。細かいが、秋の雨は容赦なく冷たい。傘を持たない文彦は、スーツの襟元を重ね合わせて、商店街を歩き始めた。その時、街灯の下に揺れる水玉模様の傘が目に入り、足を止めた。

向こうも、気付いたらしく立ち止まった。顔を見合わせ、ふたりは距離を狭《せば》めた。

「久しぶり」

沙織が屈託ない笑顔で言いながら、文彦へ傘を半分差し掛けた。

「うん」

文彦は頷き返したが、後ろめたい思いが言葉を短くした。

「仕事、始めたのね」

スーツ姿の文彦を、いくらか目を細めて沙織が眺める。

「ああ、どうにかこうにか。君はどうしてた？」

「それがね、私、彼の田舎《いなか》に一緒に帰ることになったの。島根なんだけど、彼の家が酒屋さんで、それを継ぐことになったの」

「結婚するのか」

「ええ」

「そうか、おめでとう。沙織はきっといい奥さんになるよ」

「ありがとう。早く、赤ちゃんも欲しいわ。優しいお母さんっていうのにも憧れてるの」

「発《た》つのはいつ？」

「来週よ。でもよかった、その前に会えて」

「そうだな、会えてよかった」

続く言葉が見つからなかった。まどろっこしい時間がふたりの間に横たわった。

「じゃあ、元気でね」

沙織がゆっくりと背を向ける。文彦は思わず呼び止めていた。

「あの日だけど」

沙織が振り向いた。

「え？」

「あの、雨が降った日」

「何のこと？」

「いや、いいんだ、何でもない」

「ねえ」

沙織が柔らかくほほ笑む。

「ああ」

「どんなに他愛ない夢でも、見ないよりマシよね」

返す言葉が見つからなかった。

「じゃあ、ほんとに、さよなら」

沙織が人波にまぎれてゆく。水玉の傘が揺れている。

その後ろ姿に向かって、文彦は頭を下げた。行ったことはわかっていた。沙織はそんな女だ。そんな女だとわかっていながら、あんな約束をした自分を文彦は激しく恥じた。

*

「大津さん、電話よ」

肩を叩かれ、永遠子は顔を向けた。事務の女の子が立っている。

「あ、はい」

マイク付きイヤホンをはずし、席を立った。三十畳ほどもある室内は、重なり合うコール音と応対する声で満ちている。永遠子は何台も同じ装置が並んだ机を縫って、事務所に向かった。

入って来た永遠子を認めて、窓際に座る主任が露骨に不快な目を向けた。永遠子より少し年上の女性だ。

「五番よ」

「すみません」

番号を押して、受話器を上げる。

「もしもし、大津ですが」

「私だ」

その声に、思わず言葉が詰まった。

「今夜、会えるか」

永遠子は主任に背を向け、声が届かないよう小さく言った。

「困ります」

「なぜ」

「もう会う気はありません」

「なぜ、私を避ける」

「今、仕事中なんです。前にも言いましたが、こういう電話は困るんです。もう二度と、かけないでください」

「仕事は何時に終わるんだ。近くまで行ってもいい」

「切ります」

「待ってくれ」

無視して受話器を置いた。事務室を出ようとすると、主任から声がかかった。

「大津さん、仕事中の私用電話は困るのよ。そういうのを何回もやられると、周りから苦情が出るの。それで同じ時間給じゃやってられないって。そこのところ、わかっておいてもらわないと」

「申し訳ありません。これから気をつけます」

頭を下げて、自分のデスクに戻った。すぐにコールが始まり、永遠子は受信スイッチを押した。

「はい、こちらはドリーム通販でございます。ご注文ありがとうございます。まず、お電話番号からお聞かせください」

前のアルバイトが、正社員どころかあっさり切られてしまったことは、大きな計算違いだった。具体的ではないが、頭の中でぼんやりと描いていた計画もこれでご破算になった。散々探し回って、次に見つけたのがこの通信販売の電話受付である。十一時から四時のパートで、仕事を始めた文彦とバトンタッチするような形で、生活は以前のスタイルに戻っている。

文彦のことは、どれだけホッとしたかわからない。収入がどれくらいあるのか、安定したものなのか、不安は完全に消えたわけではないが、ようやく生活が回りだしたと感じられるだけでも肩の荷が下りていた。

不況だということはわかっている。赤字だ、経営難だ、倒産だと、新聞やニュースは連日がなりたてている。けれども、まさか自分の身に「生活苦」なんてものが降り掛かるとは考えてもみなかった。

あの頃はよかった、と、永遠子は街ですれ違う若い女たちを見るとついそう思う。自分のことだけ考えて生きていた。綺麗でいること、楽しく過ごすこと、頭にはそのことしかなく、足りないものがあればすべて両親や男たちが満たしてくれた。そういった生活が、蛇口をひねれば水が溢れるように、当たり前のように手の中にあった。

あの頃に戻りたいなどと、馬鹿げたことを考えてもどうしようもないことぐらいわかっている。もう、自分はそっち側の人間ではない。今さらブランドのバッグも、麻布のイタリアンレストランも望めない。ただ、来月の住宅ローンの引き落とし日までに、通帳にちゃんとその分のお金が入っていてくれればいい。

美有を保育園に迎えに行き、マーケットで夕食の買物を済ませ、外に出たとたん、足が止まった。

「ようやく会えた」

若山が立っている。

「どうして」

驚きで、声が掠《かす》れた。

「こうでもしないと、会えないだろう」

若山はにこにこ笑っている。深いグリーンのセーターに、グレーのズボン、その上からベージュのコートを羽織っていた。そんな格好の若山を見るのは初めてだった。スーツ姿の若山は、見栄えがして、銀座だろうが六本木だろうが、肩を並べていることが自慢できるような男だった。でも、目の前の若山はラフというより、どこかみすぼらしい。急に老け込んだように見えた。

「近くでお茶でも飲もう」

「今から夕飯の支度をしなくてはならないんです」

「大した時間は取らせない」

「ママ」

美有が腕を引っ張った。

「娘さんか、可愛いな」

若山が屈《かが》んで、美有の顔を覗き込む。美有は怯《おび》えたのか、永遠子の後ろに回り込んだ。

「本当に急いでるんです」

若山の顔から笑顔が消えた。

「じゃあ、いつならいいんだ」

永遠子は足元に視線を落とした。

「電話をしても、いつもそんな調子じゃないか。言ってくれ、いつなら会えるんだ」

永遠子はしばらく考え、言葉を慎重に選んだ。

「もう、お会いすることはできません」

「なぜ」

「私は元の生活に戻ったんです。今は平凡な主婦です。これからは、子供と主人のために暮らそうと思っています」

若山は大きく息を吸い、急に声のトーンを強めた。

「今さら何を言ってるんだ。利用するだけしておいて、失脚したら、お払い箱ってわけか。君のために、どれだけ手を貸してやったと思ってるんだ。そのことにはみんな知らん顔か」

美有が永遠子にしがみついて離れない。

「今までのことは感謝してます。本当に、どうお礼を述べていいかわからないくらいです。でも今の私には、それ以外、何もできないんです」

「できないんじゃない、しようとしないだけだ」

永遠子は唇を嚙んだ。若山が再び、表情を柔らかくした。

「いや、すまない。こんな恩着せがましいことを言うつもりはなかったんだ。ただ会いたい、それだけなんだ。もう、私には永遠子しか残されていないんだから」

指先が冷たくなってゆく。永遠子は顔を上げた。違う、目の前にいるのは永遠子の知っている若山ではない。

「やめてください、こんなこと」

「永遠子」

「失礼します」

永遠子は頭を下げ、美有の手を引っ張って足早に背を向けた。背後に、若山の声がした。

「また連絡する」

私は薄情だろうか。

永遠子は美有の手を引きながら考える。世話になったことは確かだ。それを恩義と感じて、もっと優しく接するべきだろうか。決して、若山が力を失ったから背を向けたわけではない。損得勘定だけで付き合っていたのではなく、少なくとも、ある種の情は持っていた。失脚して、若山は人が変わった。以前の豪快さは消え、表情を歪めて、陥《おとし》れられたと役員たちを口汚く罵《ののし》った。それでも永遠子は熱心に聞き役に回った。慰めも、力づけもした。立ち直って欲しい、その思いに嘘はなかった。しかし若山は行き場のない怒りや屈辱や寂しさのすべてを、永遠子で埋めようとした。妻が出て行った、それを聞いた時、限界だと思った。もう受けとめられない。これ以上、関わってはいけない。


美有が笑っている。

帰って来た文彦にべったりとまとわりついて、はしゃぎ回っている。文彦が面倒を見ていた時は、こんな様子は見られなかったのに、と不思議に思う。

元々、美有はパパっ子だった。お風呂もご飯も文彦と一緒でないと駄々をこねた。何より、言葉が格段に増えたことに驚いた。まるで今までの分を取り返すかのように、美有は喋り続ける。そのたどたどしい話し振りに、文彦も永遠子も思わず笑い出し、家の中が和《なご》んだ。忘れていたささやかな幸福に、気付くことができる余裕が戻っていた。

夕食の後片付けをしていると、キッチンに文彦が顔を出した。

「変な奴につきまとわれているのか？」

永遠子は一瞬、食器を洗う手を止めたが、姿勢はそのままに聞き返した。

「何それ？」

「いや、美有がそんなこと言うからさ。知らないおじさんがママをいじめたって」

「ああ、今日しつこいキャッチセールスにつかまっちゃったの、そのことでしょう」

「気をつけろよ。最近、ストーカーまがいの変なのが多いからな」

永遠子はゆっくりと振り向いた。

「どうしたの？」

「何が？」

「心配してくれるなんて」

「悪かったな」

文彦が唇を尖らせて居間に戻ってゆく。永遠子は再び食器を洗い始めた。自分の頬が、柔らかく崩れているのが、食器棚のガラス戸に映っていた。

恋愛なら絶対に別れる理由が、結婚には当てはまらない。かといって、すべてを許し合うわけでもない。腹立たしさはある。失望も落胆もある。憎しみさえも、消えることなく記憶に積み重なっていく。それでも、夫婦はその場所から容易に離れることができない。まるで、すっかり毛羽立った毛布のように、型崩れして人前では脱げないハイヒールのように、うんざりして、新しいものが欲しくなり、きょろきょろと辺りを窺《うかが》っても、馴染《なじ》んだ感触や履き心地に手放す決心がつかず、元の位置に戻してしまう。

もしかしたら、ほんの少しわかり始めているのかもしれない。新しい毛布もいつかは毛羽立ってしまうことを。洒落たハイヒールもいつかは自分の足の形のままに型崩れしてゆくことを。

居間からは文彦と美有の声が聞こえてくる。

永遠子は食器を洗い続けている。

若山は執着した。

仕事先に、外部からの電話は受け付けないよう頼むと、自宅に掛かるようになった。家に戻って、留守番電話の赤いランプが点滅しているのを見るとうんざりした。メッセージの内容は、その時々の若山の精神状態を反映して、淡々としているのもあれば、脅しのようであったり、泣き落としのようであったりした。時折、仕事場の近くや、家の近所に現われることもあった。話し掛けられても、永遠子は無視し、足早に背を向けた。それでも、行為は執《しつ》拗《よう》に続いた。

その日、玄関先に芝居じみた薔薇《ばら》の花束と「会いたい」と書かれたカードが残されているのを見た時、永遠子はもう、逃げ回るだけでは埒《らち》が明かないことを悟った。

文彦には、友人に会うと嘘をついた。

少し早めに帰宅してもらい、美有を頼んで、待ち合わせた駅前に出向いた。連絡を取ったのは永遠子の方だ。待っていると、若山が車で現われた。ウィンドウが下りて、上機嫌の顔を覗かせた。

「乗りなさい」

「いえ、どこか喫茶店にでも」

「後ろが詰まってる、とにかく、早く乗って」

タクシーが苛立たしげにクラクションを鳴らした。それに追い立てられるように、永遠子は助手席に乗り込んだ。

「ひさしぶりだな、車で会うのは。前は確か、御殿場《ごてんば》にゴルフに行った時じゃなかったかな。まだ永遠子が部下だった頃だ」

永遠子は黙っている。

「帰りに、モーテルに寄ったのを覚えているだろう。永遠子があんまり声を上げるんで、外に聞こえるんじゃないかと、私の方がハラハラした」

「やめてください」

「あの時の永遠子は本当に可愛かった。ベッドの上でもっともっとと私にせがんだ。あの時の素直な永遠子に戻って欲しい」

永遠子は目を閉じて、息を整えた。

「ご自分が何をしているか、わかってるんですか。こんなことをして、いったい何になるんですか」

「なぜ、そんなことを言う。せっかくふたりで会えたんだ。もっと楽しい話をしよう。まず、どこで飯を食うかだな。和食か、イタリア料理か。永遠子の好きなところに連れて行こう。金ならあるんだ。退職金は相当の額をふんだくってやった」

「部長」

「もう、部長じゃない」

「これは犯罪です」

「永遠子を大切に思っているだけだ」

「押しつけられる方は迷惑なんです。脅迫です」

「だったら、警察に訴えたらどうだ」

「もし、これ以上続けるなら、そうするつもりです」

しばらく言葉がなかった。永遠子は運転席の若山に顔を向けた。対向車のライトが若山の横顔を映し出している。そこに疲れと老いに混じって、絶望が見えたような気がして、思わず息を吞んだ。

「なぜわからないんだ。私は永遠子が憎くてこんなことをしてるんじゃない。永遠子が好きで、会いたいだけなんだ。なぜその思いが伝わらないんだ」

「どうして」

永遠子は膝の上で拳を固く握り締めた。

「どうして、あなたはこんなことになってしまったの」

恐怖はなかった。怒りもない。嫌悪もない。なぜあの若山が、こんな姿を晒《さら》すようになってしまったのか。強くて、逞しくて、この人に任せておけばすべてうまくゆく、そんな安心感を与えた男が、どうしてこんなに変わってしまったのか。

「抱きたい」

呟くように、若山は言った。

「永遠子に触りたい。その髪に、その身体に触りたい」

危険かもしれない。短慮かもしれない。とても尋常とは思えない若山とこんな場所に来て、もっと大きな過《あやま》ちをしでかしてしまうことになるかもしれない。

永遠子は幹線道路沿いのモーテルの一室で、どこか薬品に似た臭いのするベッドに、裸になって横たわった。どうしても若山を見捨てることができなかった。女という意識の中でこそ、肉体は特別な意味を持つ。けれども永遠子は今、女ではなかった。違う生きもの、たぶん母だ。美有に乳房を与えるように、美有を胸に抱き締めるように、永遠子は若山を受け入れる決心をした。

しかし、若山の肉体は、若山を裏切った。

若山は身体を丸め、短い呻《うめ》きを何度か繰り返して、永遠子から身体を離した。

「帰ってくれないか」

ベッドの端に腰を下ろし、若山は永遠子に背を向けた。その背に伸ばそうとした指を、永遠子は引いた。

「お願いだ、すぐにここから出て行ってくれ」

掛ける言葉はなかった。何か言えば、もっと若山を傷つける。永遠子は洗面所に入り、服をつけた。鏡に映る自分の顔が、知らない誰かのように見えた。帰りぎわ、ドアの前で振り向いたが、若山は同じ姿勢のままだった。

「永遠子」

ドアノブに手を掛けた時だ。

「すまなかった。もう心配しなくていい。私は二度と、君の前に姿を現わすことはない。約束する」

黙ったまま頷く。

「元気で」

部屋を出て、後ろ手でドアを閉めた。

人気のない廊下にキーの下りる無機質な音が流れて行く。

こんな結論の出し方をするつもりはなかった。すぐに立ち去ることができず、永遠子はドアの前に立ったまま、唇を噛んだ。

部屋からは若山の嗚咽《おえつ》がかすかにもれていた。

結末はどうしてこんなにも容赦なく寝返るのだろう。

永遠子もまたドアに額を押しつけ、泣いた。


「もう、鳥さんは来ないの？」

美有がベランダの壁を指差した。初夏に壊されたツバメの巣の痕跡《こんせき》がまだ見えている。

「もう冬だから、みんな暖かいところに飛んで行ったの。でも春になったら、また戻ってくるわ」

「そしたら、ここに巣を作る？」

「ええ、きっと作るわ」

「でも、また壊されたらどうしよう」

「壊されたら、また作ればいいの」

「何度も？」

「そう、何度も。壊されても壊されても、何度も作るのよ」

永遠子は壁に残った藁の巣に目を向けた。来年、ここにツバメが戻って来た時、自分たちは何をしているだろう。何を考え、何に迷っているだろう。

チャイムが鳴った。

「あっ、パパだ」

美有が玄関に走ってゆく。小さなサンダルが引っ繰り返っている。じき、このサンダルもサイズが合わなくなるだろう。永遠子はそれを揃えてから、居間に向かって顔を上げた。

美有を抱いた文彦が入って来た。

第六章　孤独までの距離

ヘール・ボップ彗星《すいせい》が闇《やみ》の彼方を泳いでいる。

東京の空では大して見えるわけではない。それでも、明るさはマイナス一等を超え、今世紀最大級の彗星と聞くと、やはり興味をひかれてしまう。

輪郭のはっきりしない光の尾が、真上より少し西に傾いて白く流れている。どうということはない闇の中のシミのようにも見える。それでも文彦はベランダの手摺《てす》りに肘をつきながら目を凝《こ》らした。

昨日、智恵から電話が入った。

「宏の会社がまずくてね」

妹の亭主の宏は、中堅の建設会社に勤めている。確か去年、主任に昇格したと喜んでいたばかりだ。あの会社も、一時は海外のリゾートホテル建設にまで手を広げるほどの羽振りのよさだったが、二年ほど前から経営不振の噂が流れていた。今はどこだって経営不振だ。今さら驚くわけではなかったが、先日、母体となる大手ゼネコンが、抱えている負債総額を業界紙にスッパ抜かれた。母体である大手がその状態となれば、傘下にある会社などたまったものではないだろう。

「お定《き》まりのリストラよ。この間ね、子会社の九州にあるビジネスホテルに行けって言われたの。それは断ったんだけど、そうすると、やっぱり居づらくなったらしくてね。でもね、たとえ無理してそこに行ったとしても、この先どうなるかわからないでしょう。宏が言うの、会社が潰れるまで粘って、退職金さえ取れなくなるより、いっそのこと今のうちに辞めようかって」

「辞めて、どうするんだ」

「福島に帰ろうって」

文彦は黙った。

「私もできるなら住み慣れた東京は離れたくないわ。でも会社に残れば、結局はどこか地方に飛ばされるわ。どっちにしても離れなくちゃならないんだもの。新しい仕事をこっちで探そうってことも言ったんだけど、宏、もう東京はうんざりだって言うのよ。福島の方は、帰って来るのは大歓迎で、この間、お義兄《にい》さんから家も仕事先も心配するなって連絡があったわ」

「そうか」

宏は文彦より四つ下で、今年三十二歳になる。大学入学で上京し、そろそろ十五年になるというのに、いつまでも福島の訛《なま》りが抜けず、格好も垢抜《あかぬ》けない。しかし、彼のそういうところが文彦は気に入っていた。

最近、顔を合わせることはめったにないが、会うと、いつもホッとする。そういったどこか人を和ませる雰囲気を持っている男だった。ちゃらちゃらしているとばかり思っていた智恵が、宏を結婚相手に選んだ時、あいつもあれでちゃんと男を見ているんだな、と見直したものだ。

宏が故郷に帰りたい気持ちは、わからないでもなかった。金が回っているうちは、都会は馴《なれ》々《なれ》しいほどの笑顔を見せるが、悪くなればあっさり峻拒《しゅんきょ》する。

「まだ、はっきり決めたわけじゃないの」

「ああ」

「でもね、もしそうなったら、兄さん、どうする？」

「そうだな」

智恵の言いたいことはわかっている。

「お父さんのことは、四六時中ってわけじゃないけど、やっぱり誰かがそばにいないと不安だわ」

「おふくろは何やってるんだ」

「実の母親ながら呆《あき》れるわ。毎日毎日、出掛けてばかりなんだもの」

「そうか」

「私がいるからかもしれないけど」

父親のアルツハイマーは穏やかではあるが、確実に進行していた。ＭＲＩの検査では問題はなかったが、記憶検査とマトリックス検査では異常を示した。物忘れがひどくなるといった記憶障害から、言葉を理解できなかったり、適切な名詞が出なくなったりする第二期に入ってきている。

「とにかく、そういうことだから」

「わかった」


やっぱり大したことないな。

夜空を見上げながら文彦は呟いた。

何が今世紀最大級だ。

今から二十五年前、一九七二年にジャコビニ流星群が現われた時、文彦は十歳だった。どうしても観測したくて、父に無理にせがんで望遠鏡を手に入れた。初めて手に入れた望遠鏡は文彦の宝物になった。その日、心を躍らせながら父と一緒に夜を待ったが、結局、流星群は現われず、どれほどがっかりしただろう。

「見る機会はこれからもたくさんあるさ。父さんよりかはな」

あの時、父親はそう言って慰めた。今回のヘール・ボップ彗星も、前評判からすれば期待はずれには違いない。それでも多くの人が夜空に目を凝らしているだろう。そうして文彦と同じように、もう父親にせがんで望遠鏡を手に入れた頃には戻れないことを確認しているのかもしれない。

「できたみたいなの」

文彦は朝刊から顔を上げた。

「昨日、病院に行って来たの。そうしたら十二週に入ったところですって」

永遠子はキッチンで朝食の用意をしながら、まるで今日の天気を語るようなさりげなさで言った。

慌てていた。慌ててから、どうして自分が慌てているのか全然わからなかった。

「そうか」

短く答えてから、新聞に顔を戻した。

「元気な子が生まれたらいいわね」

「そうだな」

言ってから、自分の素っ気なさに気づき、言葉を続けた。

「身体、大丈夫なのか」

「それが平気なの。美有の時は、悪阻《つわり》がひどかったでしょう。でも、今度は全然。むしろ、いいくらい」

「大事にしろよ」

キッチンから、コーヒーを持って永遠子が出てきた。

「よかった」

「何が？」

「喜んでくれないんじゃないかって思ってたから」

「どうしてさ」

「何となく。仕事も軌道に乗り始めたばかりだし」

「そんなわけないだろ。ひとりっ子じゃ、美有も寂しいさ。きょうだいはいた方がいい」

「そうね」

「予定日は？」

「九月の末頃」

「そうか」

したのは、いつだったろうと考えた。正月か、二月か。回数で妊娠するのではないことぐらいわかっているが、月に一度あるかないかのセックスでもちゃんと子供はできるんだな、と改めて驚いてしまう。

「パートはどうするんだ？」

「ぎりぎりまでやるわ」

「無理するなよ」

「大丈夫。この子、生まれる前からとても親孝行みたい」

それから永遠子は、テレビ画面の左上に映る時刻に目を向けた。

「あら、美有を起こさなきゃ。この子が生まれるまでには、ちゃんとひとりで起きられるように癖をつけなきゃね」

永遠子が居間を出てゆく。その、まだ少しも出っ張りの見えない腹にちらりと視線を向けてから、文彦は再び新聞に目を落とした。

妙に居心地が悪かった。永遠子がひどく落ち着いて見えた。姿も形も変わらないのに、何事にも動じない、誰にも立ち入らせない、昨日までは見られなかった強健さのようなものを感じて、圧倒されそうだった。

美有を妊娠した時は、離婚の瀬戸際だった。だから告げられてもピンと来なかった。結局、離婚話は収まったが、永遠子は悪阻がひどく、文彦も仕事に忙殺され、父親になる、という自覚などまったくないまま、腹が突き出て来る永遠子の姿を、人間から何か違う生きものに変わってゆくような思いで眺めていた。

女は妊娠とわかった瞬間から母親としての自覚を持ち始め、十月十日《とつきとおか》で生まれた時にはすでに母親になっている。それに較べ、男は生まれてからようやく父親の自覚を持ち始める。

確かに文彦もそうだった。正直に言えば、生まれてからもなかなか実感が湧かず、他人に「お父さん似ね」などと言われたり、自分の顔を見て笑ったりするようになって、徐々にその気になってきた。美有は誕生日がくれば四歳になる。美有は可愛い。よそのどの子と較べてものすごく可愛く見える。親の欲目なら大いにある。しかし、今、自分が娘に対して持っている感覚が、果たして父親としての自覚というものかとなると、あまり自信はない。

考えてみると、妻になるのも、母になるのもいつも永遠子の方が先だった。自分は後から必死に追い掛けて、ふうふう言いながら、ならなければならない立場にやっとのことで辿り着いて来た。

そうして、二人目が生まれるわけか。

嬉しくないわけではない。次は男の子がいいな、などとすでに頭のどこかで考えているのも確かだ。

なのに、戸惑っている。こういう時、男は責任感をいっそう強め、やる気に満ちるものなのだろうか。嬉しくないわけではないのだが、気持ちの隅で、またひとつ足枷《あしかせ》が増えたような憂鬱さが見え隠れしている。決して、嬉しくないわけではないのだが。

仕事はそこそこ順調だった。

独立を決めた時、とりあえず名前をつけなければならないと、桂木と大津の頭文字をとってK&O企画と名付けた。

桂木は、後輩の自分の名前が先に来ることに恐縮したようだが、文彦にすれば当然のことだと思っていた。もし、桂木が誘ってくれなかったら、文彦は今も、永遠子の稼ぎをアテにして家でぶらぶらしていたか、人生のボーダーラインを踏み越えていただろう。

渋谷のウィークリーマンションを事務所として借りた。礼金や敷金が必要なく、備品として電話とＦＡＸとコピー機が置いてある。連絡はほとんど携帯電話にはいるようになっているので、電話番も今のところ必要ない。

需要は必ずある、という目算で始めた仕事である。講演会の企画と講師の選択、依頼、タイアップするならスポンサー探しがメインの仕事となる。

もちろん、それだけでなく、できることなら何でもやる。今は資金もなく、個人事業となっているが、いつかは会社組織にしたいという思いがある。

有限会社にするには資本金が三百万と、公証人や法務局に支払う手数料、司法書士や会計事務所など、設立事務を委託する場合に発生する支払い報酬などが必要となる。その資金を貯めるのが、まずは目標だ。

ちょくちょくと仕事は舞い込んだ。どんな小さな仕事でも、たとえば公民館で行なう老人会や、小さな商店主の集まりであっても、依頼があればふさわしい講師を選んで送り込んだ。動く金は小さいが、今の自分たちにとってはひとつひとつが貴重な仕事だった。

文彦は、かつて付き合いのあった女性雑誌にも、いくつかのイベント企画を持っていったが、二十誌以上回って、興味を示してくれたのは二誌だけだった。

それは仕方ないと思っている。雑誌関係は、文彦たちがかつて勤めていた広告代理店との繋がりが深く、リストラの結果とはいえ、独立した文彦らと仕事をすれば余計な摩擦が起こることを懸念しているのだろう。もし、文彦が元の会社に留まっていたら、やはりいい気はしないに違いない。

そんな中で、都内のホテルでの仕事を取り付けた。ホテル側の希望は、主婦層をターゲットにした、ランチとセットで楽しめる講演会を、ということだった。

「評判がよければ、毎月定期的に催したいと思っていますから」

「ありがとうございます」

支配人の言葉に、文彦は思わず上擦《うわず》った声を出した。

不景気といえども、いや、だからこそか、中年の主婦層の懐は期待が持てる。定員は六十名で、会費は五千円。客の募集はホテルがやるが、企画と講師とタイアップ企業を探すのが文彦たちの仕事だ。

まずは基本となる企画を考えた。料理やファッションや美容といった、いかにも女性に受けそうなものも悪くはないが、ありがちには違いない。

そんな中で、桂木が提案したのはガーデニングだった。確かに、このところ主婦の間に流行していて、玄関先やベランダに英国風を装ったさまざまな花が見られるようになっていた。

「悪くないな。しかし、問題は講師だな。植木職人や造園師というわけにはいかないだろう」

文彦が言うと、桂木が予《あらかじ》め用意していたかのように頷いた。

「高村杏樹《あんじゅ》はどうでしょう」

「ああ、彼女」

かつてフラワーアレンジメントでブームを起こし、現在は信州で花を栽培し、東京に小さいが自分の園芸店を持ち、ガーデナーの肩書きを持つ女性である。最近、ガーデニングの本を出版し、女性誌のインタビュー記事などにもよく登場している。美人だが、すでに四十歳を過ぎ、あまり若すぎないところもいい。確か、離婚して子供がひとりいるはずだ。講師としては適任だ。しかし、問題がないわけではない。

「まず、ギャラだな」

「ええ」

「彼女となれば、予定している予算を超えるかもしれない」

「確かに」

「しかし、もし彼女を呼べるなら、スポンサー側に上乗せを要求できないこともない」

「やれますか」

「まあ、決まればやるしかないだろう。たとえ、いくらか損することがあっても仕方ない。最初のイベントはどうしても成功させたい。後に続くからな」

「そうですね」

「それから、もうひとつ」

「何ですか？」

「もしかしたら、彼女はあちらとの繋がりが深いんじゃないかな」

あちらとは、もちろん文彦と桂木が前に勤めていた広告代理店だ。彼女がよく登場している女性誌の広告は、そこが大半を引き受けている。さもなければ、系列だ。彼女とあちらとの間に、何かしらの契約がないとは言えない。となると、断られる可能性は高い。

「けれど、他に誰かいい人いますか？」

「すぐには思い浮かばないな」

「だったら、やるだけのことはやってみましょうよ。断られて元々だと思えば気が楽ですし」

「そうだな」

「僕、来週にでも信州に行って、直接交渉してみます」

「任せていいのか」

「大津さんは、スポンサー探しがあるんだし、そちらの方をお願いします。そちらの方が本当は大変でしょうけど」

「わかった、じゃあ任せるよ」

実際、このご時勢、タイアップしてくれる企業を探すのは一苦労だ。また愛想笑いと、頭を下げることの繰り返しになる。しかし、すべてが自分たちに返って来る今は、それも少しも苦痛には感じなかった。

週末、美有を連れて久しぶりに蒲田の家に出掛けた。

永遠子はマンションに残っている。たまっている家事をしたいから、と言っていたが、蒲田の家に行くことに積極的でないことはわかっている。夫の実家なんて、できれば遠ざかっていたいと思うのは当然だろう。文彦にしても、特別な理由がない限り、永遠子の実家に足を向けたいとは思わない。

永遠子にはまだ、妹夫婦のことは話していない。福島に帰ることは決まったわけではないし、たとえ決まっても、自分たちが同居するとは限らない。

元々、同居はしないつもりで結婚した。それは文彦の両親も同意していた。だからこそ、マンションも購入したのである。永遠子はひとり娘で、結婚したからといって、どちらかに偏《かたよ》るのではなく、双方の両親と等距離で付き合ってゆくつもりだった。

いろいろと状況は変わってしまったが、別居と約束したものを今さら反古《ほご》にするのも気がひけた。

そして文彦自身、親との同居をあまり望んでいないところがある。同居して、嫁姑の問題で煩わされるのはごめんだった。自分たち夫婦だけでも、楔《くさび》をひとつ抜けばどうなるかわからない不安定さなのに、同居してうまくやってゆけるとはとても思えない。たとえ妹夫婦が家を出ることになっても、今まで通りというわけにはいかないだろうか。それが本音だ。

しかし問題は父だ。父とは、正月以来、顔を合わせてはいない。あの時は、機嫌よく座っていたが、正直言って、文彦は父の顔をまともに見られなかった。

父の表情からは緊張感が抜けていた。かと言って穏やかな顔、というのとも違う。文彦らには見えない何か特別のものに心を奪われていて、それ以外には興味が向かないといった感じだった。時折、焦点が合ったようにこちらに意識を向けても、その目に以前のような意志が戻ることはない。すでに、父は常人の域から離れつつあった。それは無防備であり無邪気であり、あどけなくもあった。しかし、そんな父にまるで子供をあやすように接する妹夫婦には、見当はずれと思いながらも、憤《いきどお》りのようなものを感じた。

「おふくろは？」

「友達と約束があるって、出掛けたわ」

「またか」

「私はもう、慣れてるけどね」

「親父は？」

「部屋よ」

「そうか」

向かう足取りが重い。ひとりではとても訪ねる気にはなれなかった。だから美有を連れてきた。

それにしても、母の様子を聞いていると、妻とは夫に対してそんなに不満だらけなのかと考え込んでしまう。

永遠子の母親も、永遠子が結婚すると同時に家を出て行った。何でもない顔をしながら、口先では愛想のいい返事をしておきながら、女たちは胸の奥の引き出しにいろんなものを詰め込んでゆく。そして、男たちが忘れた頃に、急にそれを開いて、あれもこれもと持ち出してくる。最後に持ち出してくるくらいなら、最初からしまいこんだりしなければいい。

奥の八畳の父の部屋に向かった。襖《ふすま》の前に立って「入るよ」と声を掛け、開けると、縁側に座る父の背が見えた。午後の日差しを浴びて、父の丸く小さくなった姿に、すでに胸が詰まりそうになった。美有が駆け寄って父の背に抱きついた。

「おじいちゃん」

父が目を細めて美有を迎える。文彦は遅れて近付き、父の隣に腰を下ろした。

「元気？」

父がかすかに頷いた。美有が膝の上に乗る。父は美有の頭を撫でながら、庭に目を戻した。

三坪ほどの小さい庭だが、満天星《どうだんつつじ》が新葉とともに白いつぼ形の花を垂らしていた。いつ頃植えられたのか覚えはない。気がついた時にはもうそこにあった。この時期になると、毎年、律儀なぐらいに花をつける。

何を話していいかわからなかった。世間話なら、野球でも政治でも景気のことでも話題にできる。しかし、今の父にはどれも必要のないものだ。だいたい、文彦のことをちゃんと認識しているのかさえわからない。

息子であれば誰もがそうであるように、文彦にとって最初に知った男が父だ。父の背の高さや、父の腕の太さや、父の決断力や、父の持つすべての力を、挑みながら、悔しがりながら、目指してきた。反抗も嫌悪もあったが、父に対する思いは母とはまったく異質のものだ。

高校生になった頃、身体では父を越えたことを知ったが、それでは追い付かない別のもので、父を越えられるはずがないと思っていた。父を越えたかった。同時に、父を越えたくなかった。父には死ぬまで、いや死んでも、そうであって欲しかった。父を老人として、まして子供として扱う覚悟など持てるはずもない。

「おじいちゃん、あの歌、歌って」

膝の中で美有が言った。父は小さく頷き、しばらく思い出すように考えてから、やがて歌い始めた。

「われはうみのこ、さすらいの、たびにしあれば、しみじみと」

いつのまに美有は父からその歌を聞いたのだろう。

古い本に挟まれた栞《しおり》を見つけたように、遠い記憶が蘇ってくる。幼い頃、文彦もまた父にこの歌を聞かされた。

「のぼる、さぎりや、さざなみの」

そうして、父はその歌詞の次にこう言った。

「琵琶湖《びわこ》はいいぞ、今度、釣りに行こうな」

文彦は奥歯を嚙み締めた。

「しがのみやこよ、いざ、さらば」

同じだった。あの頃も、父は必ず歌の途中にこの言葉を入れるのだった。

結局、一度も叶えられることはなかったが、父はその約束をまだ胸の中に持ち続けているのだろうか。

美有が自分と重なってゆく。遠い日、縁側から満天星を眺めながら、こうして父の膝にすっぽりと納まっている自分を、文彦は確かに見つめていた。

永遠子は何も言わなかった。

それが何を意味しているのか、文彦にはよくわからなかった。

「まだ、決まったわけじゃない。そういう可能性もあるというだけだから」

女のだんまりほど怖いものはない。男の想像は、たいがい的をはずしている。これ以上何か言っても、事態は悪くなるだけだ。

文彦はもちろん、長男と結婚したんだろう、とか、大津の籍に入ったんだから、などと言うつもりはない。思ってないわけではないが、今時、そんなことで妻を従わせようとすれば、あっさりと出てゆかれるだけだ。そうなれば、文彦の方がお手上げの状態になる。

割りが合わないな、と思う。両親が負い目になり、娘を人質のようにされ、言いたいことも言えないわけか。結局、これが甲斐性《かいしょう》のない男ということなのか。

やはり、高村杏樹はあちらとの絡《から》みがあった。しかし、桂木は三度信州に出向き、彼女の承諾を持ってきた。

「よくやったな」

「大変でしたよ。でも、専属契約してるわけじゃないということで、何とか」

桂木は興奮しながら言った。桂木が提案した企画である。彼女を引っ張りだすことを言ったのも桂木だ。これが成功すれば、桂木にとって大きな自信になるだろう。

彼女を講師として呼べると決まれば、タイアップ企業への対応も楽になる。実際、その話を携えて出向くと、先日まで色よい返事をくれなかった大手の種苗店がすぐにOKとの回答を出した。ギャラの交渉も拍子抜けするくらいあっさりと決まった。

ポスターを刷り、ホテルが募集を始めた。じきに、予想以上の問い合わせや申し込みがあるとの連絡がきた。期待が膨らんでゆく。これが成功すれば定期的なイベントになる。企業絡みということで、利益もケタが違う。

それからはひたすら準備に追われた。独立してから、初めての大きな仕事ということで、文彦はとにかく夢中だった。

＊

当然のことながら、永遠子は納得してはいなかった。

一言で言えば、約束が違うということだ。同居はしないと言うから、結婚する時にこのマンションを買った。だからこそ頭金の半分を、永遠子の実家からも出してもらったのである。

義妹夫婦が蒲田の家で暮らしていたのは、自分たちの住宅費を浮かすためであって、親の面倒をみるというわけではなかったはずだ。改築もせず、キッチンも風呂も共用のまま、家族四人で二階の元の自分の部屋と文彦の部屋を使って生活していたが、それができるのも、実の親子だからであり、嫁だったらとても無理だ。誰だってそう言うに決まっている。マスオさん状態が、いちばんうまくいく同居のパターンというのはもう定説だ。

永遠子にしてみれば、義妹夫婦は自分たちの都合で同居し、結局、自分たちの都合で出てゆくのであり、今になって、急に文彦に責任を押しつけるのは身勝手としか思えない。

結婚して八年、美有が生まれて四年。じきに、もうひとり増える。確かに、その間には離婚を考えるような出来事もあった。しかし、ここに来てようやく穏やかな生活のペースを摑めるようになっていた。

義母が嫌いなわけじゃない。嫁と姑の確執《かくしつ》も今のところない。穏やかで、気のいい人だ。義母は、会うと、よくこう言う。

「永遠子さん、文彦や美有のこと、いつもありがとうね」

たぶん、義母なりの心遣いの言葉なのだろう。けれども、そう言われる度、永遠子はいつも違和感を持ってしまう。

まるで、文彦も美有も大津家からの預かりもので、自分はその面倒を任されている家政婦か乳母のように感じられてしまうのだ。義母は意識していないだろうが、義母にとって永遠子はあくまで嫁であり、家族とは違う。

義父のアルツハイマーが進行していることはわかっている。同居を拒む自分は冷たい人間だろうか。しかし、義父は義母の夫であって、永遠子の夫ではない。まして、義母は元気ではないか。同居が最善の方法だとは思えない。選択肢は他にもあるはずだ。義父や義母を決して嫌っているわけではなく、距離を置いているからこそうまくいっている、ということが文彦にわかっていないのが腹立たしかった。

通信販売の電話受付のパートにも、もうすっかり慣れていた。座ってする仕事なので、さほど身体に負担もかからない。その上、お腹の子は生まれる前から親孝行で、体調もすこぶるいい。

電話のコールが鳴り響く事務所の中、永遠子は客の応対をしながら、膨らみを帯びてきた下腹に手をやった。最近、よく動くようになった。元気がいいので、男の子ではないかと思っている。

この子を妊娠したとわかった時、自分でも驚くぐらい嬉しかった。

美有の時は、美有には申し訳ないが、喜びを嚙み締めるような余裕はなかった。生まれてからも慣れない育児関係はぎくしゃくし、悪阻がひどく、毎日が憂鬱だった。生まれてからも慣れない育児にに苛々《いらいら》して、つい美有に手を上げたこともある。けれども今は気持ちが安定し、毎日が楽しい。これが母親としての喜びというものだろうか。次の子ができると、上の子が嫉妬《しっと》するということなので、そうならないためにも、美有に対しても努めて優しく接している。美有も最近、とてもいい子になった。

何もかもがうまくいっていた。ようやく、うまくいき始めたことを実感するようになっていた。そんな今の生活を一変させる気にはとてもなれない。

その日、文彦は遅くまで帰って来なかった。美有を寝かし付けてから、永遠子はテレビを観ていた。

梅雨に入って、肌寒い日が続いていた。テレビでは神戸で起きた十四歳の少年の事件を取り上げていた。ここのところ、新聞もテレビも、そのショッキングな話題で持ちきりだった。

母親なら誰もが思うことを、当然ながら永遠子も思っていた。我が子がいつ『透明な存在』とならないとも限らない。その少年を、もう特別なこととして片付けてしまえない不安がある。美有も、そして生まれて来るこの子も、いつか十四歳になる。それまでに、自分は何を伝え、何を教えてゆけばいいのだろう。

十一時を過ぎても、文彦は帰らない。

独立してから初めての大きな仕事を得て、文彦はすっかり張り切っていた。酒を飲む機会も増えていて、ここのところ帰りの遅い日が続いていた。今夜のように連絡がないのは困るが、もちろん、不満を言うつもりはなく、文彦が家でぶらぶらする生活を半年ばかりも続けたあの時のことを思うと、仕事があるだけでもありがたい。

ベッドに入ったのは十二時少し前だった。さっきまでお腹で活発に動いていた子も眠ったのか、静かになった。永遠子は目を閉じた。窓の外で雨が降りだす気配があった。いつもの、静かな夜だ。

どれくらい眠ったのだろう。

足の間から、生暖かいものがぬるりと流れ出るのを感じて、慌てて飛び起きた。布団をのけると、パジャマのズボンが赤く染まっている。出血だった。

「文彦」

と、呼んだがベッドの隣は空のままだ。枕元の時計は二時を差している。

腹痛はない。トイレに行き、便器に腰を下ろすと、ぽたぽたと血が落ちて水が赤く染まった。

そんなはずはない。

と、うろたえそうになる自分に言いきかせた。体調はずっとよかった。二週間前の定期検診でも順調だと言われた。ナプキンを当てて、寝室に戻り、着替えた。それから美有の部屋に行き、ぐずるのを無理に起こした。文彦の携帯電話に連絡を入れたが、留守電になっている。

「ちょっと変なの、病院へ行くわ」

メッセージを残し、タクシーを呼んだ。

その間にも出血は続いている。とてもナプキンではおいつかず、タオルを当てた。そうしながら「大丈夫、大丈夫」と何度も呟いた。ぐずる美有の腕を引っ張るようにして、マンションの前に出た。

ちょうどタクシーがやって来た。

いつも通っている病院の名を告げた。運転手もただごとではないと察したらしく、幾度も後部座席を振り返って「大丈夫ですか」と声を掛けてくれた。

病院に着いた時には、出血のせいか、ふらふらして立っていられなかった。運転手の手を借りて、永遠子は病院の夜間出入口のドアを押した。

目が覚めた時、枕元に文彦と母の顔が見えた。「赤ちゃんは？」と聞こうとしたが、呂律《ろれつ》が回らなかった。

病室の白い壁が眩《まぶ》しくて、まともに目を開けていられず、閉じたとたん、意識が遠退《とおの》いた。眠るというより、気を失うような感じだった。

その時にはもう、何もかもが終わっていた。腹の中はからっぽだった。子供と、そして子宮もなくなっていた。

説明を受けたのは、三日たってからだ。

前置胎盤。胎盤の付着場所の異常という。それなりに注意はしていたつもりだったが、何らかの刺激によって子宮壁と胎盤の間にずれが生じ、そこから出血が起きた。緊急手術が行なわれ、胎児は取り出された。すでに胎児は死亡しており、しかも胎盤が付着していたところからの出血が止まらず、結局、子宮も摘出したという。

悲しいというより、ただ呆然と聞いていた。自分の身に何が起こったのか、すぐには理解できなかった。

ぺしゃんこになった腹が現実だった。本当に赤ん坊はもういなくなってしまったのだろうか。そして、もう二度と産むことはできないのだろうか。

永遠子の付き添いは、母が川崎から毎日通ってくれた。マンションには、蒲田の義母が来ており、美有と文彦の世話は、全部やってくれているという。文彦は朝か夜か、一日に一度は顔を見せたが、いつも慌ただしく帰って行った。仕事が忙しいこともあるのだろうが、まともに永遠子と顔を合わすのを避けているようにも感じられた。

五日ほどして、義母が美有を連れて見舞いに来た。美有は永遠子の顔を見ると、ベッドに駆け寄って抱きついた。抱き上げたかったが、今はそれをする力もない。永遠子は横になったまま、しがみつく美有の髪を撫でた。

「具合はいかが？」

義母の言葉に、永遠子は黙って頭を下げた。

「文彦と美有ちゃんのことは、何も心配しなくていいのよ。私がちゃんとやっておくから、あなたはゆっくり養生してちょうだい」

義母がどこか浮き浮きして見えるのは、あまりにも穿《うが》った見方だろうか。

母がお茶を差し出しながら、恐縮したように言った。

「本当に、すっかり面倒をおかけしてしまって」

「いえ、とんでもない」

「お腹の子もこんな結果になってしまって、何てお詫びしていいか」

「それはもう、仕方のないことですから。そんなことより、今は早く身体を治すことに専念することがいちばん。ね、永遠子さん」

永遠子はやはりそれにも黙って頷くだけだ。

それからしばらくの間、母と義母は当たり障りのない会話を続けた。永遠子は美有の髪を撫でながら、義母の言葉の中に、もう子供を産めなくなってしまった嫁に対する、諦めとも落胆ともつかないため息が混ざり込んでいるように思えてならなかった。

三十分ほどで、義母と美有は帰って行った。帰りぎわ、美有は少しぐずったが、義母に流《は》行《や》りの「たまごっちを買ってあげる」と言われると、拍子抜けするくらいあっさり永遠子の枕元から離れて行った。

ふたりの姿が消えてから、永遠子は母に抗議した。

「やめてよ、お母さん、あんな言い方するの」

「あんなって？」

「これって、お詫びしなくちゃいけないことなの？」

「嫁の実家としては、そう言うしかないでしょう。そう言っておけば、あちらも気持ちが治まるんだから」

「私の不注意だって言うのね」

「誰もそんなこと言ってないでしょう。病気のようなものなんだから、仕方なかったのよ」

永遠子は母に背を向け、布団の中で身体を丸めた。動くと傷がひどく痛んで、思わず顔をしかめた。尿を取るためにカテーテルが差しこんであり、動くのもやっとだ。

「もし、病気をしたのが文彦だったとしたら、お義母《かあ》さん、私に謝るかしら。そんなことするわけないわ、やっぱり私を、文彦の面倒もちゃんとみられない嫁といって責めるんだわ。どっちにしても、私は不出来な嫁なのよ」

「何か飲む？」

「どうせ、お義母さんからすれば、私は家政婦か乳母ぐらいでしかないんだから」

母のため息が聞こえる。

「下らないことを考えるのはやめなさい」

「大津家の大切な子供を死なせたことも、もう子供を産めないことも、これから先、お義母さんにずっと引け目を感じていかなきゃならないのね」

永遠子は布団に潜《もぐ》り込んで、身体を丸めた。


本当の動揺が襲って来たのは、傷の痛みが消え、抜糸も済み、体力が回復する頃になってからだった。

取り返しのつかないことが自分の身に起こったことが実感として迫り、突然、大声を上げたくなったり、はらはらと涙が落ちたりした。

どうして自分がこんな目に遭わなくてはならないのだろう。

喪失感が波のように襲ってくる。確かにお腹の子は失ったが、自分には美有がいる。子宮を失《な》くしても、女でなくなるわけではない。そのことは理屈ではわかっていても、自分がもう役立たずの女になってしまったように思えてならないのだった。

そして、文彦がこうなった永遠子をどう思っているか、それを知りたかった。

同時に、知りたくなかった。知るのが怖かった。


退院の許可が出た日の午後、義母がいつものように美有を連れてやって来た。母から、永遠子の退院のことを聞くと、耳障りなくらいはしゃいだ声を上げた。

「まあ、よかったわねえ。だったら早く手続きをして、すぐにでもうちに帰ってらっしゃい。何も心配することはないのよ。永遠子さんが元の生活をちゃんとできるようになるまで、私がマンションにいて、全部代わりをやってあげますから」

そう言われても、少しも嬉しくなかった。どころか、それを聞いたとたん、できることならこのまま入院を続けたいと思った。

父が見舞いに来たのは、その日の夕刻だ。父は母と顔を合わせるとぼそぼそした口調で「久しぶり」と言い、いくらか気まずそうに永遠子の枕元に近付いた。母が丸椅子を勧めた。

「どうだ、具合は」

父が丸椅子に腰を下ろした。その背後に母が立っている。不思議な気がした。こうして親子三人が顔を合わせるのは、八年前の永遠子の結婚式以来だった。

「見舞いがこんなに遅くなってしまって悪かった。文彦くんから、身体の方は大丈夫だって連絡をもらってたものだから、つい安心していた。どうも、産婦人科ってところは男には来づらくてな」

「もう平気」

「いいの、気にしないで」

永遠子は素っ気なく答えた。たぶん、父はここに来て母と顔を合わせることに躊躇《ちゅうちょ》したのだろう。離婚した父と母、腹の子と子宮を失った娘、そんな三人が顔を合わせているという図は、それだけで気が滅入《めい》ってしまいそうだった。

母が父の背後で言った。

「今日、退院の許可がでたの」

「そうか、それはよかったな。美有も文彦くんも待ってるだろう」

「私、帰らないから」

永遠子は言った。

「どうしてだ」

驚いたように父が尋ねる。

「お義母さんがいるの。家に帰ったって、私がすることなんかないわ」

「そうなのか」

と、父が振り向かずに母に尋ねる。ふたりは決して目を合わさない。

「まあ、退院したからって、すぐ元の生活に戻るわけにはいかないでしょう。お義母さんが、しばらくマンションに残って、手伝うと言ってくれてるの」

「よかったじゃないか。だったら、そうしてもらえばいい」

「いやよ」

「何をひねくれたことを言ってるんだ。あちらのお義母さんは、永遠子を心配してくれてるんだろう。有り難いことじゃないか。親切をどうして素直に受け取れない」

「いやなものはいやなの」

父の顔に険が浮かぶ。

「我儘《わがまま》を言うんじゃない」

永遠子は顔をそむけた。

「お父さんに、私の気持ちなんかわかるはずないわ。そんなだから、お母さんにも出て行かれたのよ」

「永遠子」

母のたしなめる声が飛ぶ。父は黙った。

「お父さんは、女は頭が悪い方が幸せになれる、そう思ってるんだわ」

母が永遠子の言葉を遮った。

「しばらく、私のところへ来させようと思うんだけど」

「いいのか」

父が尋ねた。永遠子も顔を向けた。

「ええ」

「しかし、おまえのところは」

「いいの、構わないから。永遠子、そんなにいやなら、うちにいらっしゃい。狭いアパートだけど気を遣うことは何もないから」

母は男と一緒に暮らしているはずだ。そのことを尋ねる前に、母はもう一度言った。

「いいから、そうしなさい」

文彦は何か言いたそうに唇を動かしたが、結局、口を噤《つぐ》んだ。

「そうか、わかった。こっちのことは何も心配しなくていいから、お義母さんのところでゆっくりして来いよ」

そんな言葉が聞きたいわけじゃなかった。じゃあ、どう言って欲しいのかと言われてもわからなかった。きっと何を言われても、ひどく腹が立つに違いなかった。

「そうするわ」

文彦を見ないで永遠子は言った。文彦もこちらを見ていないことはわかっていた。

あの夜、文彦が病院に駆け付けた時には、もう手術は始まっていた。遅くなるなら一言言っておいてくれたらよかったのだ。携帯電話の電波が届かない場所にいるなら、こまめにチェックしてくれていたらよかったのだ。驚きと不安に怯《おび》えながら、美有の手をひいてやっとの思いで病院に辿り着いた私のことを、文彦はどう思っているのだろう。そのくせ、文彦は私を責めている。言葉にはしなくても、義母以上に、本当は私の不注意だと罵《ののし》りたいのを我慢している。妙な気遣いなどせずに、怒ればいいのだ。子供をダメにした女なんか母親の資格はないと、子宮をなくした女なんか気味が悪いと、いっそのことはっきり言えばいいのだ。

文彦は母に丁寧に頭を下げた。

「じゃあ、永遠子のこと、よろしくお願いします」

「はい、お引き受けします」

母が恐縮したように頷く。

「それじゃな」

文彦が病室を出てゆく。一刻も早くこの場から立ち去りたいと思っているのがありありと見える。

その後ろ姿がドアの向こうに消えてから、永遠子は布団に潜り込み、身体を震わせた。

美有のことが気にならないわけではなかった。けれども今はそのことでさえ、頭の中でうまくまとまりがつかなかった。本当にもう母親としての価値もなくなってしまったのかもしれない。

母の住むアパートは、川崎の住宅密集地にあった。和室が二間に小さなキッチンという古く質素な作りだったが、几帳面《きちょうめん》な母らしく、部屋は片付いていて、清潔だった。

母はひとりで暮らしていた。もしかしたら永遠子が来る間だけその人は家を空けているのかもしれない、と思ったが、他人の存在の気配さえなかった。

「横になる？」

「ううん、大丈夫」

ふたりで病院から持ち帰ったボストンバッグや紙袋を開いた。

「そうね、あなたももう動けないような病人じゃないんだから、自分のことは自分でするのね。私も、明日から仕事に戻るつもりだから」

「お母さん、働いてるの？」

「当たり前じゃない」

「何してるの？」

「訪問介護をね」

永遠子は母を眺めた。

「今はヘルパーって呼ばれているけど」

「どうしてそんなこと」

「そんなことって？」

聞き返されて、永遠子は一瞬、言葉に詰まった。

「だって大変でしょう」

「おばあちゃんが六年間寝たきりだったから、経験もあるし」

「せっかく解放されたんじゃない。なのに、今度は仕事にするなんて」

「そうね、あの頃は大変だってそればっかりだったわね。でも、今はそうでもないの。そう遠くないうちに、私もその方たちの仲間入りをするわ。いつか自分に必要になることを、今、誰かにしてあげているって感じかしら。もちろん食べるためっていうのはあるけどね。この年だと、仕事もなかなかないし」

母が立ち上がって台所に向かった。

「ねえ、お母さん」

その背に永遠子が問う。

「何？」

「一緒に暮らしてるんじゃなかったの？」

母が急須に茶葉を入れ、ポットの湯の量を確かめている。

「その人と暮らすために、お父さんと離婚したんでしょう」

ぽこぽこと、湯が注がれるどこか間の抜けた音がする。

「その人とどうなったの？　うまく行かなかったの？」

母が茶が入った湯呑みを持って戻って来た。

「死んだわ」

あっさり言われて、永遠子は一瞬惚《ほう》けたように母の顔を眺めた。

すぐには意味が呑み込めなかった。母が両手で包み込むように湯呑みを持ち、口をすぼめて息を吹き掛けた。

「亡くなってもう四年になるかしら。手術してから、三年で再発してね。それからは呆気《あっけ》なかったわ。半年もたなかったもの」

永遠子は混乱して尋ねた。

「何なのそれ。何があったの？」

母は永遠子が尋ねたいことをすでに察しているかのように、穏やかにほほ笑んだ。

「その人はね、お父さんと結婚する前に、少しの間、お付き合いした人。でも、それきりで、そんなことがあったことさえ、すっかり忘れてたの。いつだったかしら、お友達のお見舞いで病院に行った時、偶然、会ってね。その時に、その人から病気の話を聞いたの。それでまたお見舞いに行って、それからってことになるかしら。その人、もうずいぶん前に離婚していて、頼れる人もいなくて、病気のせいで仕事もうまくいってなくて、とにかくひとりぼっちだった」

母がゆっくりとした動作で茶をすする。

「再発の可能性を抱えながら、生きてゆくその人のこと、どうしても放っておけなかったのよ」

「同情ってこと？」

「何なのかしら、何でもいいわ。私にもよくわからない。ただ、その人と一緒にいたいと思ったの」

永遠子は目を伏せた。娘として聞いてはいけないことを、聞いているのかもしれない。けれど、聞かずにいられない。

「私たちを捨ててまで？」

「私にしたら、その時、すでにお父さんからもあなたからも捨てられてたわ。いつも家には誰もいなくて、私はひとりだった。あなたの結婚が決まって、これで母親としての役割も終わりだと思った時、違う人生を生きてみたくなったのよ。たぶん、そばにいてほしかったのはあの人ではなく、私だったのよ」

すぐには何と言っていいかわからない。

「そうそう、永遠子には何度かお金を貸してもらったわね。助かったわ。あの後、お父さんの退職金の半分ももらったでしょう。いろいろあった借金も返せてほっとしたわ」

「どうして、もっと早くそのこと話してくれなかったの。そうしたら、お父さんだって再婚なんかしなかったかもしれないのに」

「それはまったく違う話よ。私が別の人生を生きたいように、お父さんだってそうする権利はあるわ」

「でも、その人は死んじゃったわ」

「ええ」

「結局、ひとりぼっちになってしまったじゃない」

「そうね。でも、今はちっとも寂しくないわ」

「本当に？」

「ええ、本当よ。強がりでも何でもなくて。何て言ったらいいのかしら、私はね、死ぬのが楽しみなの。私もいつかあっちに行くわ。そうしたら、必ずあの人が待ってくれている。それを思うと、ひとりでいても全然寂しくないの。少しずつ、楽しいことが近付いて来ているって感じなの」

永遠子は目を伏せた。

「わからないわ、私」

「そうよ、永遠子はまだ若いんだもの、そんなこと、まだわからない方がいいに決まってるわ」

まさか、と急に不安になった。

「お母さん」

「え？」

「長生きして」

「馬鹿ね」

永遠子の思いを見透かしたように母は苦笑した。

母が仕事でいない間、永遠子はひとりで過ごした。時折、買物がてら散歩に出るくらいで、他には何もしなかった。何も考えていなかった。からっぽになった腹を抱えながら、音声を消したテレビを眺めるように、ただぼんやりと、頭の中に映ったり消えたりする画像をあてもなく追っていた。

時折、文彦から連絡が入ったが、互いに無言の時間を埋めるための、ちぐはぐな受け答えを繰り返すだけだった。

夏が終わろうとしていた。

空にさざ波のような雲が連なり、日中はまだ半袖でも汗ばむ暑さだが、日陰に入ると思いがけずひんやりした風が足元を揺らした。植木の中にころんとした蟬《せみ》の死骸《しがい》が落ちていたり、網戸に蜉蝣《かげろう》がへばりついていたりした。夜が長くなり、月が透明さを増して行った。

八月最後の日、ダイアナ妃が死んだ。

結婚式の時、ダイアナ妃がしていたティアラに憧れて、あちこち探した自分のことを思った。似たようなのを手に入れた時、本当に嬉しかった。鏡に映るウェディングドレス姿は、自分でもうっとりするくらい綺麗で幸福だった。

あれから八年がたつ。

すべてが変わるに十分な時間だ。

＊

高村杏樹は気難しいというわけではないが、言いたいことははっきりと口にし、ありきたりのお世辞など言おうものならぴしゃりとやり返されてしまうような相手だった。

女性と仕事をする時は、それなりの気遣いが必要だが、彼女の場合は却ってそれが邪魔になった。さっぱりした気性はむしろ気持ちがよく、苦手意識を持つつもりはない。それでもいくらか応対に戸惑ったところはある。結局、彼女との交渉ごとはすべて桂木に任せ、その分、文彦は対外的な仕事を引き受けることになった。

そうして当日を迎えた。

正直言って不安にかられながら蓋《ふた》を開けたが、イベントは期待以上の盛況をみせた。早速、ホテル側からは、定期的に催したいとの正式な依頼があった。もちろん、願ってもない話だ。

すでに文彦の頭の中は、次のテーマと、講師の選択と、スポンサー探しに動きだしていた。もちろん、今まで受けていた小さな仕事も続けてゆく。これから忙しくなりそうだ。そろそろウィークリーマンションではなく、ちゃんとした事務所を持つことを考えてもいいかもしれない。事務をやってくれる女の子もひとりは欲しい。独立してから、ようやく手応えのようなものを感じていた。

外回りからの帰り道、地下鉄の駅を出て、文彦は空を見上げた。

日差しはまだ強いが、もう油照りという感じではなく、さらりとした感触がある。夏の終わりはいつも急《せ》いた気持ちになるのはなぜだろう。文彦は苦笑した。もう、恋をしなかったことを悔しがる年でもないのに。

事務所に戻る前に、木陰に入って永遠子に電話を入れた。二日に一度は連絡を入れるようにしていた。とりたてて話すことはないが、それが自分の義務だと思っていた。

「元気か？」

最初に口にするのは、いつもこれに決まっている。そして、返って来るのもこれだ。

「ええ、元気よ」

それから、沈黙に途方に暮れるのが怖くて、早口で頭に浮かんだことを喋る。

「美有も元気にしてるよ。この間までたまごっちに夢中だったのに、最近はポケモンでさ、ピカチュウがどうとか、毎日その話ばかり聞かされているよ。この間、ＪＲのポケモン・スタンプラリーっていうのがあって、それに連れていけってうるさかったんだけど、夏はいろいろと仕事も忙しかったろう。それで、行けない代わりに駅前のゲームセンターでＵＦＯキャッチャーでピカチュウのぬいぐるみを取ってやったんだ。こういうので、ごまかせるのも、あとしばらくだろうな」

短いが、緊張するには十分な沈黙の後、永遠子は答えた。

「そうね」

わかっているが、いつものその簡潔さに、救いがたい気持ちになる。

「とにかく、こっちのことは心配しなくていいから」

「わかったわ」

「じゃあ」

携帯電話を胸ポケットにしまって、文彦はオフィスに向かって歩き始めた。

いつ帰る？

と、今日も聞けなかった。帰って来い、と言いたい気持ちはあっても、今の状態で帰って来てどうなる、という思いもある。

自分はいったい何をすればいいのだろう。永遠子は何を望んでいるのだろう。

子供のことは、不幸な出来事だったと思っている。永遠子を責める気などまったくない。たぶん、そういう運命だったのだ。

口に出すと誤解されそうで言えないが、自分にとって、まだ見たことも触ったこともない子は、やはりどこか実感がない。残念には思うが、結局はそこまでだ。もし、自分の腹の中に一日でも住まわすことができたら、もっと悲しみは深いのかもしれない。そういうところが自身の身体の中で育てる母親との違いなのだろう。

ましてや永遠子は子宮を失った。

文彦は重たい息を吐く。

こんな較べ方はナンセンスかもしれないが、子宮とは、男の器官でいうとどこに相当するのだろう。ペニスか。いいや、あれはたぶん膣《ちつ》というところだ。睾丸《こうがん》か。それは卵巣だ。子宮に値するものを、男は自分の身体に見いだすことができない。だから、失うことの意味も本当のところで理解するのは難しい。

永遠子はたぶん、こう思っている。

文彦は、子宮をなくした私のことなんか、もう女と思っていない。

妻を女として見る、ということは、つまり妻に欲情するということだ。そういう意味では、かなり前からそんな気持ちは薄れていた。しかしその代わり、互いに夫と妻として、美有の父と母として、家族の繋がりは深まっていったはずである。女は、家庭の中にあっても、本気でいつまでも女でありたいと望んでいるのだろうか。男が、妻に対して女としての意識を希薄《きはく》にするのは、裏切りなのだろうか。

しかし、今の永遠子はすべてを、失った子宮のせいにするだろう。たとえ違うと説明しても、所詮は無意味なことのように、どころか却ってこじらせてしまうような気もする。

子宮とはいったい何なんだ。身も蓋もない言い方をすれば、子宮なんてなくてもセックスできる。ホルモンも出る。現代の医学なら、体外受精をして誰かの腹を借りれば、自分たちの遺伝子を引き継ぐ子供を持つこともできる。それでもやはり、子宮は女にとってなくてはならない器官なのだろうか。だとしたら、子宮を女の象徴としているのは、男ではなく、むしろ女自身ではないのか。

事務所に戻ると、桂木が先日のイベントの精算をしていた。

「結構、いい数字出てますよ。これが毎月となれば儲けもんだなぁ」

無邪気な顔の桂木を見ると、どこかほっとした。それからしばらくの間、事務的な仕事を片付けた。帰りぎわ、文彦は桂木を誘ってみた。

「ちょっと飲みに行かないか」

「僕はいいですけど、大津さん、早く帰った方がいいんじゃないですか」

永遠子のことは、もちろん桂木に話してある。

「おふくろが来てくれてるんだ。早く帰っても、することもないし」

「そうですか。じゃあ、ふたりで打ち上げでもしますか」

事務所の近くにある小料理屋で腹を膨らませてから、六本木に向かった。

かつて銀座でホステスをしていたユリから、店をオープンしたという案内状が届いていた。もうずいぶん前になるが、前の広告代理店にいた頃、取り引き先の相手に金を騙《だま》し取られたという手痛い事件があった。あの時はユリにも迷惑をかけてしまい、そのことを考えても、一度ぐらいは顔を出さなければならないだろうと思っていた。

六本木は相変わらず雑多な人種で溢れていた。以前、仕事は銀座、プライベートは六本木と振り分けていて、接待の後や、学生時代の友人らとよく遊びに来た。しかし久しぶりで出て来ると、年齢層がすっかり低くなっていて気後れした。そして、すぐに気がついた。低くなったのではなく、自分が年をとったということだ。

六本木通りを挟んで麻布警察署の向かい側にあるビルの五階にユリの店はある。自分の名前を、そのまま店に使っているので、迷うことなくすぐにわかった。

ドアを開けると、カウンターの向こうにユリの姿があった。大した広さはなく、窓際に沿って十人ほどが座れるソファがあり、カウンターは七席ほどだ。まだ客はいない。

文彦に気づくと、たちまちユリの相好《そうごう》が崩れ、派手な歓声を上げながら、カウンターをくぐって出てきた。

「やだぁ、大津ちゃんじゃないの。いらっしゃあい。ずっと待ってたのよ」

そのやたら甘えた声と、でかい胸をわざとらしく揺するところは、あの頃と少しも変わっていない。文彦は思わず苦笑した。その少しも変わっていないところが妙に嬉しかった。

「いい店じゃないか」

「そぉ、ありがと」

「あの頃はバイト程度でやってたのに、店まで持つなんてな」

「ホステスやったら、ＯＬなんて馬鹿馬鹿しくなっちゃって。お店が持てたのも家賃が安くなったからよ。あの頃に較べたら半分だもの、バブル崩壊も悪くないわ。それよりさ、大津ちゃんどうしてたのよ。会社辞めたって聞いた時は、びっくりしたわ」

「まあ、いろいろあってさ。結局、独立したんだ」

「えっ、じゃあ今、社長さんなの？」

ユリの目が輝く。そういったストレートなところも悪くない。

「いや、社長はこっち。僕は社員」

文彦は桂木を指差した。

「やだなぁ、やめてくださいよ」

桂木が顔の前で手を振りながら答える。

「共同経営者なんです、僕たち」

「失業した僕をこいつが助けてくれたんだ。だから実質的に社長はこっち」

ユリは露骨に桂木に愛想を振り撒《ま》いた。

「ユリです。これからご贔屓《ひいき》にしてくださいね」

ソファに座り、テーブルにウィスキーや氷が運ばれてくる。もうひとり女の子が来て、馬鹿話が始まる。

短いスカートと笑い声。鼻先を惑わす香水と、煙草に火をつけるマニキュアの指。久しぶりだ。悪くなかった。悪くはなかったが、どこか上滑りしているような気分でもあった。

あの頃、夜になると、こういった店に顔を出さなければ不安でならなかった。時代や世間からとり残されてゆくような気がした。しかし今は、最初からオチのわかっている漫才を楽しんでいるような気分だ。もちろん、それはそれで悪くない。

一時間ほどした頃だろうか、ドアが開いて、スーツ姿の三人組が姿を現わした。

何気なく顔を向けて、文彦の頬が強張った。桂木も身体を硬くしたのがわかった。それはあちらも同じだったらしい。

村岡常務だった。今村もいる。今や村岡の腰巾着《こしぎんちゃく》だ。三人とも、いくらか酔っている。

「ちょっと、ごめんね」

と、ユリが耳元で囁き、素早く席を立った。

「常務さん、こっちに座って」

村岡の視界を遮るように、ユリが腕を引っ張って、文彦たちとはいちばん離れた席に連れて行った。離れたといっても、狭い店の中ではたかが知れている。だいいち、客はふた組だけだ。

桂木が目を向け、文彦は頷いた。ここは引き上げるべきだろう。女の子に勘定を頼んで、ふたりは腰を上げた。

ドアに向かうと、ユリが見送りにきた。

「タイミング悪くてごめんね」

「何だ、知ってるのか」

「まあ、いろいろと噂は聞いてたから」

「そうか」

「これに懲りずに、また遊びにきてよ」

「来れたらな」

その時、思いがけず村岡から声がかかった。

「聞いたぞ。高村杏樹を使ったホテルのイベント、大成功だったそうじゃないか」

文彦は足を止めて、振り返った。村岡が、彼独特の癖のある口元に笑みを浮かべている。

「ええ、おかげさまで」

文彦は短く答えて、頭を下げた。

「当然のことだが、彼女を最初に表舞台にひっぱり出したのがうちだってことは、知っててやったんだろうな」

すでに、口調には険が含まれていた。

「契約上、何の問題もないはずです」

「確かに、彼女と専属契約をしているわけじゃない。しかし、挨拶ひとつないとはどういうことだ」

「挨拶ですか」

「それが仁義ってものだろう」

文彦は思わず笑いだしそうになった。

「あなたに、仁義を教えてもらうとは思いませんでした」

村岡は露骨にムッとしてみせた。

「まあ、君らも大変だ。中年女を落とすためには、そりゃあ色仕掛けでも何でもやるだろう」

「それ、どういう意味ですか？」

村岡が桂木へと視線を滑らせた。

「桂木、おまえ、彼女とやったんだろ。それで、うまくひっぱり出したんだろ」

背中が熱くなった。

「くだらないことを」

「ちょっと常務さん、冗談きつすぎるわ」

ユリが何とか取り持とうとしたが、村岡はまるで勝ち誇ったように言葉を続ける。

「まあ、考えようによっては、見上げたプロ根性だ。まったく、あの高村杏樹と寝るなんて、桂木、おまえも度胸があるよ。うちの社員にも見習わせたいよ」

怒りで身体が震えた。桂木がすぐに気づいて止めようと文彦の腕に手を伸ばした。しかし、それより前に、文彦の足は前に出ていた。

「あなたって、本当に最低の奴ですね」

「大津さん、やめてください」

桂木の声が聞こえたが、その時にはもう、文彦は村岡を殴っていた。

ユリが悲鳴を上げた。村岡が目を丸くして文彦を見上げている。今まで、殴られたことなど一度もないのだろう。ソファからずり落ちた姿が何とも滑稽《こっけい》だった。腰巾着の今村が慌てて村岡を庇《かば》うように抱き起こした。

「おまえのような男の下で働かなくていいだけでも、会社を辞めてよかったよ」

ユリと桂木に、身体ごと引っ張られるようにして外に出た。落ち着きが戻ったのは、エレベーターに乗ってからだった。

「ユリ、悪かったな、店の中であんなことして。上得意なんだろう」

文彦は素直に謝った。

「そうよ、うちでいちばんお金を使ってくれる客なのよ、これで来なくなったらどうしてくれるのよ」

と言ってから、彼女はくすくすと笑いだした。

「でもね、正直言って、いい気味って思ってるわ。ほんと、お金で人の横っ面《つら》をひっぱたくこと平気でする奴なんだから。見た？　あの格好。情けないったらありゃしない」

つられて、文彦も桂木も笑っていた。

「でも、店にとっては大事な客だから、今から席に戻って、散々大津ちゃんの悪口を言うわ。それは勘弁してよね」

「好きなだけ言ってくれ」

「訴えられたりするかな」

桂木がいくらか不安気に言った。

ユリが首を振る。

「まさか。村岡だって、所詮はサラリーマンよ。何かトラブルがあれば、それがきっかけで自分の地位がどうなるか心配でしょうがないんだもの。放っておけば大丈夫。後は私に任せといて」

「ありがとう」

送りに出てきたユリは、駅に向かうふたりに手を振った。

「今の大津ちゃん、あの頃よりお金はないけど、ずっとかっこよくなったわよ」

文彦は苦笑しながら手を振り返した。

駅の階段を下りようとしたところで、唐突に、桂木がまじめな顔をして頭を下げた。

「大津さん、すいません」

「どうした」

「さっきの話ですけど、全部が全部、でたらめってわけじゃないんです」

「何のことだ？」

「実は、彼女と付き合ってます」

「え？」

高村杏樹のことを言っているのだと理解するまで、しばらく時間がかかった。

「本当なのか」

「はい」

階段で話しているのも落ち着かない。結局、通りに戻ってコーヒーショップに入った。

「仕事上で知り合った相手と、こんなことになって申し訳ないと思ってます。でも、ふまじめな気持ちじゃないんです。将来のこともちゃんと考えてます」

ふたりの間の小さなテーブルの上で、コーヒーが白い湯気を揺らしている。

「将来って、結婚ってことか」

「はい」

「しかし、まだ、知り合って間もないし、だいいち、彼女はおまえよりひと回りも上だろう。

それに子持ちじゃないか」

「そんなことは関係ありません。会った時から、この人ならって思いました」

文彦は桂木を眺めた。

どこか弟のように思っていた。それは、子供扱いしていたということでもあるのかもしれない。しかし、本当はどうだろう。救ってもらったのは、いつも自分の方だ。桂木は文彦が思っている以上に、いや桂木自身が思っている以上に、上質な男だ。

「おまえ、大したもんだよ」

「え?」

「年のこととか、子持ちだとか、そんなことを口にした自分がみっともなく思えるよ」

「僕を、身内のように思ってくれている証拠だと思ってます」

「頑張れよ」

「はい。ありがとうございます」

文彦は、高村杏樹のあのさっぱりとした笑顔を思い出していた。そうだ、桂木にはああいう人が必要なのだ。媚《こ》びずに、迎合《げいごう》せずに、自分の生き方を持っている、大人の女が。

桂木がコーヒーを口にしている。

文彦は永遠子のことを思った。

母が忙しく働き回っている。

土曜日の八時を少し過ぎたばかりだというのに、すでに掃除も終わり、ベランダには洗濯物が並び、ダイニングテーブルには、朝食の準備が整っている。

本音を言えば、もう少しゆっくり寝かせて欲しい。ベッドの中で起きるでもなく寝るでもなく、ぐずぐずしているのが週末の楽しみでもある。

それでも文彦は食卓についた。テーブルには、旅館のような朝食が並んでいる。母が来てから、毎日がこれだった。母がジャーから湯気の立った飯をよそって、文彦の前に置く。真っ白の炊きたての飯だ。

それに感激したのは、正直言って、最初の三日だけだった。トーストとコーヒーといった軽いもので済ませることに慣れた文彦に、この朝食は重すぎる。

そのことを言っても「朝ごはんをしっかりとらなきゃどうするの」と、母は聞く耳を持たない。今もまだ、学生や独身の頃の文彦のままだと考えている。そのせいか、最近、ズボンがきつくなってきた。

まずい、と思う。思うが言い出せない。

母が向かいの席に腰を下ろした。

「電気代だけど、あなたのところはどうしてこんなにかかるの？　先月の領収書見て、びっくりしたわ」

「さあ、何でだろ」

ぼんやりと、永遠子のいれたコーヒーが飲みたい、と文彦は考えていた。

「もっと節電に心がけなきゃ」

「うん」

「換気扇の掃除をしといたわ。ずいぶん汚れがたまってたわよ」

「サンキュ」

「ベランダの窓と、網戸も」

「助かるよ」

「あら、そろそろ美有ちゃん、起こしてこなくちゃ」

「うん、頼む」

母が席を立つ。

「美有ちゃんの朝寝坊、今のうちに直しとかないと、後が大変よ」

「そうだな、そうする」

母はよく働く。母が来てから、部屋の中はすっきりしている。ベランダのレースのカーテンは漂白されたし、半分枯れていたポトスも元気を取り戻している。

永遠子がパートに出ていたせいもあるが、前はトイレの手拭きが十日も同じものがかかっていたり、朝になって靴下の片方がみつからなかったりするのはしょっちゅうだった。文句を言うと「だったら自分でやればいいじゃない」と言われるので、何も言わないようにしていたが、その点、母親というのは、世話を楽しんでやっているので、すべてが行き届いている。助かると思う。思うが、どことなく落ち着かないのだった。家にいても、どこか寛《くつろ》げず、自分が居候《いそうろう》のような気分になってしまう。

まだ眠そうな美有が、目をこすりながら、母に連れられて来た。文彦の隣に座らされ、同じようにご飯を出される。

「いっぱい食べて、大きくなるのよ」

母は満足そうに、交互に息子と孫を眺めている。美有は頷き、箸を持つ。母が来てから、美有は好き嫌いを言ったり、駄々をこねたりしないようになった。やはり美有なりに、気を遣っているのだろう。

母が席を立つと、美有が文彦の袖を引っ張った。

「どうした？」

「あのね、おばあちゃん、いつまでいるの？」

「いやなのか？」

「ううん、ぜんぜん、そうじゃないの」

慌てて小さく首を振る。

「ママが帰ってくるまでだ」

「ママはいつ帰ってくるの？」

「そうだな」

言葉に詰まった。

「どうして、ママは帰って来ないの？　美有とパパのこと、嫌いになったの？」

不安気に、美有が文彦を見上げている。

「ママ、おなかにいた赤ちゃんがいなくなっちゃっただろ。すごく悲しんでいるんだ」

「美有だって、悲しい」

「そうだ、パパもだ」

母が戻って来た。美有が行儀よく、ご飯と味噌汁を交互に口に運ぶ。卵焼きに、いつものマヨネーズではなく、母の出した醬油《しょうゆ》をつけている。

「美有ちゃん、おかわりは？」

「ううん」

首を振ると、母が残念がる。

「おいしくなかった？」

「ううん、すごくおいしい。やっぱり、おかわり」

美有が茶碗を差し出す。母の顔がほころぶ。そんな光景を文彦はぼんやり眺めていた。

その日の真夜中、美有に揺り起こされた。

「どうした」

「ごめんなさい」

かぼそい声で美有が言った。

「おねしょしたの」

パジャマを見ると、ズボンが濡れている。文彦はベッドから起き上がった。

「すぐ、着替えを出してやるから」

「おばあちゃんには言わないで」

美有にも、美有なりのプライドというものがあるのだろう。文彦は思わず美有を抱き締めた。このままじゃいけない、と思った。

「言わないさ」

それから、タンスの中からパンツとパジャマを取り出した。


「母さん、そろそろ家に戻った方がいいんじゃないか」

翌週、同じように起こされて、同じようにたっぷりの朝食を食べさせられた後、台所で洗い物をしている母のところに文彦は顔を覗かせた。

「どうして。永遠子さんが帰るまでいてあげるわ。美有ちゃんの保育園への送り迎えもあるでしょう」

「そっちの方は何とかするよ」

「何とかって」

「仕事も一段落したし、うまく時間をやりくりする。延長保育も頼めるし」

母は手を止めると、かすかに眉をひそめた。

「私がうるさいの？」

「そうじゃないさ、いてもらえるのは助かるけど」

「けど、何なの」

「ここでこんなことしてるぐらいなら、親父の面倒をみてやって欲しいんだ」

母が再び食器を洗い始めた。

「智恵がやってくれてるわ」

「もうしばらくしたら、宏くんと田舎に帰るんだろう」

返事はない。

「母さん、やっぱり親父のことは、母さんの仕事だよ」

「あんたには」

母が硬い声で言い、突然、洗い桶《おけ》の中に両手を突っ込んだ。

「あんたにはわからないわ」

エプロンに泡が飛んだ。

「あのお父さんがあんなふうになっちゃうなんて。あんなお父さんを見なくちゃいけない私の気持ちなんて、わかるはずがないわ」

今度は、文彦が黙る番だった。

「あんたはどう思ってるか知らないけど、お父さんはね、すごい人だったのよ。会社では重要な仕事を任されてて、社長さんにも部下の人にも信頼されてて、仲人だって数えきれないくらい頼まれて。町内でも、困ったことがあると、みんなお父さんのところに相談に来るの。

いつだったか、近所の公園が取り壊されることになって、ほら、あんたもよく遊んだ大きな桜の木があるあの公園よ、あの時も、みんなを代表して区長のところに談判にいって、それで取り止めになったのよ。お父さんはそういう人なの、すごい人なの」

その時初めて、母を追い詰めていたものが、文彦の想像していたものとはまったく違っていることに気づいた。

「家にいるのはお父さんじゃないわ。よく似てるけど、絶対、お父さんじゃないわ」

返す言葉をすぐに見つけられなかった。

文彦にしても、あの父を見なくて済むなら、そうしたかった。一生、父を乗り越えられない息子のままでいたかった。

「心配することないよ。これからのこと、ちゃんと考えてるから」

「考えるって？」

「永遠子ともよく話し合って、同居のこととか考えるから」

「無理よ、あの家じゃお互いに気詰まりになるだけ」

「だったら、どうするんだよ」

「いいのよ」

「いいって？」

「別に、あんたたちに頼ろうなんて思ってないから」

母の声に冷静さが戻っている。

「母さん」

「本当は、外に出てても、ちっとも楽しくなかったの。ただ、お父さんのあんな姿を見ていたくなかっただけ。でも、やっぱりこれじゃ済まないのよね」

母の染めている髪が伸びて、根元が白くなっているのが見えた。父だけでなく、母もまた確実に老いてゆく。そして、いつか自分たちも。

「今日、帰るわ」

「いや、そんな急じゃなくても」

「永遠子さんも、私がここにいたら帰りづらいでしょう」

母は洗い物の手を止めて、文彦に顔を向けた。

「夫婦って、本当にいろんなことがあるのね。もう四十年近くやってるけど、ずっと、こんなはずじゃなかったっていうのの繰り返し」

「そうか」

「たぶん、これからもね」

母はようやく笑った。

空気が澄んでいるせいか、空の青さが眩しかった。

文彦は美有の手をひいて、川崎に向かった。

アパートに行くと、義母が出て来て、永遠子は近くの公園に散歩に行ったと言う。道順を聞いて、お礼を言って、安堵の表情の義母に見送られて、ふたりで向かった。

公園はすぐに見つかった。ブランコと滑り台と砂場と水飲み場があった。その水飲み場のすぐ隣のベンチに永遠子は座っていた。

午後の日差しが、街路樹の隙間から永遠子の肩にさらさらと降り注いでいた。

永遠子は遊ぶ子供たちを眺めていた。

「ママ」

美有が駆け出した。

永遠子が驚いたように、ベンチから立ち上がる。そうして、走り寄ってゆく美有を両手を広げて迎え入れた。

話し合わなければならないことはたくさんある。言葉にすることを怠《なま》けていても、少しも楽には生きられない。思いを持つことと、思いを伝えることは同じではない、ということが文彦にもわかりかけていた。

けれど、その前に永遠子のいれたコーヒーが飲みたい、と思った。

第七章　夜の横顔

結婚前、身体は武器だと思っていた。

男たちが優しくしてくれるのも、結局のところ、目的はひとつしかない。もともとオスの本能を刺激するようにメスの身体は出来ている。それを承知しているからこそ、よりよいオスを得るために、メスは着飾り、上目遣いを覚え、甘い匂いを撒《ま》き散らす。

文彦は優しくなった。出会った頃と同じくらい、いや、もしかしたらそれ以上に優しくなった。けれども、その優しさはもうオスのものではない。静かで、乾いた優しさだ。たとえ昨日と同じワイシャツを出しても、そのまま黙って着てゆく優しさだ。

もう身体は武器にはならない。そんなことは、とっくに知っていた。何も子宮を失ったせいじゃない。むしろ、そのせいにしたがっているのは自分の方だ。

結婚はオスとメスを緩《ゆる》やかに去勢してゆく。その方が生活には適しているからだろう。一時は抵抗したこともあるが、今は永遠子もそう思う。だから不満に思っているわけではない。ただ、身体という武器をなくした今、戦い方がわからないだけだ。代わりになる武器を何も持っていないことを思い知らされているだけだ。

隣で文彦が寝返りを打った。ベッドが揺れて、永遠子は薄く目を開けた。ここのところ、眠りが浅く、ちょっとしたことですぐ目が覚めてしまう。

ベッドを別にすればいいことはわかっていた。実際、今までも何度か別にしていた時期があった。しかし、母のアパートから家に戻った時、互いにそれを提案することができなかった。文彦は自分から口にするのはまずいと思っただろうし、永遠子はその選択権は自分にないと考えた。それがきっかけとなって口論に発展したり、文彦から過剰な労《いたわ》りを向けられたりして、自分を無意味に消耗するくらいなら、ベッドの端で目を閉じてしまう方を選んだ。

永遠子はゆっくりと息を吐く。夜がふたりの背と背の隙間《すきま》を埋めている。文彦と再び寄り添う時が来るのか、寄り添うことが果たして得策なのか、そのことさえ今の永遠子にはわからない。

結局、パートは辞めることになった。

今回のことで会社を長期にわたって休んでしまい、戻りたい気持ちはあったが、連絡を入れると淡々とした声で、すでに新しいパートが入っていると告げられた。

たっぷりと与えられた時間の中で、永遠子の関心は次第に美有に集中していった。

美有もまた、母親のいない時期を不安な思いで暮らしたせいもあり、毎日、べったりと永遠子に甘えてきた。もう子供は持てない、自分には美有しかいない、そう思うといっそう愛《いと》しさが増した。

美有は可愛らしく賢い。音感がよく、絵が上手《うま》く、運動神経もいい。保育園の中には手のつけられないやんちゃな子もいるが、その中で、美有は素直ないい子に育ってくれていた。

同じ保育園に通っている女の子が、週に一度休んでいる。その訳を聞いて、永遠子はいくらかショックを受けた。

「お受験のために、週一で幼児教室に通い始めたんですって」

と、迎えに来た別の子の母親が、言葉の端に揶揄《やゆ》を含めて言った。

「何でも、M学園の小学校を狙ってるんですってよ」

制服が可愛らしくて有名な私立の小学校だった。もちろん大学まであり、生徒の三分の二はエスカレーター式に進学できるという。

受験のことは頭になかったわけじゃない。けれども、もっと先のことだと考えていた。永遠子も文彦も高校まで公立に通っていた。

永遠子は保母やお母さん方に挨拶を済ませ、美有の手をひいて、保育園を後にした。

こう言っては何だが、あの子より美有の方がずっと優秀だ。あの子が私立に入れるのなら、美有が入れないわけはない。

初めて受験のことが、実感として頭に浮かんだ。公立が悪いわけじゃない。実際、自分もそこに通って、それなりの学校生活を楽しんできた。けれども、自分たちの頃と今を同じに考えてしまっていいのだろうか。

この近所にも、公立に通う中学生や高校生たちをよく見かける。全部ではないが、髪を茶色に染め、サロンで日焼けした顔に白っぽい口紅を塗り、パンツが見えそうなくらいスカートを短くし、ずるずるとソックスを引きずっている。テレビの街頭インタビューでは援助交際などという単語が当たり前のように彼女らの口から飛び出してくる。

美有をあんな子にしたくない。あんな子たちを友達に持って欲しくない。

「ねえ、美有」

永遠子は美有を見下ろした。

「なに？」

美有が顔を上げる。

「みんなと違う小学校に行こうか」

「違うって？」

「みんなが行く小学校より、もっと楽しいの」

「ふうん」

「お友達もいっぱいできるわ」

「今もいるよ」

「もっともっと、美有にふさわしい子たちがいるわ」

「ふさわしいって？」

「仲良くなれるってこと」

「美有がそこに行ったら、ママ、うれしい？」

「すごくすごく嬉しいわ」

少し考え、美有は言った。

「じゃあ、行く」

永遠子は立ちどまり、思わず弾んだ声を上げた。

「ほんとに？」

「うん、行く」

美有もはしゃいだ声で答えた。


その日から、さっそく幼児教室を調べてみた。それぞれに差はあるが、入室金は五万から十万。週一回の教室で月謝が三万から四万、といったところだ。パートは辞めてしまったが、文彦の仕事も今のところ順調で、少しやりくりすれば払えないことはない。もし無理なようなら、またパートを始めればいい。

その夜、いくらか酔って帰って来た文彦に相談すると、ジャケットやネクタイをベッドの上に脱ぎ捨てながら、少し困惑したように聞き返した。

「幼児教室？」

「そう、小学校に入るための予備校みたいなもの」

永遠子はひとつひとつ拾い上げて、ハンガーに掛ける。

「急ぐ必要はないだろ。美有は四歳だ、まだ保育園でもいいじゃないか」

「来年度の受験じゃないわ。入学はさ来年でしょう。どうせ、小学校に通わせなきゃならないんだもの、だったら、ちゃんとしたところに入れたいじゃない。保育園でももう通ってる子がいるわ。でも、あの子より美有の方がずっと頭がいいんだから、ちょっと頑張ればちゃんとした小学校に入れるわ」

「俺は、小学校は家の近所にあるところに行っていた。遠くの私立に通ってたのもいたけど、俺らを羨《うらや》ましそうにしてたな。帰っても何となく一緒に遊べなくてさ。小学校ぐらい、わざわざ私立になんか入れなくてもいいんじゃないか」

「私だって近所の小学校だったわ。あの頃はそれでいい時代だったのよ。でも、自分たちの頃と今とでは状況も違うわ。近所の小学校が悪いというわけじゃないの、私立の方がよりよい教育を受けられるんじゃないかと思うのよ。文彦は、もし美有が渋谷のセンター街なんかを歩いているコギャルみたいになったらどうする？」

「飛躍しすぎだよ」

「そればかりじゃないわ。今のうちなら遊び感覚で勉強が身につくし、うまくいけばそのまま大学まで一貫教育を受けられるのよ。受験から解放されるっていうのは重要よ。後になればなるほど厳しくなってゆくんだもの。私はうんざりだったわ。高校に合格してやっと受験勉強から解放されたって思ったら、入学式の次の日にはもう大学受験のための模擬テストをやらされたんだもの。受験がないなら、それにこしたことはないじゃない」

文彦が「うーん」と唸《うな》る。

「入れないなら仕方ないわ。でも、可能性があるなら試してみたいの」

「小学校に入れるには、その幼児教室とやらに通わせなければ駄目なのか」

「駄目ってことはないだろうけど、通ってみる価値はあると思うわ。どうせ受験するなら、合格を確実にしたいじゃない」

「何だか胡散《うさん》臭いな。幼児教室なんて、人の弱みに付け込んで金を巻き上げようって魂胆じゃないのか」

「実績があるところをいくつか見つけたわ。名門の小学校に何人も合格させているところ」

文彦は背を向けて、パジャマを着る。

「文彦、お願いよ。私はもう子供を持てないのよ。美有だけなの。私の残された夢は、美有をちゃんと育てることしかないの」

文彦は黙った。それを持ち出したら、文彦が何も言えなくなることはわかっていた。

同時に、永遠子は気がついていた。美有は自分に残された最後の武器でもあるのだ。

「あんまりのめり込むなよ」

文彦がため息混じりに言った。

「いいのね」

「好きにしろよ」

「じゃあ、早速、明日からあたってみるわ」

寝室を出てゆく背に、永遠子は弾んだ声を掛けた。

美有の人生は美有のものだ。親だからと言って無理強《むりじ》いすることはできない。それくらいのことはわかっている。けれど、今の美有にいったい何が選べるというのだ。どうせ教育は受けさせなければならない。それなら、よりよい環境を選んでやりたいと思うのは当然のことではないか。食卓には、美有の健康を思って農薬や遺伝子組み換えや添加物を使ったものは極力のせないようにしている。結局はその気持ちと同じ種類のものだ。誰からもとやかく言われる筋合いはない。


意気込んで調べてみたが、ほとんどが一年単位で募集しており、中途では無理だという返事ばかりだった。

やはり来年の春まで待つしかないかとがっかりしていると、一室だけ面接次第で今からでも入室できると言われた。

青山にある幼児教室だ。とにかく面接がてら、見学に行くことにした。実績から言っても、有名小学校に数多くの子供を合格させていて、経営者でもある室長は『成功する子育て』という本を出版している。どうせ通わせるなら、目指す小学校に必ず合格できるところを選びたい。費用はかかるが、それで美有が幸せになるなら、安いものだ。

教室は閑静な住宅街にあり、まるで洒落《しゃれ》たレストランのような一戸建てだった。室長は五十がらみの品のいい女性で、見るからに仕立てのいいスーツを着ている。

「お待ちしていました」

にこやかに迎え入れられ、緊張気味に永遠子は頭を下げた。

「よろしくお願いいたします」

履歴書を提出し、室長と向かい合う形で美有と共に椅子に腰を下ろした。この教室を希望した理由、志望小学校はどこか、またその理由、家庭の教育方針、などを聞かれ、心積もりはしていたものの、永遠子はしどろもどろで答えた。

その後、教室に案内された。部屋は小学校受験を目指す就園児が二クラス、幼稚園受験の未就園児が一クラスあり、少人数での教育をうたっている通り、どのクラスも子供数は十人に満たない。

指導をしている先生が、保育園のように汚れて構わないような普段着ではなく、スーツやワンピースなど、ちゃんとした格好をしているのがさすがだった。

「ちょうど、あきがありましてね」

と、室長が言った。

「うちは、少人数での教育をモットーにしておりますので、申し込まれてもお断りするケースも多いんです。先日、通っていらしていたお子さんが、ご両親の海外転勤で、急にやめられてしまったんです」

「そうですか」

授業風景を眺めながら、説明を聞く。

週に一回の九十分授業。もちろん母親同伴である。挨拶から始まり、ピアノをひいたりダンスを踊ったりなどの音楽的な遊び、マットや跳び箱での体育的な遊び、おもちゃを使った想像的かつ科学的な遊び、おやつを通しての生活習慣の躾《しつけ》、最後に母親にプリントが渡され、課題が与えられる。

子供らの授業の最中、母親は壁ぎわの椅子に腰を下ろして、熱心に我が子を見守っている。どの母親もきちんとした服を着て、背筋を伸ばしている。もちろん雑談などに興じることはない。

「仲間に入る？」

室長が腰を屈《かが》めて、美有に尋ねた。美有が顔を上げて、永遠子の表情を窺《うかが》う。永遠子が頷《うなず》くと、ちょっと嬉しそうな顔をした。

「うん」

美有が室長に答える。

「じゃあ行ってらっしゃい。でもね、お返事は、うん、じゃなくて、はい、ね」

「はい」

美有はおずおずしながらも、子供らの中に入って行った。どうやら、それが美有の面接ということになるらしい。

「なかなか利発なお嬢さんですね」

「ありがとうございます。家では、特別なことは何もしてなくて」

「それでいいんですよ。お母さまの中には、自分流の教育をすでにされていて、そうなると教室にはなかなか馴染《なじ》めなくなったりしますから」

「そうですか」

「お受験は親と子の絆《きずな》がしっかり結ばれていないと成就できません。自信はおありですか？」

「はい」

と、力をこめて返事をしたが、正直言ってあまり自信はなかった。最初の意気込みも、教室を実際に見学して、いくらか気後れしている。見透かしたように、室長が穏やかな表情のまま言った。

「そんなに心配なさることはありません。ここで学ぶことは、何も受験のためばかりではありません。豊かな子供を育てること、それがまずいちばんの目標なのです。もし、入室が決まれば、私たちも精一杯努力させていただきます」

綺麗ごとも含まれているとはいえ、力強い言葉だった。

「では、明日、改めてご自宅にご連絡します。大津さんの方も、こうして体験なさって、うちを選ばれるかどうか、検討なさってください」

永遠子は慌てて「よろしくお願いします」と頭を下げた。

ようやく緊張から解放されて玄関に向かうと、母子が立っている。

「永遠子さん、久しぶりね」

声を掛けられて、驚いた。

「千賀さんじゃない」

もう何年前になるだろう。まだ世の中がバブルに浮かれていた頃、英会話スクールで親しくしていた千賀だった。

「こんなところで会うなんて」

千賀はあの頃より髪が短くなり、少し痩《や》せたみたいだが、相変わらず美しく、垢抜《あかぬ》けている。

「息子さん？」

千賀の隣に立つ、千賀に似た子を眺めた。

「ええ、大樹《だいき》って言うの。ほら、ご挨拶は？」

「初めまして、松本大樹です。四歳になりました」

息子は礼儀正しく頭を下げた。さすがに教育が行き届いている。

「あら、うちも四歳なのよ。美有です、よろしく」

永遠子は慌ててぼんやりしている美有の頭を後ろから押した。

「まだ、ちゃんと挨拶もできないから恥ずかしいわ」

「すぐよ、そんなの。この教室に通うの？」

「今日は見学だけ」

「小学校はどこを狙ってるの？」

「まだそこまで決めてないわ。千賀さんは決めてるの？」

「まあ、いくつか考えているわ」

当然のように答えがあった。

「ねえ、少し時間ないかしら？　近くでお茶でもどう？　いろいろ教えて欲しいこともあるし」

「三十分ぐらいしかないけど、それでもいい？」

「もちろんよ」

教室を後にして、四人で駅の方向に向かい、ティルームに入った。

永遠子にしたら、子供づれということもありファミリーレストランのような場所の方が気が楽なのだが、この辺りにそんな店はない。

「それにしても、何年ぶりかしらね」

おとなしくケーキを頬張る息子を満足そうに眺めてから、千賀が顔を向けた。

「七、八年はたつんじゃないかしら」

永遠子は、美有がよそ行きのブラウスに生クリームを落とさないかとハラハラしている。

「そうね、もうそんなになるのね」

千賀は以前と同じ名字だ。あの頃、建設業を営んでいる夫と離婚して恋人と一緒になる、などと話していたが、結局は元のさやに納まったというわけだ。やはり経済力のある夫のもとを飛び出して、一介のサラリーマンに人生を預けるには不安が大きすぎると判断したのだろう。

　もちろん、そんな野暮なことは尋ねたりしない。どうせお互い様だ。永遠子も千賀と同様、情事に耽《ふけ》り、いつだって人生をリセットできると考えていた。あの頃、やたら金だけが宙を舞い、誰もが浮かれていた。

「お子さんはひとり？」

「そうよ、永遠子さんは？」

「私もそう、この子だけ。今も自由が丘に住んでるの？」

「ううん、港区の方に引っ越したわ。永遠子さんは世田谷だったわよね」

「あの時のままよ。ねえ、それでどう？　あの幼児教室は」

「私はすごく満足してるわ。室長は経験豊かだし、顔も広いし、実績はあるし、情報もよく入って来るし。あきが出たなんて、あなたラッキーよ。私は去年から申し込んでたんだから」

「じゃあ三歳の時から準備してたの？」

「まあね」

「もしかして、幼稚園受験もした？」

　千賀はいくらか表情を硬くした。

「正直言うわ。そうよ、受験したわ。でも、抽選で落ちたの。言っておくけど、抽選よ。あれは本当に悔しかったわ。大樹よりどう見ても馬鹿って子が合格したりするんだもの。今年も受けようと思えば受けられるんだけど、幼稚園はもういいわ、今度はちゃんと実力で入学できる小学校に目標を絞ることにしたの」

「そう、それにしてもずいぶん熱心なのね」

「こんなの、大したことないわよ。受験のために、わざわざ文京区に引っ越してゆく人もいるぐらいなんだから」

「どうして文京区なの？」

尋ねると、千賀は呆《あき》れたような顔をした。

「あなた、本当に何も知らないのね。あの辺りは国立付属がたくさんあって、チャンスも多いし、教室も充実してるし、とにかく全体がお受験ムード一色なの。行ってみればわかるわ。お母さんたちの顔つきなんか全然違うから。もう必死の形相《ぎょうそう》よ。我が子の合格のためなら、ライバルの子供を殺しかねないぐらい」

「まさか」

「まあ、それはちょっと大げさだけど、それくらい熱心だってことよ」

「何だか、聞いてると気後れしちゃう」

「そんなことでどうするのよ。誰の子でもない、自分の子なのよ。とにかく、自分にできる精一杯のことをしてあげるのが親の責任ってものでしょう。お受験なんて言うと、とやかく言う人もいるけど、私は気にしないの。誰に何と言われようといい小学校に入れるの。大樹を、陰湿ないじめにも、学級崩壊にも、質の悪い教師の犠牲にもしたくないから」

千賀が愛しげに息子を眺める。

「この子は私の宝だもの」

どんなに男に溺《おぼ》れても、ここまでは愛せないだろう。あの頃の千賀からは想像もつかないセリフだった。愛されることに貪欲《どんよく》だった女ほど、それが逆転した瞬間、注ぐ愛情は濃く、底がないのかもしれない。もちろん、それは今の自分にも言えることだ。

千賀がちらりと腕時計に目をやった。

「ごめんなさい。今からこの子をバイオリン教室に連れてゆかなきゃいけないの。その後はスイミングもあるから」

千賀の今の裕福さが知れた。永遠子にはとてもそこまでの余裕はない。

「悪かったわ、引き止めて」

「入室できるといいわね」

「ええ、本当に」

「じゃあ、行くわ」

千賀が伝票に手を伸ばす。素早く、永遠子はそれを手にした。

「ここは私が」

「そう、じゃあお言葉に甘えてごちそうになるわね」

千賀が店を出てゆく。気がついたら、やはり美有はブラウスを汚していた。永遠子は紙ナプキンに水を含ませて、生クリームをこすり落とした。

翌日、教室から入室許可の知らせがあった。

迷うことなく、永遠子は「よろしくお願いします」と返事をした。

手続きのことを伝えると「そうか」と文彦は短く答えただけだった。

美有に愛情はあっても、結局はそれだけだと永遠子は思う。健康で優しい子であってくればいい、と文彦は言う。それには永遠子も同感だ。それで美有が一生幸福に生きてゆけるのなら、そうあって欲しいと心から思う。けれども、それで済まないことぐらい、少し考えれば文彦にだってわかるはずだ。自分たちと同じような愛情を持つ人間ばかりが、美有の周りにい続けるわけではない。自分の娘を、安易に理想の少女と重ねるのは、結局、無関心でいるのと同じだとしか思えない。美有は健康で優しくて、そして強くて賢くて逞《たくま》しい女性にしたい。そうするのが、母親としての役目だと思っている。

「寝るよ」

風呂から上がってきた文彦が、居間にちょっとだけ顔を覗《のぞ》かせて寝室に入って行った。

「明日から、よろしくね」

「ああ、わかってる」

ここのところ、文彦の帰りは遅く、美有と顔を合わせられるのは朝食ぐらいだ。その朝食も、新聞を読みながらコーヒーでトーストを流し込むといった具合だった。

入室の申し込みに行った時、室長からクギを刺されていた。

規則正しい生活を送ること。父親が忙しいならせめて朝食を必ず家族で一緒にとること。ちゃんとしたメニューを揃《そろ》えること。箸、スプーン、フォークの使い方をマスターすること。挨拶ができるようになること。パパママではなく、おとうさまおかあさまと呼ばせること。

明日から実行することに決めていた。その協力を、さっき文彦に頼んだばかりだった。朝食は定番のトーストとコーヒーとスクランブルエッグだけではなく、サラダも添える。卵料理も工夫する。美有には野菜スープを作る。その下準備を、今夜のうちにしておかなければならない。

美有の様子を確かめてから寝室に入ると、すっかり文彦は寝入っていた。ベッドを揺らすことのないよう気をつけて潜《もぐ》り込んだ。枕元の明かりを消すと、とろりとした暗闇《くらやみ》が永遠子を包み込んだ。

この瞬間が、永遠子は嫌いだった。一日の最後の時間を、まるでベッドという牢獄《ろうごく》に閉じこめられてしまうような気になる。そんな思いの永遠子をよそに、呑気《のんき》に寝入っている文彦が憎らしくなる。

けれども今夜、永遠子は久しぶりに満足感を味わっていた。しなければならないことがあることがこんなに楽しいとは思わなかった。その、しなければならないことは、母親である自分にしかできないことでもある。今夜はよく眠れそうな気がした。

入室金は定期をくずして支払った。

月謝も、生活費を切り詰めれば何とか捻出《ねんしゅつ》することができる。けれども、出費はそれだけでは納まらない。

教材費におやつ代、保険、光熱費、特別講習代など、ひとつひとつは少額でも、まとまれば結構な出費になる。保育園のように、洗濯してあれば何を着せても構わない、というわけにもいかない。子供の色感やセンスを養うためにも、ふさわしい格好をさせるように言われている。付き添う永遠子の方も、同じ服では行けない。千賀はいつも洒落た服を着ている。スーツほど堅苦しくなく、それでいて高級感があるジャケットにパンツやスカートといった格好だ。

永遠子は、再びパートに出ることにした。

今度は、チラシでたまたま見つけた自然食品の店だ。地方から集まって来る野菜を、チェーン店に発送するために仕分ける作業である。幼児教室のある日は休めるし、自転車で十分足らずの距離というのも好都合だった。

それでも、マンションを出る時はどこかこそこそした気分になった。曲がりなりにも今まではハンドバッグを持ち、ハイヒールを履いて出勤していた。それとはあまりにも程遠い仕事で、誰にも知られたくないという思いが、やはり胸を掠《かす》めた。

朝、十時に作業場に着く。すぐにジーパンとトレーナーに着替え、長靴を履き、軍手をつける。汚れる作業なので仕方ない。働いている女性たちは永遠子よりずっと年上の、いわゆるおばさんばかりだ。中には永遠子の母親ほどの年齢と思われる女性もいる。

主な仕事は、じゃが芋《いも》やら人参やらほうれん草やら、野菜をそれぞれに量って袋詰めにする作業だ。それらを段ボールに詰めて、チェーン店に発送する。一日で軍手はもちろん、ジーパンもトレーナーも泥だらけになった。

自分がこういった仕事をするようになるなんて考えてもみなかった。永遠子は、これはあくまで仮の姿だと思うようにした。これもみんな美有のためだ、一時のことだ、と思わなければとても続けられそうになかった。

作業場には毎日、トラックで次から次と、契約農家から野菜が届けられる。

その日、段ボールを保冷庫まで運ぶように、古株のパート女性から言われて、永遠子は作業から離れた。トラックに行くと、段ボール箱の中身は玉葱《たまねぎ》だ。ずっしりした重さにうんざりした。力仕事は初めてだった。腹の傷はほとんど完治しているが、力がまだうまく入らない。あの古株パートは少し意地悪な感じがした。新入りをいじめようって魂胆で、わざとこんな重いものを運ぶ仕事を押しつけているのかもしれない。

そんなことを考えていると、不意に、永遠子の腕から段ボールが取り上げられた。顔を上げると、まだ男の子と呼べるような青年が、軽々と運んでゆく。もう長袖が必要な季節というのに、Tシャツ一枚だ。袖口が腕の太さでぴったり張りついている。トラックを運転して来た青年だった。

「あの」

青年が振り向き、箱をあごでしゃくった。レタスの箱だ。これなら軽い。永遠子はそれを手にした。彼は保冷庫に段ボール箱を運び入れると、永遠子を振り向きもせず帰って行った。手伝ってくれたのだ、とわかったのは、彼の姿が見えなくなってからだった。

作業台に戻って作業の続きを始めた。さつまいもの仕分けである。グラムを量って、ビニール袋に詰めてゆく。その時のパートたちのお喋《しゃべ》りで、さっきの青年が茨城から毎日トラックで野菜を運んで来るということ、有機農業の修業をしていること、名前が宮本徹《とおる》ということ、年が十八歳であることなどを知った。

十八歳。

思わず口の中で呟《つぶや》いた。永遠子の半分といっていい年齢だった。若い、という形容詞を当たり前のように自分のものにしていた頃が、もうすっかり遠くなってしまったことを今さらながら実感した。

「大津さん、手、止まってるわよ」

古株のパートの声が飛ぶ。

「すみません」

永遠子は慌ててさつまいもをビニール袋に詰め込んだ。

居間に入って来た永遠子を見て文彦はびっくりした。

女は化けるというが本当だ。こんなに綺麗になれるなら、もう少し、毎日何とかならないものかと思う。

＊

「ベランダの鍵、見といてね」

「ああ」

文彦はソファから立ち上がってガラス戸に近付いた。

今夜、桂木夫婦に食事に招待されていた。これから美有を蒲田の家に預けて、白金台の料亭に行く。久しぶりにきちんと化粧をし、スーツを着た永遠子は見違えるほどで、少しこちらが照れ臭くなる。

永遠子はここのところ機嫌がいい。それに綺麗になった。川崎の義母のところから連れ戻った時は、この先どうなるのかと頭を抱えたが、やはり美有を幼児教室に通わせたのがよかったのだろう。新しく始めたパートも張り切って出掛けている。野菜の仕分け作業と聞いているが、よく頑張ってるなと思う。かつての永遠子なら絶対にそんな仕事はしなかったろう。

女は柔軟だ。どんな生き方にもうまく自分を適合させてゆく。男にはない才能だ。母親が明るいと、娘も安心するらしい。美有も一時の情緒不安定さがなくなって、活発になった。

すべてがしっくりいっているというわけではないが、何とか親子三人落ち着いた生活を取り戻していた。

「パパ、早く行こうよ」

美有に手を引かれるように、文彦は玄関に向かった。

「美有、おばあちゃんのところではおりこうにしてるのよ。おじいちゃん、ちょっと具合が悪いんだから」

永遠子が文彦と美有の靴を揃えながら言う。

「うん」

「うん、じゃなくて、はい。それからパパじゃなくて、おとうさま」

美有が首をすくめて、文彦を見上げる。文彦も同じように、首をすくめてみせた。

すでに妹夫婦は福島に引っ越してしまい、実家は母と父の二人暮らしだ。父の症状は少しずつ進行しているが、今のところは何とか穏やかに暮らしている。文彦も、休日や会社帰りなど、以前よりできるだけ顔を出すようにしていた。

蒲田の家に着くと、玄関に母が出てきた。

「待ってたのよ、あがる？」

「いや、時間ないんだ」

「すみません。じゃあ美有のことよろしくお願いします」

永遠子が玄関先で頭を下げる。ちゃんと母の好きなモンブランケーキと父の好物の甘納豆を土産《みやげ》に持って来ている。そういうところは、以前よりずっと気がきくようになった。

「気にしないで今夜はゆっくり遊んでらっしゃい。ふたりで出掛けるの、久しぶりでしょう。遅くなるようなら、美有ちゃんはうちで泊めるから。明日はどうせお休みなんだし」

「たぶん、大丈夫だと思うけど、そうなったら電話する。親父は？」

「テレビを観てるわ。最近、テレビばっかりなの。それも、以前は全然観なかったお笑いのをね」

「そうか」

「でも、よく笑うから」

「うん、じゃあ行ってくる」

母と美有に見送られて、ふたりでタクシーに乗った。お笑い番組を夢中で観ている父は、ちょっと想像がつかなかった。

「何だか緊張するわ。高村さんってどんな人？　雑誌とかでしか知らないから」

永遠子がガラス窓に顔を映して、髪を整えている。

「きさくな人だよ」

「ふたりが付き合い始めたって文彦から聞いた時は、続くのかしらって思ったけど、本当に結婚しちゃったのね」

「正直言うと、俺もそう思ったさ」

桂木と高村杏樹はひと回り年が違う。

「ふたりは結局、式も披露宴もしなかったんでしょう」

「入籍だけで済ませたそうだ」

「私たちとは大違いね」

「本当だな」

「今となってみたら、私たちの結婚式なんて無駄なお金をばらまいたようなものね。あの費用を、どうしてもっと別のことに回さなかったのかしら。もったいないことしちゃったわ」

よく言うよ、と文彦は思う。教会もホテルもウェディングドレスも、全部、永遠子がどうしてもと望んだことではないか。誰もに羨まれる結婚式を挙げなければ格好がつかないと駄々をこねたではないか。

「それに別居結婚なんでしょう」

「週末に、桂木が信州の彼女の家に行くそうだ。桂木は父親の代わりに、こっちでおふくろさんと妹さんの面倒をみてるし、彼女は彼女であっちが仕事の拠点だからな。何事も、こうあらねばならないというのはやめた、と言ってたよ」

桂木の変則的な結婚の形態を聞いた時は少々驚いたが、今はその気楽なスタイルが羨ましい。

自分も永遠子も、結婚してから、結婚というひとつの決まった形の箱の中にいつも自分たちを納めようとして来たように思う。たとえば「妻や子を養うのが男の甲斐性《かいしょう》だ」という箱だ。たとえば「妻は家事や育児にいそしむべきだ」という箱だ。けれど結局は箱にちゃんと納まらず、どこかしらはみ出てしまう。はみだしたところは、互いの不満や愚痴の対象となる。永遠子は「甲斐性がない夫」と思い、文彦は「ぐうたらな妻」と思う。初めから箱なんて作らなければよかった。そうしたらはみ出すこともない。

「週末だけっていうのもいいわね。いつも顔を合わせてばかりじゃね」

彼女が経済的にも精神的にも自立してるからこそできることさ。

と、言いたかったが、口にはしなかった。ここで永遠子と気まずくなりたくなかった。新婚の桂木たちの前で、恥をかくようなことにはなりたくない。

三十分ほどで白金台に着いた。料亭が想像していたよりずっと豪華で、ちょっと驚いた。仲居に案内されて部屋に入ると、桂木と高村杏樹はすでに来ていて、素早く立ち上がり、深々と頭を下げた。

「今日はわざわざおいでいただきまして、ありがとうございます」

「おいおい、よしてくれよ。こっちの方が招待してもらって恐縮してるんだ」

文彦はふたりに永遠子を紹介した。四人の中で面識のないのは永遠子だけだ。

「永遠子です。このたびはご結婚おめでとうございます」

とりあえず、そういった型通りの挨拶を済ませて、四人は食事に移った。

高村杏樹と顔を合わせるのは、夏前のイベント以来だが、その時より、ずっと表情が穏やかになっていて驚いた。女というのは、年齢に関係なく、幸福に敏感な生きものだとつくづく思う。男だって好きな女と結婚すれば幸福には違いない。しかし、こうもストレートに顔や態度に表われることはない。男が変わるのは幸福よりも、自信だ。仕事が順調な時、男は顔が変わる。むしろ、幸福の前ではだらしない。

酒が入って、席はリラックスした。高村杏樹はさすがに大人で、会話から誰ひとりとり残すようなことはせず、聞き役に回りがちな永遠子を気遣って、何かと話を引き出した。座は和《なご》やかさに包まれていた。酔った勢いで、桂木が例の話を持ち出した。ユリの店で、村岡常務を殴ったあの件だ。

永遠子が目を丸くした。

「信じられないわ、本当に？」

「僕の名誉のために、殴ってくれたんです」

「おいおい、よせよ。そんな格好いいもんじゃないって」

文彦は慌てて話をはぐらかそうとした。

「初めて口にしますけど、僕はその時、一生付き合ってゆける人を見つけたと思いました」

桂木は、酒も入っているせいか、少し目を潤ませているように見えた。

女ふたりは、笑っていた。笑ってもらった方が気が楽だった。こういった男の感傷を、たぶん、女は子供じみていると思うだろう。それでいい。仁義とか人情とか、昔のヤクザ映画でしかみられなくなったものを、男はどこかでまだ延々と引きずっている。文彦も桂木と同じ気持ちだった。桂木という男と出会えたことを、何よりの幸運と思っていた。

料亭を出ても、まだ飲み足りない気分があり、そのまま四人で西麻布まで行った。永遠子も楽しそうにしていた。結局、蒲田の家には美有を泊めてもらうよう電話した。よく喋り、よく飲んで、よく笑った。こういった形で、桂木と夫婦の付き合いができることが、素直に嬉しかった。

ふたりで自宅に戻ったのはもう一時を過ぎていた。ざっとシャワーを浴びて、ベッドに潜り込んだ。酔いと興奮がないまぜになって、文彦は気分が高揚していた。

永遠子が寝室に入って来た。ドレッサーの前に座って、化粧水で頰を押さえている。しばらく忘れていた女の匂いがした。

永遠子が家に戻ってから、落ち着いた生活が続いていた。しかし、足りないものがあることぐらい文彦にもわかっていた。セックスがなくなってどれくらいたつだろう。一年か。最初は手術をした永遠子の身体を気遣ってのことだった。けれど、もちろんそれだけではない。正直に言えば、もっと前から、永遠子に欲情する気持ちは薄れていた。

結婚しなければたぶん見ることのなかったさまざまなことが、ふたりの間から性というものを奪っていった。たとえば化粧気のない顔や、目の前で見る着替えの姿や、トイレで用を足す音や、思わず出てしまったげっぷや、ちらりと見えた無駄毛の処理をする姿は、たぶん日常生活の中では当たり前のことだろう。実際、そのどれもこれも、実家で母や妹がやっていたのを見ている。幻滅なのではない。自分だって、永遠子の前ではだらしない姿をさんざん晒《さら》している。ただ、そうして少しずつ、永遠子は肉親により近い存在になっていった。このままではいけないことはわかっている。セックスのない生活に違和感を持たない関係になるにはまだ早すぎる。いくら肉親に近くなっても、永遠子は母親でも妹でもない。

今夜、装った永遠子を見て、久しぶりに、気持ちが昂《たか》ぶっていた。今夜なら、その足りないものを埋められそうな気がした。

文彦は、ベッドに入って来た永遠子に手を伸ばした。

「あまり、家のことを高村さんに喋るのはやめて」

永遠子が言った。手が止まった。

「何も、あんな時に美有の受験のこと言わなくてもいいじゃない」

確かに、少しだけそのことを話した。高村杏樹にも娘がいて、共通の話題になると思ったからだ。娘は中学生だが、いっさい干渉せず、本人の行きたい所に行かせると、彼女は言った。あれが、気にくわなかったのか。

「高村さんと私は違うわ」

伸ばした手を引っ込めた。すでに気持ちはすっかり萎《な》えていた。何でだ、何でこんな時に、そんなことを言わなければならないのだ。セックスしたくないからか。だから、わざとそんなことを言って牽制《けんせい》しているのか。

「あんな人と較《くら》べられても困るわ」

文彦は背を向けた。

腹立たしいような、情けないような、落胆するような、孤独のような、投げ遣《や》りなような、それでいてどこかほっとするような、酔いの中に何もかもが混じりあい、ぎゅっと目を閉じた。

今年の春、有限会社の登録をした。

資本金の三百万や諸経費を捻出するのは大変だったが、ようやくこれで小さいながらも企業としての形が整ったことに安堵《あんど》した。それをきっかけに、事務所を九段下《くだんした》に替え、その時から事務の女の子をアルバイトで雇っている。彼女のおかげで、雑用から解放されてずいぶん助かるようになっていた。

佐野晶子《あきこ》は短大を卒業したばかりの、まだ二十歳だ。電話応対もしっかりしているし、パソコンも扱える。性格は明るく、なかなか愛敬《あいきょう》もある。もっと条件のいい就職先があるのではないかと思うのだが、ここのところずっと続いている女子学生の就職難は相当のものらしく、彼女もことごとく落ちたという。うちのような極小企業にアルバイトでも申し込みは結構あった。

約束がひとつキャンセルになって、文彦はめずらしく五時前に事務所に戻って来た。期待していた仕事だったが、今回は見送りという結果になった。それも仕方ない。このご時勢だ。ポシャってもなるべくくさらないようにしている。

「おかえりなさい」

晶子がパソコンから顔を上げた。

「早かったですね。コーヒーいれますか」

「頼むよ」

デスクに熱いコーヒーが運ばれる。一口飲んで、ホッとした。

「電話が三件ありました。それからこれが企画書の清書です」

メモと、頼んでおいた企画書を受け取った。晶子が席に戻って、再びパソコンを打ち始めた。

「後はもういいよ、ご苦労さん」

文彦は企画書に目を通しながら声を掛けた。

「五時まであと七分あります」

「たまにはいいさ。外で彼氏が待ってるぞ」

ビルに入る時、建物の脇にある非常階段に、二十歳そこそこの男が座っていた。

先日、事務所に晶子を訪ねて来た男だった。晶子はすでに帰っていて、そのことを告げると、男はいくらか怪しむような目で事務所内を見回した。よれよれのジーパンにダウンジャケットを羽織り、髪が肩まであり、片方の耳にピアスをつけている、まあ、今時の若者だ。

「彼氏じゃありません」

晶子が尖《とが》った声で答えた。

「じゃあ、昔の彼氏か」

「今はただの友達です」

「そうか」

企画書を確認しながら、ついでのように頷く。それから気がついて、文彦は晶子に改めて顔を向けた。

「こういうの、やっぱりセクハラになるのかな」

「何ですか？」

「仕事とは関係ない、プライベートなことに立ち入るのはセクハラだろう」

「そういう場合もあります」

「悪かった、気をつけるよ」

晶子が小さく噴き出した。

「男の人も大変ですね。私みたいな小娘にも気を遣わなくちゃならないなんて」

「そんなつもりがなくても、そんなつもりにとられたら、それで成立するのがセクハラだからな。面倒はごめんだし、君はよくやってくれるから、できるだけ長くここにいてもらいたいんだ」

「ありがとうございます。じゃあ、いいことを教えましょう」

「ん？」

「セクハラっていうのは、女にとって好きな男にされて嬉しいことを、嫌いな男にされること。それを知っておけば間違いありません」

文彦は思わずため息をついた。

「なるほど」

晶子がパソコンの電源を落とし、窓に近付いた。それから非常階段に座る男を眺めて小さく呟いた。

「参ったな」

様子を見ていた文彦は尋ねた。

「しつこくされてるのか？」

「もう、終わってるのに、彼がそれに気づいてくれなくて」

「未練てやつか」

「さあ、それはどうか」

「ひとりで大丈夫かい？　あの男、ストーカーなんてことにならないだろうな」

「まさか。じゃあ、五時になりましたのでお先に失礼します」

晶子はデスクの下からバッグを取り出し、ドアのところでぺこりと頭を下げて、帰って行った。

文彦は立って窓に近付いた。すぐに晶子が姿を現わし、その後を男が追い掛けてゆく。必死に何かとりなしているという感じだ。けれど晶子はまっすぐ前を見ている。恋愛にごたごたはつきものだ。あの頃の年代となれば尚《なお》さらだ。性欲のかたまりのオスと、自意識過剰のメスの戦いみたいなものだ。

「若いな」

思わず口をついて出ていた。

若い、か。そんなことを口走ること自体、自分はもう若くなったということだろうか。今年、文彦は三十七歳になった。周りからはまだ若いと言われている。自分でもまだ若いと思っている。けれど、本当に若い時、自分を若いかどうかなんて考えたこともなかった。二年ほど前からちょっと頭頂部が薄くなってこっそり育毛剤を使っている。誰にも言ってないがバイアグラが発売されてから関心が向いている。する気はないが援助交際という単語が頭のどこかに引っ掛かっている。時折、自分の体臭がオヤジ臭いのではないかと気になる。先日、新聞に中年のサラリーマンの記事があり、よく見たら三十五歳だった。

かつて、自分の若さを鬱陶《うっとう》しく思った頃があった。若いというのは、稚拙とか未熟とか世間知らずと同義語のように感じられて、誰かにそれを言われると、見縊《みくび》られているような気がした。今、若さを存分に使いきれなかったことを、悔やむ自分がいる。やっておくべきことがもっとたくさんあったはずだ。だからと言って、若さに見切りを付けられない男にもなりたくない。

十二月に入って、街中《まちなか》では、年末らしい光景が見られるようになっていた。

心なしか、またネオンが少なくなったような気がする。景気のよかった頃を知っているだけに、物足りなさを嘆きたい気持ちもあったが、今ではすっかり慣れてしまった。失業率は4・4パーセント、過去最悪と言われている。昨年から次々と銀行が破綻《はたん》し、大手のN生命やY証券が倒産した時から、サラリーマンたちはどこかが麻痺《まひ》してしまったように思う。

夕方に品川で仕事があり、帰りに蒲田の家に寄った。両親はちょうど夕飯を食べていた。

「あら、何にもないわよ」

玄関に出てきた母が言った。

「いや、飯はいいんだ」

食堂で、父が茶碗と箸を持ったまま、入って来た文彦を眺めている。

「父さん、調子どう」

問い掛けに、ひどく困惑した表情で父は母を振り返った。

「文彦ですよ。お父さんの様子を見にきてくれたんですって」

父はどうやら文彦の顔さえわからなくなって来たらしい。もう、そういうことでいちいち動揺したり、嘆いたりするのはやめようと思っていた。父は新しい自分の世界で生き始めている。息子が父を必要としない時期が来た時と同じように、父にももう、息子は必要がなくなっただけのことだ。

食卓には、懐かしい母の料理が並んでいた。銀鱈《ぎんだら》の焼いたのや、里芋の煮たのや、高野《こうや》豆腐の炊いたのや、ほうれん草の胡麻《ごま》和《あ》えだ。

「どうしたの、何かあったの？」

母がお茶をいれて来た。湯呑《ゆの》みは、文彦が結婚前に使っていたものだ。

「いや、ちょっと近くまで来たから寄ってみたんだ」

「どうなの、仕事の方は」

「うまく行ってるよ」

父が箸を動かしながら、ちらちらと文彦を見ている。目が合うと慌ててそらす。

「お父さん、今度釣りにでも行こうよ」

言うと、父は困ったように再び母を見た。

「釣りですって、よかったわね」

母に言われて、父はようやく安心したように頷いた。

父がこんなでありながら、最近、蒲田の家に帰るとホッとするようになった。ここに住んでいた頃は、早く出たくてたまらなかったのになぜだろう。どこにでもある建売住宅で、部屋と部屋が襖《ふすま》で仕切られているような家だ。茶の間にある安っぽいカラーボックスや、床の間に置いてある布袋《ほてい》の置物や、古い型のテレビや、花柄の電話カバーなどを見るたび、ダサくてうんざりだった。なのに今、それがそのままに残っていることに、妙に落ち着く。

「じゃあお父さん、また来るよ」

文彦は椅子から立ち上がった。

玄関まで見送りに出てきた母に、靴を履きながら言った。

「喋らなくなったね」

「左の脳があんまりよくなくて、失語症が出てきたらしいわ。でも、こっちの言ってることはだいたい理解してくれるから」

「母さんは大丈夫なの？」

「私？　私は平気よ。最近、週に二回、デイサービスを受けるようになったから、その時は外にも出られるし」

「なに、それ？」

「日中、お父さんみたいな人を預かってくれるところがあるのよ」

「へえ」

「お風呂にも入れてもらえるから助かるわ」

「そういうとこ、費用がかかるんじゃないのか」

「そりゃあ、まあ少しはね」

「お金、大丈夫なのか」

「何とかね、年金があるから」

「返さなきゃいけないのがあるのはわかってるんだけど」

両親には、結婚してからも何度か泣き付いていた。いつか必ず、と思いながら結局そのままになっている。

「いいわよ、別に今は困ってないから」

文彦は財布の中から二万円を抜き取った。

「これ」

「大丈夫だって」

「ちゃんとボーナスも出たんだ。それくらいは儲かってるから」

「そう」

母は少し考えてから、それを受け取った。

「じゃあ、ありがたくいただいておくわ」

「ごめん、これくらいしかできなくて」

「何言ってるの、気にしてくれるだけで嬉しいんだから」

電車に揺られながら、文彦は窓に広がる夜の向こう側を眺めていた。

父も母も年をとった。そして、自分もいつか年をとる。十年前、十年後の自分のことなど想像もつかなかった。けれど、こうして十歳年をとった自分が今、電車に揺られている。十年という時間が自分に教えてくれたことは何だろう。何も変わっちゃいない。大人になったとはとても言えない。苦い落胆が広がってゆく。そうしていながら、やはり今、十年後の自分の姿もまた想像がつかないのだった。たぶん、今と同じように、また十年たってしまったことに気がついて、落胆するのだろう。

その次の十年も、またその次も。


週末、忘年会を兼ねて桂木と晶子と三人で銀座に出た。

久しぶりの銀座だが、年末に入ったというのに人の数もしれたもので、街全体がどこかしんみりしていた。タクシーの運転手が暇そうにシートにもたれて目をつぶっている。

文彦にとって銀座は飲む街というイメージが強いが、晶子に言わせると「海外ブランドのショップが並ぶ街」らしい。そう言えば、有名ブランドがこの辺りに次々と店を開いている。その他にも、激安ショップや風俗店まで入り込んで、銀座のイメージも今までとはかなり違ってきたようだ。

ちょっと贅沢《ぜいたく》をしてフグを食った。それからショットバーで軽く飲んだ。桂木は最終電車で信州に行くと言い、銀座で別れて、文彦は晶子を送るためにタクシーに乗った。

少し酔った晶子は饒舌《じょうぜつ》になっていた。気の強そうな彼女だが、就職難は相当こたえたらしく、どれだけいやな思いをしたかを語った。

「信じられますか？　面接の時に、寝る時はパジャマかネグリジェかなんて聞かれるんですよ」

「聞いたことはあるけど、本当なんだな」

「もっとひどい面接官になると、デートに誘ったり、夜に電話をかけてきたりするんです。初めから採用する気なんかないんです。就職難だって弱みに付け込んで、うまいことやってやろうって思ってるだけ」

「まあ、それだけ面接する方も、会社での鬱憤《うっぷん》がたまってるってことだろうけど」

「そんなの、こっちに向けられたらたまりません」

文彦は苦笑する。確かにそうだ。

「私、その時決心したんです。雇われるのではなくて、いずれは雇う側になろうって」

「へえ」

思わず顔を向けた。

「事業でも起こすつもりなのかい？」

「はい」

と、答えてから晶子は首をすくめた。

「とは言っても、まだ何をするか決めてるわけじゃないんですけど。でも、夢だけは持っているんです。K&O企画に入ったのも、できたばっかりだから、企業というものがどんなふうに成り立ってゆくのか勉強できると思ったから」

「なるほどね」

「こういうの、無謀だと思いますか？」

「いや、そんなことはないさ。もう大企業に入れば安泰という時代でもない。不景気はチャンスでもあるんだから、やりたいことがあるのならやってみればいいいさ」

力付けられたように晶子は頷いた。

「はい、頑張ります」

最近は強く逞しい女の子が増えた。不景気は男をどんどん保守的にするが、女は決まった枠から飛び出そうとする。街を歩いている若い奴らを見ても、女の子の方がずっと堂々としている。

アパートが近付いて来たらしく、晶子は運転手に右とか左とか道を告げている。それから、不意に顔を向けた。

「よかったら、うちに寄っていきませんか」

面食らった。

「おいしいハーブティがあるんです。酔った後にはぴったりなんです。絶対に二日酔いにならないの」

「えっと……」

思わず口籠《くちご》もった。そこにどういう意味があるのか、すぐに理解できなかった。もしかしたら彼女ぐらいの年代では、家に男を誘うぐらい特別なことではないのかもしれない。年上の男も、友達感覚で付き合えるということか。だとしたら、妙な勘繰《かんぐ》りは却って軽蔑される。気楽に寄るぐらいならいいかな、とちょっと思った。若い女の子の部屋に興味がないわけじゃない。

晶子が言葉を続けた。

「私、結婚に幻想は抱いてないんです」

「え」

「恋愛だけでいいって思ってるんです」

スカートの裾《すそ》から晶子の膝頭《ひざがしら》が覗いている。つまり、やっぱりそういうことなのか。誘っているというわけか。俺が好きなのか。

気持ちのどこかに、二十歳の子にそんなことを言われて、満足している自分がいる。文彦は顔は正面に向けながら、目だけで彼女を見た。つるんとした白い頬は、いかにも弾力がありそうだ。正直言えば、彼女の若さに惹《ひ》かれている。その身体や唇に触れてみたいという気もある。若い晶子と恋愛というぬくぬくした毛布にくるまるのも悪くない。そんなチャンスなど、そうそう巡って来るわけじゃない。おいしい話じゃないか、楽しんでやればいいじゃないか、とほくそ笑む自分がいないわけではない。

ちらりと、永遠子と美有のことが頭を掠めた。罪悪感というより、みっともないなと思った。もし、寝るためなら、相手は違う。いまさら会社の女の子に手を出すほど、愚かじゃない。

「ありがとう。でも、またにするよ」

晶子はしばらく黙った。傷つけたかな、と少し不安になったが、意に反して、すぐに明るい声が返って来た。

「わかりました」

ホッとした。それと同時に、拍子抜けしていた。こんなものか。二十歳の女の子が、もしかしたら不倫に足を踏み入れたかもしれないというのに、こんなにもあっけらかんと終わってしまうのか。もっと感情がもつれるような、やりきれなさに自分を持て余すような、切なさとかためらいとか葛藤《かっとう》とか、そんなものに逡巡《しゅんじゅん》したりしないのか。そんなものは男の勝手な幻想なのか。

何だか自分に笑いたくなった。

じきにタクシーが彼女のアパートの前で止まった。

「今夜はごちそうさまでした」

「いや、お疲れさん」

「おやすみなさい」

と、晶子はドアに手を掛けたが、不意に表情を曇らせた。

「どうした」

「木村くんが」

文彦は姿勢を低くして窓から外を見た。確かにあの男だ。

「何度言ったらわかってくれるのかしら」

晶子がうんざりしたように言った。

「僕も一緒に降りよう」

「でも」

「このままひとりで帰すわけにはいかないよ。何かあったら大変だ」

料金を払い、タクシーを降りた。木村はすぐに気付いたらしく、彼の方から近付いて来た。

「やっぱりそうなのか」

と、木村は強張《こわば》った表情を向けた。

「何のこと？」

晶子が素っ気なく応える。

「正直に言えよ、その男とデキてるんだろう」

「違うわ。木村くんがいるのが見えたから、心配して一緒に降りてくれただけよ」

木村が文彦を振り向いた。僻《へき》した目をしている。文彦は首を振った。

「彼女とは何でもない。彼女が言ってる通りだ」

木村がドスを利かせた声を出した。

「人の女に手を出しやがって」

いくらか緊張して、文彦は踵《かかと》と拳《こぶし》に力をこめた。

「ヤクザみたいな言い方をするんだな」

「本当にヤクザだったらどうする」

若い。その若さに一瞬恐れを感じる。木村はどこかで無謀になりたいと考えている。

「違います。嘘です。大学生ですから心配しないで」

晶子が割って入った。

「何度も言ったわ。木村くんとはもう終わりだって。心変わりしたとか、そういうことじゃないの。私と木村くんとは生き方が違うの。それがわかったから、もう付き合ってゆけないって思ったの」

「どうしてやり直せないんだ。俺の悪いところは、直すって言ってるだろ」

「そんな気になれないの。どれだけ木村くんが変わっても、壊れたものは元には戻らない。悪いけど、もう二度と木村くんを好きになることはないわ」

文彦は晶子を眺めた。きついことを女は言う。男はさすがにここまでは言えない。女はどうしてとどめを刺さなければ気が済まないのだろう。それを思うと、ふと、木村に同情のようなものを感じた。

しかし、さすがにこれだけ言われれば、木村も逆上するだろう。その時は、やっぱり殴り合いになるのだろうか。だとしたらコートが邪魔だな、と思った。そんなことを考えながら、文彦は木村の動きに目を凝《こ》らした。

木村の右腕が上がった。緊張した。来る。しかし、その右腕は木村自身の顔の前で止まった。驚いたことに木村は泣いているのだった。肩と背中が大きく揺れて、顔を覆い、嗚咽《おえつ》し始めた。力が抜けた。

そうか、今の男は恋愛で泣くのか。泣いてもいいのか。

「もう気が済んだでしょう」

晶子の声が優しくなった。そこにはまるで幼児をあやすようなニュアンスが含まれていた。

「木村くんのこと、これ以上、嫌いになりたくないの。だからお願い、帰って」

木村は袖口で何度も涙を拭《ぬぐ》いながら、結局は小さく頷き、背を向けた。背中が切なかった。

思わず木村を追っていきたいような気持ちになった。

「すみません、ご迷惑をかけちゃって」

その姿がまだ消えないうちに、晶子がさっぱりとした表情で頭を下げた。

「いや、いいんだ」

慌てて顔の前で手を振った。どこかバツが悪かった。文彦は何もしていない。文彦がいなくたって、晶子はちゃんと木村を追い返すことができただろう。

女は強い。女はいつだって、女であること自体が武器だ。

「じゃ」

「おやすみなさい」

文彦は駅に向かって歩き始めた。緊張が緩んだせいか、寒さがやけに身に沁《し》みた。どこかでもう少し飲んで行こうと考えていた。

＊

生鮮食品を扱っていることもあり、作業場には暖房が入らない。作業台に運ばれて来る野菜は、保冷庫に入っていたせいでどれも冷たく、指先が凍える。白菜を四つに切ってラップに包む、という作業を永遠子は午前中からずっとやっていた。

ここから楽しみを見いだせ、というのは無理な話だった。どうして私はこんな寒い所で、こんな格好の悪い作業をしなければならないのだろう、と腹が立ち、情けなくなり、やがて悲しくなった。

結婚前は一流と呼ばれる商社に勤めていた。大した仕事をしていたわけではないが、毎日が楽しかった。お洒落を競い合う華やかなロッカー室、同僚たちとのお喋りに興じたランチタイム、夜は必ず何かしら予定が入っていて、週末はデートに決まっていた。永遠子はちゃんと自分の役割を知っていた。綺麗であること。笑顔でいること。時折男たちに、触れるのを許してやること。何ひとつ失敗しなかった。その時々に、最高の選択をしてきたはずだった。なのに、どこをどう間違えて、今、ここで白菜を包んでいるのだろう。

高村杏樹と会ってから、彼女のことがずっと頭に引っ掛かっていた。あの人と自分とは何もかもが違っていた。

好きな仕事を持ち、世間から認められ、経済的に独立し、ひとりで娘を育て、若い夫まで手に入れた。

「いいえ、ただ運がよかっただけ」

そう言って、あの人は穏やかな笑顔を向けたが、内心、永遠子を馬鹿にしていたのではないか。あの人が嫌いだった。あの人を見ていると、自分を嫌いになりそうだから、嫌いだった。

「大根が到着したんでお願いします」

作業場のドアから、いつものように徹が顔を出した。

「誰が行けばいいの？」

ベテランパートが大声で答える。

「誰でも」

「あーら、大津さんじゃないの」

笑いが沸き起こった。徹がここからでも見てとれるほど顔を赤くして、ドアの向こうに姿を消した。

「行ってあげてよ。宮本くん、あんたが行ったら嬉しいんだからさ」

永遠子はどんな顔をしていいかわからない。

「ほらほら、行って行って」

追い立てられるように外に出た。徹はすでにトラックから大根の箱を下ろしていた。

「ご苦労さま」

声を掛けると、こちらを見ようともしないで、徹が「どうも」とぶっきら棒に答えた。

私に気があるんだ。

永遠子は苦笑し、そんな徹の態度を懐かしく思った。中学生や高校生の頃、男の子にそんな素振りをされたことがある。いつも怒ったような顔をしていたが、好意がみえみえだった。この年になって、それをまた経験するとは思ってもみなかった。

永遠子は段ボールを手にして、保冷庫に運んだ。徹の視線が自分の後ろ姿に向けられていることは、わかっていた。少し意地悪な気持ちになって、わざとお尻を振りながら歩いた。


九月から始まった受験シーズンも、十二月の半ばでほぼ終わる。

永遠子は来年のために、この三ヵ月ばかり、幼児教室の状況をしっかりと観察した。

試験が始まると、今まで親しげに話を交わしていた母親同士は、互いを牽制し、探り合い、よそよそしい態度に変わっていた。どこの小学校を受験するか、決して口を割らず「そこは受けない」と互いに言っておきながら、当日、面接会場で顔を合わせたりもするらしい。

受けた学校すべてに合格した子もいれば、不合格を繰り返しなかなか決まらない子もいた。その子たちの何が違うかと言われても、永遠子にはよくわからなかった。能力的には、ほとんど変わらないように見える。そういうのを見ると、やはり運もあるのかもしれないと思う。

明暗は、あからさまだった。喜びと優越に満ちて華やかに笑う母親。「おめでとう」と言いながら、唇の端を震わしている母親。

天現寺にある有名な小学校に合格した母親が、満面の笑みでそれを室長に報告しているのを、永遠子は千賀と眺めていた。

「一年なんてすぐだわ」

千賀が言った。

「何が何でも、大樹を入学させるわ。それで、幼稚園受験で失敗した大樹を笑った奴らを見返してやるの」

千賀が永遠子を振り返った。

「でなければ、今までの努力がみんな水の泡だもの」

「そうね」

頷きながら、永遠子も緊張していた。

美有が幼児教室に通っていることは、もう保育園でも噂になっている。口では何も言わないが、内心、やっかみを持っている母親たちもいるだろう。もし、受験に失敗したら、美有は近所の公立の小学校に通うことになる。その時になって「私立に落ちた子」と、嘲笑《あざわら》われるようなことになったらどうしよう。格好ないじめの材料になったらどうしよう。

失敗は許されない。必ず美有を合格させなければならない。必ず。


正月がやってきた。

世紀末、と、やたらテレビで騒いでいる。もっぱら話題の焦点は、今年七月、天から大王が降りてくるかということだ。

元日の午後、三人で初詣《はつもうで》に出掛けた。文彦は混雑が嫌そうだったが、今年は美有の受験もあるので、どうしても願掛けをしておきたかった。その帰りに、蒲田の家に行った。

毎年、元日は蒲田の家でおせち料理をよばれるのが恒例になっている。これが何より、自分が大津家に嫁に来た身であることを実感する年中行事だ。面倒だと思ったことも度々あるが、結婚して十年もたてば、すっかり慣れてしまった。特に今年は、妹夫婦が福島に行ってしまったので、五人で迎える初めての正月だ。

義父にとって、妻は母親の存在になってしまったらしい。何かというと、助けを求めるように義母を見る。

結婚当初、永遠子は義父が苦手だった。独身の頃は中年の男たちに人気があった永遠子だったが、義父はまじめ一本槍《いっぽんやり》で、下手《へた》に愛想を振り撒こうものなら「玄人《くろうと》みたいな真似《まね》をするな」と一喝されてしまいそうで、いつも前に出る時は緊張した。その義父が今ではすっかり子供に返っている。

　義父の様子を見ていると、そう遠くない将来、やはり何かしらの方法を考えなくてはならないだろうという思いが湧《わ》いて来る。この家で同居は無理だ。だとしたら、家を建て直して二世帯住宅にするか、もっと近くに引っ越すか、ということになるが、とても今は余裕がない。経済的なものだけでなく、永遠子自身にもまだ覚悟がつかない。今は、義母が何も言わないことに甘えて、永遠子も触れないようにしている。

　永遠子の父は奥さんと温泉に行くと聞いていた。川崎の母には、元日の午前中に電話で連絡をした。

「ひとりで大丈夫？」

　寂しくない？　と本当は聞きたかったのだが、その言葉を口にするのは避けた。

「忙しくて大変よ。年末年始にかけて、デイサービスを頼まれることが多いの。休みを使って、家族旅行なんてするから、お年寄りが残されるのよ」

「じゃあ、仕事？」

「そうよ、今から出掛けるの」

「明日にでもうちに来ない？　デパートの地下のだけど、おせちもあるから」

「ありがとう。でも、明日も仕事だから」

「そんなに働いて身体の方は大丈夫なの？」

「働いていた方が楽しいのよ」

永遠子は短く報告した。

「あのね、美有を小学校受験させることにしたわ」

「あら、そう」

「いろいろ考えたんだけど、後で受験で大変な思いをさせるより、今のうちに頑張った方がいいと思って」

母が電話の向こうで小さく息を吐く。

「まあ、あなたたちが決めたのなら、それでいいんじゃない」

「反対なの？」

「そんなことはないわ。いい小学校で学ばせたいって気持ちはよくわかるわ。私だって、あなたをいい大学に入れるのに必死だったもの」

「でしょう。今になってお母さんの気持ちがよくわかるわ。正直言うと、あの時はうんざりだったけど」

「でもね、私にしたら、あの時どうしてあんなに熱心になってたのか不思議な気がするわ。あなたがひとりっ子だから、私にはこの子しかない、すべてをかけようって気になったのかもしれないわね」

永遠子も母と同じく子供は美有ひとりだ。もう美有しかいない、その気持ちは確かにある。もしかしたら、私は母と同じことをしようとしているのだろうか。

「子供なんて、結局、離れてゆくものなのにね」

その言葉にふと、責められているような気分になった。

「そんなこと言わないでよ。ちゃんといるわよ、私は」

「まあ、永遠子にもいつかわかるだろうけど、子供は自分のものじゃないということだけは頭に入れておきなさい。それじゃ、切るわよ」

「うん、じゃね」

受話器を置いて、永遠子はあの頃の母と自分のことを考えた。

母の望みと、自分の人生が重ねられていることに反発を覚えたこともある。それでも合格した時は本当に嬉しかった。今は母に感謝している。娘の自分がそう思っているのだから、美有だってきっとそう思うはずだ。

テレビの前で、美有が文彦とじゃれあっている。あれほど言っているのに「パパ、パパ」と呼んでいる。注意しようかと思ったが、今日はやめておいた。

徹の想いは笑ってしまうほど伝わって来た。

今時の若者は、もっと世間擦《ず》れをしていると思うのだが、彼は本当に純朴な男の子だった。作業場に顔を出しても、決して目を合わさない。たまに合うと、耳を赤くして顔をそらす。言葉を交わす時は、下を向いたままぼそぼそと言う。それでいて、いつも永遠子を見ている。

悪い気分ではなかった。女はいつだって誰かに気にされていたい生きものだ。特に、こんな退屈なパートをやっていれば、何か楽しみがなければ続けられない。あんな子供みたいな男の子なんてと思いながら、永遠子もつい彼へと視線が泳いでしまう。力仕事をやっているせいか、徹は堅い筋肉を持っていた。ジャンパーを脱いでTシャツ一枚の姿になる時、袖口をいっぱいにする彼の太い腕に、時折、永遠子は目を奪われた。彼の動きひとつひとつに添って、筋肉がそこだけ別の生きもののように形を変える。とても健康的で、エロチックな動きだ。

セクシャルな夢を久しぶりに見た。

思いがけない時に、思いがけない人物と、たとえばスーパーの店員や、名前も覚えていないような同級生が登場してセックスしてしまう時がある。目覚めても、どうして相手が彼なのか全然わからない。

徹の、唇の弾力や、まっすぐに並んだ背骨の堅さや、唾液《だえき》の匂いや、体温や、ヴァギナの中に入ってくるペニスの感触は、目が覚めても戸惑うぐらい生々しく身体に残っていた。それはすっかり忘れていた狂おしい快楽で、永遠子は目が覚めた時、思わず両手で自分の身体を抱き締めてしまうほどだった。隣に寝ている文彦に、まるで自分の情事を見られてしまったような気がして顔を向けたが、そんなわけはない。どころか文彦はいつものように薄く口を開けて呑気に寝入っている。

こんな夢を見るのも文彦のせい、と言ってしまえばそれまでだ。もう一年、セックスはない。ないことを、不満に思い、意地になり、諦《あきら》め、そのうち欲求は薄れ、それが当たり前になっていた。今では、文彦の前で下着を脱ぐことも、喘《あえ》ぎ声を出すことも、想像しただけで気恥ずかしい。だいたいこんな毎日の中にいて、いったい今さらどんな顔をして男と女に戻れるというのだろう。

けれども、もうすっかり消えたと思っていたセックスへの渇望が、その夢のせいでまだ残っていたことを思い知らされた。そんな自分を滑稽《こっけい》に思い、同時に、残酷に感じた。もう一生なくても構わない、その方がむしろ穏やかに生きられるかもしれないのに。しかし身体はそう都合よく枯れてくれるものではないらしい。

永遠子は布団を顎先《あごさき》まで引き上げ、目を閉じた。

できるなら、もう一度同じ夢を見たいと思っていた。

愛すべき純朴な青年だった徹は、永遠子にとって秘密を共有する男になった。彼と寝ている。けれど、彼はそれを知らない。その奇妙な感覚は、永遠子を甘く興奮させた。

いつものように徹がトラックで野菜を運んで来た。それを保冷庫まで運ぶのは、今では当たり前のように永遠子の役割になっていた。永遠子は外に出て、にこやかにトラックに近付いた。

「ご苦労さま」

「これ、伝票です」

あの夜、永遠子の身体の隅々までキスした徹の唇が動く。相変わらず、永遠子を見ようとしない。何もなかったように振る舞う彼が、まるでわざと知らん顔しているように思えて憎らしくなる。

受け取った伝票にサインして返した。その時、少しだけ指が触れるような持ち方をした。実際に触れて、徹がどぎまぎしているのがよくわかる。

保冷庫に野菜を運び込んだ。徹が背後からいつものように視線を向けている。段ボールを棚にのせながら、永遠子は言った。

「前から聞きたかったんだけど」

「えっ、はい」

声を掛けただけなのに、すでに徹は緊張してしまったようだ。

「どうしていつもそんな目で私を見るの？」

「え？」

そのまま徹は黙り込んだ。

振り向くと、まるで万引きが見つかった少年のように頬を強張らせていた。

「私が目障りなのかしら」

「まさか」

「気にくわないなら、この仕事は誰か他の人に代わってもらいましょうか」

「俺は、そんなこと」

徹が狼狽《ろうばい》している。

「じゃあ、どうして？」

永遠子は徹に近付き、正面に立った。

「どうして、私のこと睨《にら》むの？」

「睨んでなんかないです」

徹が立ったまま、足元に視線を落とす。ひどく緊張しているのがよくわかる。

「じゃあ、どうして？」

ひどく意地の悪い気持ちになっていた。夢の中とはいえ、私にあんなことをしておいて、知らん顔をしている。その仇《かたき》をとってやりたい気分だった。

「答えられないのね。そりゃあ、私なんかおばさんだし、いつも汚い格好だし、あなたが目障りに思うのもわかるけど」

「そんなことない」

徹が語気を強めて否定する。こんな自分を卑下した言い方が、実はもっとも女の得意とする手法だということなど、こんな青い徹にわかるはずもない。

「ううん、そうよ、そうに決まってるわ。いいのよ、気を遣ってくれなくても。正直に言ってくれて構わないから」

「そんなんじゃない。俺はただ」

徹は言葉を詰まらせた。

言って、と永遠子は望む。たくさん言葉を並べて、私を褒《ほ》めちぎって、いい気持ちにさせて。

「俺はただ、あなたが好きなだけだ」

永遠子はうっとりと、徹を眺めた。

「まさか、嘘ばっかり」

徹はぎこちなく言葉を続けた。

「嘘じゃない。初めてあなたを見た時、綺麗な人だなって思った。俺に、あなたはいつも優しく『おはよう』とか『ご苦労さま』とか言ってくれた。毎日、ここにトラックで来るのが楽しみになった。あなたを見られたら、それだけで一日気分よく過ごせるんだ」

こんな私を？　夫から一年もセックスされない私を？　大きな傷と、からっぽのお腹を抱える私を？　綺麗だと？　優しいと？　見るだけで気分よく過ごせると？

「でも、それであなたに嫌な思いをさせてたのなら、悪かった。俺って、そういうところ全然気が回らなくて」

徹は身体を折り畳むようにしてぺこりと頭を下げた。

笑おうとしたが、頬がうまく動かなかった。

永遠子を傷つけたと、徹は本気で思っているのだった。

「本当に、悪かった」

永遠子は唇を噛《か》み締めた。徹の態度は純粋で、どこかあどけなささえ感じられた。急に自分が汚れて見えた。ひねくれて底意地が悪くて浅ましくて強欲で、誰かに鬱憤を向けることでしか、自分を慰められない女。いたたまれなくなった。

「ごめんなさい」

永遠子は思わず口にした。

「謝るのは私の方だわ」

徹が驚いたように顔を上げた。

「今、私が言ったこと、全部忘れて。私ったらどうしてそんなこと言ってしまったのかしら。そんなこと本当は全然ないの。だから気にしないで、忘れて。ごめんなさい」

永遠子は徹の前を通り過ぎた。

「でも、今、俺の言ったことは、忘れないで欲しいんだ」

今度は、永遠子が足を止めた。

「あなたのことが好きだ。本当は、好きで好きで、どうしようもないくらい好きなんだ」

徹の言葉は、ひどく永遠子を動揺させていた。振り向くと、彼の思いつめた目にぶつかった。こんなにも一途《いちず》に、こんなにも無防備に、思いを告げられたことなどなかった。そして、たぶん、これからもない。

けれども、その思いが違っていることもまた、永遠子は知っていた。徹が好きになったのではなく、永遠子が好きにさせたのだ。徹に少しだけ芽生えた気持ちに拍車がかかるよう、親しく挨拶したり、意味ありげな目を向けたり、わざと素っ気ない態度を取ったり、目を逸《そ》らしたり、時に笑いかけたりした。十代の、まだキスもろくに知らないような男の子を舞い上がらせることぐらい簡単だった。

永遠子は自分を嫌悪した。いつの間に、そんなことができる女になってしまったのだろう。いいや、いつの間にそんなことしかできない女になってしまったのだろう。

「私は、あなたが考えているような女じゃないわ」

永遠子は唇を嚙んだ。

「子供扱いしないでくれ」

徹は言った。男の言葉だった。

もし今、頷けば、夢の中ではなく、本当に徹とあの狂おしい快楽を共有することができるのだろうか。そうしたい、と思う自分がいた。夢の中と同じように、あの狂おしい一瞬を味わってみたい。けれども、たとえ互いの性を満たしても、その短い時間の後に来るものが何なのか、容易に予測はついた。快楽の向こうに続く、怠惰への坂道を加速度を上げながら転がり落ちてゆくだけだ。そんなことを考える自分が哀しかった。私は徹のセックスに惹かれているのであって、徹に惹かれているわけじゃない。そのことを知っている自分が哀しかった。

「どうして泣くの？　俺は、あなたを困らせてるの？」

永遠子の涙に徹が狼狽《うろた》えている。

「ううん、自分を恥じてるだけ」

「どういう意味？」

それには答えず、永遠子は袖口で涙を拭い、笑顔を向けた。

「あなたの気持ち、とても嬉しかった。本当よ。でも、ごめんなさい、それが返事」

徹が目を伏せる。

「そうか」

「でも、ありがとう、嬉しかった」

その言葉を、徹はどう解釈していいのかわかりかねているようだった。

「ただ、ひとつだけ不安があるの。たぶん、私の自惚《うぬぼ》れだと思うけれど、お願い、もうここに来ないなんて、そんなことは言わないでね。もしそうなら、私が辞めるから。あなたには今まで通りにしていて欲しいの」

しばらくの沈黙の後、徹が言った。

「明日は、キャベツだから」

「え？」

「巻きのいいのが入るよ」

顔を上げてはっきり言った。

徹が保冷庫を出てゆく。冷気が指先をじんじん凍えさせてゆく。徹の背中を見送りながら、永遠子はしばらく立ち尽くした。

第八章　夜明けまで

「やられました」

電話の向こうで、桂木が低い声を出した。

「そうか、やっぱり駄目だったか」

文彦は硬い声で答えた。

「すみません、僕のせいです」

「そうじゃない、僕たちふたりの責任だ。とにかく、いったんこっちに戻って来いよ」

「わかりました」

電話を切ると、晶子が不審な顔を向けた。

「何かあったんですか？」

「いや、何でもない」

文彦は椅子を回転させ、窓の外に目をやった。ビルの間から、千鳥《ちどり》ケ淵《ふち》の桜が見える。そろそろ満開もピークを過ぎて、風に乗った花びらが、時折、この事務所の窓にまで届く。

危ない、という噂《うわさ》を耳にしていないわけではなかった。けれど、今のこの状況で、危ないという噂のない会社などどれほどあるだろう。どう転んでも間違いない会社は、大手がすべて押さえている。自分たちのような規模では、たとえいくらかの危険を感じても、それをチャンスにするしかない。

しかし、どこかで甘く考えていたのは否《いな》めない。所詮《しょせん》、ありがちな噂だろうとタカをくっていた。まさか、あの会社が本当に倒産するとは思ってもみなかった。

従業員が千人近くいるT建設である。

ここ数年、地価の下落に伴って、都内ではマンションの建設ラッシュが続いていた。T建設も何棟も手懸け、今回、杉並区の住宅街に二百戸ばかりの大規模マンションを建設する計画を打ち立てた。その発表をかねたイベントだった。ホテルの会場を借り切って、業者や投資家といった関係者を三百人ばかり招き、メインに著名な経済評論家の講演会を開く。その後は立食パーティだ。そのすべてを任されたのである。

初めて舞い込んだ大きな仕事だった。桂木が意気込んでそれを報告して来た時、文彦も「やった」と、思わず小躍りした。

イベントそのものは大成功だった。すべて予定通りに進行し、評判も上々で、その夜、桂木とふたりでささやかに祝杯を上げた。

あれから、ひと月もたってない。入金は三日後の予定だった。総額は一千三百万ばかり。うちに入るのはその約15パーセント。あとは講演者、ホテル、招待状やパンフレットの制作代、郵送費の支払いなどに振り分ける算段となっていた。

文彦は目を閉じた。とにかく金だ。金を何とか調達しなければならない。頭の中で資金繰りを考えた。

支払いとして必要なのは約一千万。会社の手持ちの現金は、全部はたいても五百万ほどにしかならない。後の五百万は、やはり銀行の融資に頼るしかないだろう。しかし借入金もあり、銀行はすんなり承知するだろうか。貸し渋りのことは、文彦もよく知っている。そうされる懸念は十分にある。ましてや、うちは設立してまだ日の浅い有限会社だ。会社としての資産もなく、信用がないと言われればそれまでだ。現在仕事を進行中のクライアントに頼み込んで、前払いという形をとってもらうという方法もある。が、結局は次の支払いに困るだけだ。信用をなくすことにもなる。業界内で、うちが危ないという噂でもたてば、せっかくつかんだ顧客たちも手を引いてゆくだろう。最近よく聞く、商工ローンを頼るという手もあるが、利率の高さや取り立ての厳しさを考えると二の足を踏む。返済が滞《とどこお》れば、何もかも失ってしまう。失うだけでは済まない。借金を背負うことになる。しかし、この支払いができなければ結局はおしまいだ。うちの支払いをアテにしていた会社も煽《あお》りを食う。それだけは避けたい。

「コーヒーです」

目の前にカップが置かれた。

「ああ、ありがとう」

晶子は何か言いたげに唇を動かしたが、結局は何も言わず、自分のデスクに帰って行った。

たった五百万じゃないか。

と、文彦は苛立《いらだ》ちながら思う。前の会社にいた時は、それこそ何千万という仕事を、月に三件も四件も抱えていた。五百万くらいの金額なら、どうとでも上司を説得することができた。けれど、今の文彦にとっては頭を抱える金額だ。気の遠くなる大金だ。

誰か金を貸してくれる奴はいないか。

何人かの顔が頭に浮かんだが、そのどれもに文彦は首を振った。金の貸し借りをするような関係はない。ましてや友人や知人まで巻き込むつもりはまったくない。

コーヒーを口に運んだ。舌が麻痺しているのか、まるで熱い泥水を飲んでいるような気がした。一口飲んで、カップを元に戻した。

どうすればいい。どうしよう。頼れる上司がいるわけではない。辞めれば済む問題でもない。尻拭《しりぬぐ》いは誰もしてくれない。もう自分たちはサラリーマンではなく、小さい会社ながらも経営者だ。守るのは自分たちしかいない。

「ちょっと銀行に行ってくる」

文彦は椅子から立ち上がった。

事務所に戻って来た時はもう六時に近く、晶子は退社し、桂木がひとりでぽつんと座っていた。

「すみません」

桂木は文彦に気付くと、椅子から立ち上がり、頭を下げた。

「おまえの責任じゃないって言ったろう。それよりあっちはどうだった」

「債権者は来るわ、支払いの取り立ては来るわで、大混乱の状況でした。社員も出社して初めて知ったみたいで、何がなんだかわからないといった状態で、応対もろくにできないんです。あそこは下請けの建築会社が多いから、ダメージを受けるのは、相当の数になるでしょうね」

「連鎖倒産か」

「もっと注意を払うべきでした。いい話だと、すぐに飛び付いてしまって」

「僕もそうしたさ。誰だってまさかと思うよ、まさかあそこが倒れるとはね」

「資金を貸してくれそうなところを、いくつか当たってみたんですが、どこも苦しい状況らしくて」

「銀行に行って来たよ」

桂木が身を乗り出した。

「どうでした？」

「だいぶ食い下がったんだが、断られた」

「そうですか」

力なく背もたれに身体を預けた。

「優良企業とまではいかないが、預金もしてるっていうのに、冷たいもんだ」

「まったくですよ。銀行は不良債権の焦げ付きを、公的資金の導入とか何とか言って、あれだけ国民から巻き上げてるっていうのに。それで商工ローンみたいな暴利のところにばかり、融資するんだ」

桂木が心底、悔しそうな顔をした。

「支払いまでにまだ一週間ある。その間に何とかしよう。うまくいったら、あんな銀行とはあっさり手を切ってやる」

何とか、と言っても、アテは何もない。

「そうですね、そうしてやりましょう」

と、桂木は頷いたが、そのことは彼もわかっているはずだ。

三日が過ぎた。状況は変わらない。支払い日は近付いて来る一方だ。

電車の揺れに身体を任せながら、文彦は息を吐き出した。

やはり、うちのマンションを担保にいれて、借りるしかないだろう。

結論は徐々にひとつに固まって行った。

資産価値はすっかり下がってしまったが、五百万ぐらいなら大丈夫だ。それで差し当たっての支払いは解決する。しかし、ローンは残る。だいいち、あのマンションは永遠子との共同名義だ。担保にするということは、手放す可能性もあるということだ。永遠子の同意を得ることができるだろうか。正直言って、その自信はまったくなかった。また揉《も》め事かと思うと気が滅入《めい》った。

蒲田の実家が頭に浮かんだ。あれを頼むか。地価は落ちても、土地はやはり強い。しかし、そんなことができるはずがなかった。自分の事業のために、両親を路頭に迷わす気か。もう年寄りと呼んでもいいような両親を巻き込む気か。あの土地と家だって、自分だけのものじゃない。妹にだって権利がある。

「あら、早いのね、めずらしい」

出迎えに出て来た永遠子が、振り向いて美有を呼んだ。

「美有、おとうさまのお帰りよ」

自分の部屋から美有が飛び出して来る。勢い良く抱きついてくる美有を片手で抱き上げる。

「おとうさま、おかえりなさい」

永遠子の教育が功を奏して、最近はすっかり「パパ」から卒業してしまった。おとうさまも悪くないが、どうにも照れ臭い。とてもじゃないが、そんな呼び方が似合う家庭じゃない。

ウィークデイに、三人で夕食をとるのは久しぶりだった。

「おとうさま、美有ね、今日、お絵描きで先生に誉められたのよ」

美有が煮豆を口に運びながら言った。箸の使い方もずいぶん上手くなった。ついこの間まで、皿に顔をくっつけながら食べていたが、今はそれもない。

「何を描いたんだ？」

「桜。花びらが風に吹かれて花火みたいにぱぁって広がってるところ」

「よかったな」

永遠子が満足そうに付け加えた。

「先生がおっしゃるの。美有は想像力が豊かなんですって。絵だけじゃなくて、歌でも、お話でも、何でも自分で作ってしまうのよ、ね」

「はい」

美有が得意げに笑う。

「そうか、美有はすごいんだな」

今年の秋には、美有の小学校受験だ。しかし状況によっては、それも諦めなければならなくなるだろう。そうなった時に、永遠子や美有に説明することを考えると、すでに頭が痛くなった。

夕食を終えてから、美有と一緒に風呂に入った。シャンプーハットを付けて、頭を洗ってやる。

「ねえ、パパ」

と言ってから、美有は慌てて「おとうさま」と言い直した。

「いいよ、パパとふたりの時はパパで」

「ほんと？」

「美有も大変だな」

「そう、大変なのよ。パパも大変なの？」

「どうして」

「だって、ご飯、残してたでしょう」

子供は思いがけないところを見ている。

「うん、ちょっと大変なんだ」

「かわいそうね、美有が背中を洗ってあげる」

つ、が付く年のうちに、子供は一生分の親孝行をする、と聞いたことがある。九つまで、あと四年。その後、どんな苦労をさせられることがあっても、決して美有を責めないでおこうと、こんな時つくづく思う。

風呂から上がった美有を寝かし付けて、永遠子が戻って来た。もう、切り出すしかない。それしか方法は残されてない。

「コーヒーでもいれる？」

「いや、いい。それよりちょっと座ってくれないか。話があるんだ」

夫婦で改まった話をする時、いい話であることがすっかり少なくなった。そのことは十分永遠子も察していて、眉を曇らせた。

「いやだわ、どうしたの？　何かあったの？」

「とにかく、ここに」

永遠子がソファに近付いて来る。その時、電話が鳴った。永遠子が受話器を取り上げて、短い挨拶を交わし、それから振り返って、受話器を差し出した。

「桂木さんからよ」

文彦は慌てて立ち上がり、それを受け取った。

「僕だ。どうした」

「何とかなりました」

弾んだ声があった。

「本当か」

「ええ、安心してください。すべてOKです。詳しいことは明日、お話しします。それで、間に合いましたか？」

「え？」

「奥さんに、マンションを担保にする話をするつもりだったんでしょう」

「ああ……よくわかったな」

永遠子に目をやる。永遠子が文彦を見上げている。

「大津さんの考えてることぐらいわかります。で、もう、したんですか？」

「いや、まだだ」

「よかった。余計な心配をかけさせずに済んだんですね」

「そんなことぐらい」

「大事なことですよ。じゃあ、とにかく明日」

「そうか、お疲れさん」

全身から力が抜けていた。自分でもわかるほど頰や肩の筋肉が緩んだ。

「何かあったの？」

永遠子が顔を向ける。

「いや、何でもない」

文彦はソファに戻って身体を沈めた。

「それで話っていうのは？」

「もういいんだ」

永遠子がいくらか不満そうな顔をする。

「やだ、何なのよ、言ってよ。気になるじゃない」

「本当に何でもないんだ。気を揉ますようなこと言って悪かった。こっちはいいから、風呂にでも入って来いよ」

「変な人」

永遠子は不満そうな顔つきのまま居間を出て行った。

文彦はソファにもたれ、目を閉じた。この数日間、どれだけ緊張していたかを改めて実感した。大きく息を吐くと、胸の中で淀《よど》んでいた痼《しこ》りのようなものがゆっくりと溶けだしてゆくのを感じた。

翌日の朝いちばんに、口座に五百万が振り込まれた。

出所は、桂木の妻、高村杏樹だった。聞いた時は驚いたが、その手があったかと正直言って納得した。彼女なら仕事ぶりから言ってもそれくらいの蓄《たくわ》えはあるだろう。

日中は詳しい話をしている時間がなく、短いやりとりを交わしただけだったが、その日の夜、ふたりで新宿に出た。九段の辺りは同じ業界の人間が多いので避けた。

「奥さんには申し訳ないことをした。感謝してると伝えてくれ」

文彦はビールを飲む前に、頭を下げた。

「やめてくださいよ。大津さんだって、自宅を担保にしようとしたでしょう。同じですよ」

桂木が恐縮したように首を振る。桂木はやはり、自分で取ってきた仕事であると、責任を感じていたのだろう。

「奥さん、何て言ってた？」

「何にも。事情を話したら『わかった』ってただ一言」

「大した人だな」

「ええ、僕も我が女房ながら、大した人だって思いました」

互いにビールをつぎあった。ここの居酒屋はサラリーマンが多い。サラリーマンではなくなっても、やはりこういった店の方が寛《くつろ》げる。

「それにしても、これから奥さんに頭が上がらなくなるんじゃないか」

「もともと、僕なんか上げる頭もありませんよ。結婚したって言っても、彼女は自分の生活は全部自分で賄《まかな》ってるし、僕は夫らしいことは何ひとつしてないんですから」

「何も経済的な責任を負うことだけが夫の役目というわけじゃないだろう」

「まあ、そうかもしれませんけど」

「僕としては、金の心配がないっていうのは羨ましい限りだな。世の中の夫婦喧嘩《げんか》の半分は金が原因さ。それがないだけで、ストレスの半分が解消するってことだ」

「夫婦っていっても、年のこともあって、どこか僕を子供のような、弟のような感覚で見てるところがあるみたいなんです」

「夫婦でいつまでも男と女でいなくちゃいけないっていうのもつらいぞ」

「そんなもんですかね」

「そんなもんさ」

文彦はビールから日本酒に替えた。最近、季節に関係なく燗《かん》を好むようになっていた。

「ねえ、大津さん」

「うん？」

「夫婦にとって、いちばん大事なことって何ですかね」

桂木がさらりと、難解な質問をした。

「そうだなぁ」

しばらく考えた。

「思いやり、かな」

言ってからひどく照れた。そんなこと、言えた義理か。知らない誰かになら手を貸せても、永遠子に対してだと、時折、損をしたような気分になる。自分が不利な立場になりそうな時は、相手の迂闊《うかつ》さや、気が利かないことにすり替えて、こっちが先に不機嫌になってしまうという策を取ったりする。もうずっと、思いやりなんてことからかけ離れた接し方をしているような気がする。永遠子が笑う、ただそれだけで十分だった時も確かにあったはずなのに。負い目を言い訳するように、文彦は付け加えた。

「けれど、これが難しい。つい、これだけ思いやっているじゃないか、と、思ってしまう」

「ああ、それ、わかります」

「毎日、こんなはずじゃなかった、の繰り返しだよ」

「何だか、怖くなっちゃうなあ」

「おいおい新婚だろ、本番はこれからさ」

桂木は首をすくめた。

十時頃まで飲んだ。

気分としてはもう少しやりたい気分だったが、ここ数日の緊張はやはり相当こたえていたらしく、いつもの半分の酒量ですっかり酔いが回っていた。結局、別れて、文彦は駅に向かって歩いて行った。

生温《なまぬる》い風が、ズボンの裾を揺らしていた。夜空はどこかあわあわとしていて、小さな穴をあけたみたいな星がぼんやり浮かんでいた。ひどく気分がよかった。自分でも、顔がだらしなく緩んでいるのがわかった。

人気がない通りに入ると、不意に、目の前に男が立ちはだかった。文彦は足を止め、顔を上げた。男というよりガキだ。小汚い格好をしているが、汚れているのではなくてファッションというやつだ。

「金、貸してくれないかな」

何を言ってるのか、すぐにわからなかった。

「持ってるんだろ、貸してくれよ」

緊張が戻った。気がつくと文彦の背後にもうふたり立っている。そのひとりの顔に見覚えがあった。木村だ。

「急いでるんだ、面倒なことになる前に出した方がいいと思うよ」

正面の男はへらへら笑って、指先でナイフをかしゃかしゃいわせた。身構えた。話題になったバタフライナイフだな、と思った。文彦は木村を振り返った。

「こんなやり方で鬱憤《うっぷん》ばらしか」

木村の表情が歪《ゆが》んで、顔をそむけた。

「金はない」

正面の男に短く言った。男は唾《つば》を吐いた。

「おっさん、頭悪いんじゃないの」

後頭部をいきなり殴られた。前につんのめって、アスファルト道路に倒れ込んだ。額を打った。皮膚が切れる感触があった。

「さっさと出せよ。出せば、痛い目に遭《あ》わずに済むんだからさ」

蹴りが入った。両手でガードしたが、ずしんと腹に響いた。

「情けないと思わないのか」

突っ立っている木村に言った。奴はどこか怯《おび》えたような顔をしている。正面の男が文彦のジャケットの内ポケットに手を突っ込んだ。現金だけならいい。しかし財布の中には、免許証からクレジットカード、キャッシュカードが入っている。おまけに暗証番号は誕生日だ。後の手続きがやっかいなのはごめんだった。短い間にそんなことを考えたが、すぐに後悔した。抵抗してもどうせ盗られることになる。奴らの言う通り、とっとと渡してしまえばいい。

「おまわりさーん」

その時、夜道に甲高《かんだか》い声が響いた。その声に、男たちの攻撃は止まった。

「こっちよぉ、早く来てぇ」

いくつかのドアが開いて、人の顔が覗いた。ポケットに伸びていた手が引っ込んだ。文彦は木村を見た。木村も文彦を見た。あの時、同情のようなものを感じた自分を馬鹿らしく思った。三足のスニーカーが乱れ、やがてばたばたと走り去って行った。

視界に細いヒールのサンダルが近付いて来て、文彦のすぐ目の前で止まった。足の爪に黒っぽいペディキュアが塗ってあるのが見えた。所々、はげていた。

「馬鹿ね」

女は短く言い、しゃがみこんで文彦に手を伸ばした。

「どうも、すみません」

遠慮なく手を借りて、立ち上がった。ぶつけた額が痛い。触ると、指にうっすらと血が滲《にじ》んでいた。

「相変わらずなんだから」

その言葉に、改めて女の顔を見た。その瞬間、痛みは消えていた。

「何で」

惚《ほう》けたように文彦は言った。

「何で君がここにいる」

「元気にしてた？」

沙織がポーチからハンカチを出して、文彦の額に押し当てた。

「似てる人だなあって思って見てたの。そうしたら、やっぱり大津さんだった。この辺り、最近多いのよ、親爺狩《おやじが》り。先週もひとり刺されたんだから。気をつけなきゃ駄目よ」

まるで昨日の続きのような話し方だった。

「そんなことじゃない、何で君がこんなところにいるんだって聞いてるんだ」

つい早口に尋ねた。

「怒ったような言い方しないで」

「いや、そういうわけじゃないけど」

文彦は慌てて口調を変えた。

「結婚して島根に行ったんじゃなかったのか」

「別れたわ」

沙織は、いくらか投げ遣《や》りに答えた。

「とりあえずの結婚なんてやっぱり駄目ね。半年もしたら、何もかもがイヤになって、また東京に戻って来ちゃったの」

「そうか……」

答える自分が落胆していた。できるなら、島根で幸せに暮らしていて欲しかった。あの時言ったように、可愛い子供を産んで、優しいお母さんになっていて欲しかった。

「それで今、何をしてるんだ？」

「見ての通り、この近くのお店で働いているの」

この胡散《うさん》臭い、うらぶれた飲み屋街でか。こんなところで働いているというのか。

沙織がくすくすと肩を揺らした。

「なに？」

「ほんと、大津さんたら正直なんだから」

自分が今、どんな顔をしているか、沙織の表情を見ればわかった。たぶん困惑のような、迷惑がっているような、怯えのような、拒否するような。

「そう、大津さんが想像しているようなお店よ」

「いや、俺は」

文彦は自分を恥じた。

「幸せそうね、大津さん。ちゃんと、お父さんをやってるんだ」

「そうでもないさ」

「警察、行く？」

「いや、いい」

木村もこれで気が済んだろう。大ごとにする気はない。

「じゃあ、私は戻るわ」

「店はどこ？」

「聞かない方がいいわ」

「どうして」

「聞きたくないって、顔に書いてある」

「まさか」

「嘘よ」

沙織は背を向けた。何か言わなければならない気がしたが、言葉を選べず、文彦は唇を嚙んだ。手の中に、派手な花柄模様のハンカチが残った。


「ただいま」

玄関から声を掛けても、返事はない。もう寝てしまったのかもしれない。その方が気が楽だ。傷が少し痛む。ネクタイを緩めながら、文彦は居間に入った。

ソファには永遠子が座っていた。

「何だ、いたのか」

その声に、永遠子は初めて気付いたように振り返った。その顔を見たとたん、嫌な予感がした。

「どうした」

思わず、真顔で尋ねた。

「さっき、電話があって」

言ってから、永遠子は喉《のど》を詰まらせた。

「何があった」

「お母さん、手術だって」

＊

「どういうことだ」

文彦が向かい側のソファに腰を下ろした。動揺が再び蘇《よみがえ》って来る。すぐには返事ができなくて、永遠子は何度も唾を飲み込もうとした。けれども口の中は乾いていて、うまく飲み込めない。

「それで、お義母さんは？」

「病院」

擦《かす》れ声で答えた。

「行かなくていいのか」

「行くって言ったら、明日でいいって。どうしよう、文彦」

「とにかく、もう少し説明しろよ」

母から電話があったのは、美有と夕食を終えた七時頃だった。美有が電話を取り「川崎のおばあちゃんから」と言った。

母はいつもと同じように「みんな元気にしてる？」と言い、永遠子も「うちは元気よ。お母さんは？」と尋ねた。それに対して、母はまるで旅行にでも出掛けるような口調で答えた。

「実は入院したの」

「えっ」

悪い冗談かと思った。

「今日からなんだけどね」

「どうしたの、どこが悪いの、どこの病院なの」

矢継ぎ早に尋ねた。

「脳に腫瘍《しゅよう》があるんですって」

絶句した。

「髄膜腫《ずいまくしゅ》とかいう名前だったわ」

心臓がどくんと鳴った。それがいったいどういう病気なのかわからなくても、言葉そのものがそら恐ろしく聞こえた。

「良性ってことだから、心配しなくて大丈夫」

「本当に？」

尋ねる声が震えている。

「でも、やっぱり手術はしなくちゃならなくて、誰か身内の人を呼んで欲しいと医者が言うのよ。手術をするには、同意書が必要なんですって」

「どこの病院？　今からすぐ行くわ」

「今からでなくていいの。手術はあさってだから」

「そんな呑気なこと言って」

すでに、永遠子は涙声になっていた。

「いいのよ、今日はもう面会時間も終わったし、個室じゃないから他に患者さんもいるの。迷惑になるわ」

母はまったくと言っていいほど落ち着いている。

「でも」

「明日の午後三時に来てちょうだい。先生から詳しい説明があるから、それを一緒に聞いてもらえると有り難いんだけど」

それから、母は足りないものを何点か持って来てくれるよう言った。

「お母さん、でも私、やっぱり心配だから今から行くわ」

「大丈夫、何もすぐ死ぬってわけじゃないんだから」

死、という単語を耳にして身体が硬くなった。良性と言っているが、本当だろうか。母には直接告げられていないだけかもしれない。明日、もしも医者から重大なことを聞かされたらどうしよう。

電話を切ってから、永遠子はやみくもに動き回った。食事の後片付けをし、美有をお風呂に入れ、いつもは近所に迷惑になると思って夜はやらない洗濯をし、掃除機を掛けた。今のうちにやっておけることはみんなやっておかなければ、と思った。

美有を寝かし付けて、ソファに座ると、気が抜けたように涙が溢《あふ》れた。自分でも驚くぐらい、次から次へと溢れ出た。

もし、母が。

その仮定は永遠子を身震いさせた。そんなはずはない。うちの母に限って、そんなことになるはずがない。

最近、友人たちとの会話の中に、両親の病気や死が登場するようになっていた。悼む気持ちはあっても、所詮は仕方のないこと、よくある話と、冷めた思いで聞いていた。けれども、こうして自分の母親のこととなると、こんなにも狼狽《うろた》えてしまう。

母と特に濃密な関係だったわけじゃない。世の中にはそんな母娘もいるようだが、それに比べれば、素っ気ないくらい淡々としたものだった。母が恋人と暮らすために実家を出た時、母としてもう認めない、という思いも持った。それでも今、もしかしたら、と想像するだけでじっとしていられなくなる。

結婚して妻になった。美有を産んで母親になった。けれども自分の中の娘である部分がまだこんなにも強く残っていることに初めて気付いた。そこは唯一、手足を思い切り伸ばしていられる場所だ。それを日頃意識することはなくても、そこがあるというだけで、どれほど安心して来られたか。もし、母がいなくなったら。その心許《こころもと》なさを思った。想像しただけで、今まで感じてきたものとはまったく別の、ひとりぼっちで放り出されるような孤独を感じた。

「とにかく、明日、病院に行ってみよう」

文彦が言った。

「一緒に行ってくれる？」

「当たり前だろ」

「ありがとう」

永遠子は両手で顔を覆った。文彦が近付いて、隣に腰を下ろした。文彦の額の傷になど、気付く余裕もなかった。

「大丈夫さ。きっと元気になる」

永遠子の背に文彦の手が回り、固く抱いた。その肩に、永遠子は顔を押し当てた。


髄膜腫は、脳と脊髄《せきずい》を包む髄膜に発生する腫瘍で、間違いなく良性腫瘍であり、手術で摘出する方法がもっとも適している、と医者は言った。五年の生存率は95パーセント。腫瘍の大きさも鶉《うずら》の卵程度で、客観的に考えても完治できると思われた。説明を受けて、とりあえず安心した。

文彦も、よかったよかった、と、母の手を取って喜んでくれた。

「ほらね、だから言ったでしょう。大げさなんだから」

母はいたって呑気にしている。

「明日から毎日、ここに通うから」

母に頼まれた替えのタオルや下着をキャビネットに入れながら、永遠子は言った。

「いいわよ、そんなの」

「いいの、来るの。当たり前じゃない、私が入院してた時はずっとついててくれたんだもの。それくらいするわよ」

「パートはどうするの、それに美有だって」

「パートは辞めるわ」

「そんな勝手していいの？」

「別に私でなきゃって仕事でもないし」

徹のことがほんの少し頭を掠《かす》めた。以前と少しも変わりないように接しているが、やはりどこか気重なところがある。徹の視線を物憂く感じることもある。潮時かもしれない。

「美有は延長保育を頼むわ」

「幼児教室は」

「まあ、それは何とかするから」
一、二回はお休みになるかもしれないが、母が落ち着けばまた通えるようになる。
「お父さんだけど」

「ああ」

「話してもいいわよね」

「今は黙っててちょうだい」

「でも」

「手術が終わってから話して。余計な心配はかけたくないの。今は奥さんもいるんだし」

「そう」

と、答えたものの、父に黙っているのは気がひけた。夫婦は別れてしまえば他人だと言う。しかし永遠子にとっては両親だ。美有にとっては祖父母になる。そのことは一生変わらない。もし知らせなかったら、父はきっと疎外されたような寂しさを味わうことになるだろう。

翌日、病院の公衆電話から連絡を入れると、父は言葉を失った。

「心配はないの、お医者さんも大丈夫だって言ってくれてるし」

「病院はどこだ、手術はいつだ、何時からだ」

今さら隠すのもおかしい。永遠子は正直に告げた。それから、付け加えた。

「本当言うと、お母さんから知らせないように言われてるの。心配かけたくないんだって。だから、私に任せといて。落ち着いたらまた連絡するから」

父は何も言わなかった。それだけ衝撃を受けているに違いなかった。

「じゃあ、切るね」

ピピッと鳴って、カードが戻って来る。それを手にして、永遠子は廊下のベンチに腰を下ろした。

ついこの間まで、頭にあるのは自分のことばかりだった。もちろん美有のことをいちばんに考えてはいたが、このまま人生を終わりにだけ向かって進むのが怖くて、自分の中の女の部分を確認することばかり考えていた。愛とか恋に、しがみつくようにうつつを抜かしている間に、気がついたら、母も父も年をとっていた。時は流れる。その当たり前のことに永遠子は改めて気付き、足が竦《すく》むのだった。

母は手術着に着替え、ベッドでストレッチャーの迎えを待っている。夕方には、文彦が美有を連れて来ることになっている。

窓から見える庭の桜の木は、すっかり瑞々《みずみず》しい青葉が繁っていた。太陽がわずかに西に傾いている。白くて眩《まぶ》しい午後だ。病室や廊下から喧騒《けんそう》が聞こえて来るのに、まるで母とふたりっきりでここにいるような気がした。胸の中がからっぽになるような、穏やかな静寂だった。

「もしも」

外を見たまま母が言った。

「なあに？」

「危ない手術じゃないことはわかってるけど、脳を開くんだし、全身麻酔だってするんだから、何があるかわからないでしょう」

「いやね、変なこと言わないで」

「もしも、何かの拍子に、命にかかわることになったら」

永遠子はゆっくり母に顔を向けた。

「延命のための治療はしないで」

言葉に詰まった。

「その時は、何もしないで死なせてちょうだい」

「そんなこと」

「そうして、私をあの人のそばに行かせて」

そんな言葉を聞くとは思ってもみなかった。娘のことでも、孫のことでも、父のことでもなく、母は今、死んだ男のことを考えている。どうして、と思う。こんなに母を思う娘がそばにいるのに、どうしてそんな男のことを口にするのだ。永遠子の胸に反発に似た感情が広がった。同時に嫉妬《しっと》していた。母を奪ったその男に。そして、母の女としての在り方に。

「そのことを約束して」

母はこんな顔をしていただろうか。欲というものがみんな消えて、皮膚の下には魂しか残っていないような、透明な表情をしていた。

頷くしかなかった。


手術は六時間かかった。

目を醒《さ》ますと、母は天井を見て、壁を見て、永遠子たちを見た。まるで生まれ落ちたばかりの嬰児《えいじ》のように、物珍しそうな目をしてひとつひとつを確認した。

永遠子は枕元に顔を寄せた。

「残念だったわね。まだ、あの人のところには行かせないわ」

母は小さく笑った。

その日、自宅に戻ったのは、十一時を過ぎていた。文彦の腕の中で、美有はすっかり寝入っている。

文彦はベッドに美有を寝かし付けながら、感心したように言った。

「重くなったなぁ」

「もう五歳だもの」

「そうだな、もう五歳なんだな」

シャワーを浴びてベッドに入った。

疲れているのに目は冴えている。ＩＣＵの中で、身体のあちこちに管を通された母の姿がちらちらと浮かぶ。

「眠れないのか」

文彦が言った。

「ああ、ごめん。起こしちゃった？」

「あのさ、お義父《とう》さん、病院に来てたんだ」

「本当に？」

「来たことは、言わないでくれって言われたんだけど」

「お父さんらしい」

「やっぱり心配だったんだろうな」

「ええ」

「夫婦って、別れたら他人だと思ってたけど、そうでもないみたいだ。今日のお義父さんを見てたら、お義母さんっていうのは、もしかしたらずっと会ってない家族みたいなものなのかもしれないな、なんて思ったよ」

胸の中でそれを反芻《はんすう》してから永遠子は頷いた。

「そうかもしれない。会わないことと、忘れることは違うのね」

「俺たちは」

「え？」

「いや、何でもない」

文彦の言いたいことはわかっていた。俺たちはどうだろう。それは永遠子の言いたいことでもあった。

今まで、何度も離婚を考えた。もし、本当に離婚していたら、互いの存在をどんな形で自分の中に残して来ただろう。

「文彦」

「うん？」

「ありがとう」

返事までに、短い間があった。

「いいさ」

声が少し照れていた。

夜がふたりに降り注いでいる。こうして、ふたりでいくつもの夜を過ごして来た。伸ばせばすぐ手が届く距離にいながら、寄り添うことを長く拒んできた。寄り添うための、ほんのささやかな手順を踏むことをためらってきた。それを自分がすれば、負けを認めるような気がした。けれど、これから果てしなく続く夜を、こうしてひとりで手探りしながら過ごさなければならないことを想像すると、身震いしそうになった。

「文彦」

「ああ」

「そっち行っていい？」

「うん」

返事に少しも間がなかった。それが、文彦も同じことを考えていたことを教えてくれた。

ずっとセックスは欲望に繫《つな》がっていると思っていた。しかし、今、自分を揺り動かしているものは興奮ではなかった。望んでいるものも快楽ではなかった。夜になれば森に鳥たちが帰るように、自分たちの場所に戻りたかった。その場所で、長くひとりで羽ばたき続けていた羽根を休めたかった。

ひと月が過ぎた。

病院の庭の杏《あんず》の木に、堅くしまった実がいくつも見え隠れしていた。まだ色づかず、実も小振りだが、急に強くなった初夏の日差しに、まもなく柔らかに色づき始めるだろう。母は見た目には以前と少しも変わらないほどに回復していた。手術痕《あと》も、残った髪の分け目でうまく隠すことができる。リハビリも順調で、近ごろでは退院の話も出るようになっていた。

「ねえ、この際、うちの近くに引っ越して来ない？」

永遠子はタオルをロッカーにしまいながら言った。

「有り難いけど、遠慮しとくわ」

母が素っ気なく答える。

「どうしてよ」

「ひとりでやってゆけるから」

母は診断を下されてから、身辺をきちんと整理して手術に臨んでいた。アパートに着替えを取りに行った時、何も手を出すことがないくらい整理されていたことに、却って永遠子は寂しくなった。

「元気になったら、またヘルパーの仕事も始めたいし」

「仕事なら、どこでもできるわ」

「私を待ってくれてるお年寄りもいるのよ」

「そうかもしれないけど」

「自分が誰かに必要とされてるうちは、それに応えたいの。自分が誰かを必要とするまではね。その時になったら、永遠子にまた頼るかもしれないわ。その時は、よろしく」

母はいったいいつからこんなに強くなったのだろう。専業主婦で、いつも父と永遠子のことしか考えていないような毎日を過ごしていたはずなのに。

それでも、退院してしばらくの間は、うちに住まわそうと決めていた。そのことは、文彦の了承も得ている。どう考えても、川崎のアパートにひとりで帰すわけにはいかなかった。

母のことがあって、文彦の父親を思う気持ちが、永遠子にもようやく実感できるようになっていた。もちろん案じてはいたが、どこかで他人《ひと》ごとのような、まだ大丈夫とタカをくくっていたところがあったように思う。いずれ、ふたりで双方の親の面倒をみてゆかなければならない時が来る。その覚悟をつけておく時期が来たということだ。


自動販売機にウーロン茶を買いに行くと、目の前を通り過ぎる女性と顔を合わせた。互いに「あら」と言葉が重なった。

「永遠子じゃない、久しぶり」

里佳子だった。

「ほんとね」

「こんなところで会うなんて。元気にしてた？」

「おかげさまで。里佳子は？」

里佳子とは、あの子供をさらった事件以来、会うのは初めてだ。

「まあ、相変わらずよ。それでどうしたの？　誰かのお見舞い？」

里佳子が尋ねる。

「ちょっと母が入院したものだから」

「あら、どこかお悪いの？」

「まあね」

「どこ？」

「頭の方なんだけど」

「脳梗塞《こうそく》？　脳溢血《いっけつ》？」

「じゃないけど、それより里佳子こそどうしてここに？」

聞いてから、すぐに後悔した。

「だから言ったでしょ、相変わらずだって」

里佳子の唇が少し歪む。聞かなければよかった。

「諦めが悪いと思う？」

悪趣味な聞き方をする。

「まさか」

「何度も、諦めようと思うんだけど、しばらくするとまた新しい治療法とか薬が出て来るじゃない。可能性がある限り、続けるしかないの。知り合いから、この病院がいいって評判を聞いたものだから来てみたの」

「そう」

「永遠子、子供は？」

どう答えようか迷ったが、嘘をつくのも却って気がひけた。

「ええ、まあ」

「あら、いるの。あの時はまだって言ってたでしょう」

「娘がひとり、五歳になるわ」

「お名前は？」

「美有よ」

「どんな字？」

永遠子は宙に指で字を描いた。

「そう、美有ちゃん、ね」

里佳子は口の中で小さく呟いてから、笑顔を向けた。

「可愛い名前ね」

「ありがとう」

「私、そろそろ予約の時間だから行かなくちゃ」

「ええ、さよなら」

別れて、病室に向かった。缶が汗をかいて滑り、落としそうになった。

あれから何年たつだろう。あの後、美有を妊娠したことがわかったのだから、もう七年近くになる。今は、永遠子自身も子供を持てない立場になった。あの時には理解しがたかった里佳子の気持ちも、今なら察することができる。けれども、美有がいる自分がそれを口にするのはやはり傲慢《ごうまん》というものだろう。まだ里佳子の中では、時計が止まったままなのだろうか。


一度、徹から自宅に電話があった。

受話器を取ってびっくりした。正直言って、ちょっと困ったな、と思った。

「辞めたのは俺のせいですか？」

徹は言った。声が硬かった。電話で話すのは初めてで、少し緊張した。

「違うわ」

「今まで通りってあなたは言ったはずだ」

「そうじゃないの。母が病気になったのよ」

「口実じゃなくて？」

「もちろんよ。そんなことをする必要がどこにあるの？」

「じゃあ、みんなが言ってたことは本当だったんだ」

「私しか母を看《み》る人がいないのよ」

「また戻って来るよね」

「そうね、母が元気になったら」

「本当だね」

「ええ」

「よかった」

徹の若さを、永遠子は羨ましく思った。思い立ったら、何かしなければいられなくなる。そこにどんな意味があるかとか、それをすれば相手にどう思われるかとか、そんなことを頭の中でこねくり回す前に、自分の思いをひとりで持ちこたえられなくなり、バトンを渡すようにぶつけてしまう。

そうして、ある日、忘れるのだ。そう、ある日、突然に、呆気《あっけ》なく、どうしてあんなに好きだったのか、自分に面食らってしまうくらい唐突に忘れる。その豹変《ひょうへん》ぶりに、自分が信用できない生きものだということを知る。それがたぶん若いということなのだろう。そうやって永遠子も恋を覚えて来た。

徹にはああ言ったが、もう戻るつもりはなかった。落ち着いたら、また新しいパートを探さなければならないだろう。

＊

新宿のデパートでハンカチを買った。

たった一枚なのに、やけに豪華にラッピングされていて、トイレで包みもリボンも捨ててしまった。

文彦は沙織と会った通りに向かった。沙織があの辺りで働いているのは間違いない。見つかるまで、手当たり次第にドアを開けてみようと決めていた。

通りには、小さな店がひしめくように建っている。しかし、この辺りは再開発の対象になっていて、よく見ると、半分以上は閉められていた。思ったより時間はかからなかった。沙織は五軒目で見つかった。

「いらっしゃい」

言ってから、小さなカウンターの向こうで、沙織が驚いたように動きを止めた。

「ビールを」

文彦はスツールに腰を下ろした。客はまだいない。十人も入れば、いっぱいになる店だ。

沙織は冷蔵庫から壜《びん》ビールを取り出した。

「どうぞ」

「君の店？」

「まさか。雇われてるだけよ。ママは夜中の出勤。この辺りは、十二時を過ぎてから混みだすの」

「そうか」

沙織はナッツを入れた小皿を差し出した。

「どうして来たの？」

「ハンカチを返そうと思って」

文彦は胸ポケットからそれを取り出し、カウンターにのせた。

「この間のとは別のだけど。あれ、血で汚しちゃったからさ」

「そう、ありがとう」

沙織はあっさり受け取り、カウンターの中にしまった。

「これで用事は終わりね」

「まあ、そうだ」

「だったら早く帰りなさい」

「まだ、半分も飲んでないよ」

「じゃあ、私がいただくわ」

沙織はグラスを取り出して、ビールをついだ。小さな喉仏が上下した。

「この間会った時、自分がどんな顔をしたかを考えると、すごく後味が悪かった」

濡れた唇を、沙織が指で拭う。

「気にしてないわ。昔ちょっと付き合った女がうらぶれて現われたら、誰だってひいちゃうわ。これがきっかけでつきまとわれたりしたらイヤだなって、警戒するのも当然よ」

「本当にそんな顔を僕はしたのか？」

「たとえばの話よ」

「沙織には、借りがあると思ってるよ」

「何のこと？」

「美容師になれなかったのも、あの雨の日のことも、みんな、俺のせいだ」

沙織がぼんやりと宙を眺める。

「もう、昔のことよ、忘れたわ」

「こんなこと、今さら言えた義理じゃないけど」

沙織がほんの少し首を傾《かし》げる。その仕草に、疲れた肌の隙間から、出会った頃のあどけなさが覗く。

「沙織に何かあったらちゃんと助けてやれる、そんな男でいられたらって思ってる」

沙織はほほ笑んだ。文彦はビールを喉に流し込んだ。

「決してやましい気持ちがあって言ってるわけじゃないんだ」

「わかってる」

「笑ってるのか？」

「まさか」

「何か、かっこ悪いな」

「ありがとう、嬉しいわ。本当よ、本当にそう思ってるわ。そんなふうに私を心にかけてくれている男がこの世にひとりいる、それだけで十分」

沙織はビールを飲み干した。

「さあ、これでおしまい」

「ああ」

「来てくれて、嬉しかったわ」

文彦はスツールから下りた。沙織が見送りのために、カウンターから回って出て来た。ドアを開けると、夜が流れこんで来て、足元を揺らした。

「この辺り、すっかりさびれちゃってるでしょう。この店も今年中には閉めるの」

「そうか」

「もし、これから、どこかで私を見かけるようなことがあっても、声なんかかけないでね。私も、そうするから」

文彦は黙った。

「じゃ、元気で」

「沙織も」

出会った時、沙織はまだ十代だった。もし自分と出会わなければ、たぶん今とはまったく違った生き方をしていただろう。それを「すまない」と言って謝ること自体、沙織を傷つけそうな気がした。沙織の生き方に、たとえどんなささやかな意見でも、述べる資格など自分にはない。けれども嘘をついたつもりもない。沙織に何かあったら力になりたい。助けを求められたら応えられる男でありたい。それを心から思う。

背後でドアが閉まる。文彦は歩きだした。

結局、天から大王は降りて来なかった。

馬鹿げている、と思いながら、七月が終わるまでは、胸の奥に小骨がひとつ刺さったような気持ちで過ごして来た。過ぎてみれば、ただの笑い話だ。

八月に入って、義母は自分のアパートに戻って行った。

もうしばらくうちで養生しないかと引き止めたのだが、あっさりと断られた。

「生活がリハビリになるから」

帰ればひとり暮らしが始まる。強い、と思う。それは間違いなく女の強さだ。男はそうはいかない。男は孤独を好むが、その孤独を得るために、誰かを必要とする。温かい食事を出してくれ、柔らかな肌で包み込んでくれる誰かだ。どんな時でも味方になり、あなたは正しいと言ってくれる誰かだ。そうして、必要な時以外は消えてくれている誰かでもある。勝手なものだ。

先日、受験のための模擬面接があった。

いつも家にいる甘ったれた美有しか知らなかったので、親よりもはきはきと質問に答える様子にすっかり感心した。先生からも誉められ、永遠子じゃないが、できるだけいいところに入れたいと、いつの間にか思うようになっている自分に呆《あき》れていた。

アルバイトの晶子が辞めたいと言ってきた。よく働いてくれていたので、時給を上げてもいいと言ったのだが、首を縦に振らなかった。何も言わないが、どうやらすでに新しい仕事を見つけているらしい。残念だが、それが晶子の望んでいる起業家としての一歩なら、引き止めることはできない。

事務所でふたりになった時、晶子がパソコンを操作しながら言った。視線はディスプレーに向けたままだ。

「辞める気になったの、大津さんのせいでもあるんですからね」

本心というより、それくらいのしっぺ返しはしてやろうということだろう。いかにも若い女の子の考えつきそうなことだった。

「私、フラれちゃったわけだし」

「こんな男だけど、ひとつだけ言えることがある」

「何ですか？」

「君がもし、本気で事業を起こすつもりでいるなら、時にはどんな魅力的な男に誘われても、ぐっと我慢しなくちゃいけない時がある。その時、僕の悲しき決断がよくわかるはずだよ」

晶子はくすくす笑った。

「よく覚えておきます」

木村とその後どうなったのかは聞いていない。新宿で襲われたことは話していないが、今となれば、殴られ損だったなと、ちょっと思う。

晶子の後はまたアルバイトを入れればいいが、それがきっかけで桂木と社員を募集することを話し合った。もうふたりだけではこまごましたことまで手が回らない。安心して任せられる人材がいたらどれだけ助かるだろう。結局、ふたり入れることに決めた。経験はあったにこしたことはないが、どうせなら年齢や職歴よりも、ガッツのある人間が欲しかった。新聞の求人欄に、社員募集の広告を載せたら、応募者が五十人ばかりあった。不景気とはいえ、こんなちっぽけな会社によくこれだけ集まるものだと感心した。履歴書の中には、驚くような一流の広告代理店で現在働いている者もいた。履歴書選考と面接とで、ふたりの社員を雇った。ひとりは三十歳の男で、好奇心が旺盛で、体育会系の頑丈そうな体軀《たいく》が気に入った。もうひとりはPR誌の編集をしていた女性だ。二十四歳という若さで、なかなかの美人だ。もちろん、だからと言ってどうということはない。

噂で、村岡常務が退任したと聞いた。専務の席は確実と言われていたが、いつまでも風は同じ向きには吹かないということだろう。その退任劇の裏側に、今村が絡《から》んでいるらしいとの情報もあった。村岡が、文彦や桂木を切ってまでも自分の傘下に収めた今村だった。かつて、今村を愚鈍な男、と思っていた頃があった。しかし、ああいった男こそ、実は着々と地盤を固めてゆく抜け目のない奴なのだろう。今村を好きにはなれなかったが、今さら批判する気もさらさらない。あいつにはあいつの生き方とやり方がある。自分には自分のそれがあるように。

ユリから葉書が届いて、六本木の店は閉じることになったと知らせて来た。

『北京《ペキン》に行こうと思います』

と、書いてあって驚いた。あちらで、店を開くそうだ。

『二〇〇〇年を機に、退屈な日本を飛び出すことにしました』

まったく女は逞しい。


十月に入って、美有の受験が始まった。

面接の前の晩は、情けないくらい緊張して、ほとんど眠れなかった。自分の失敗が、もしかしたら娘の人生を大きく変えるかもしれない、などと考えると、つい肩に力が入って、笑顔さえぎこちなくなる。試験場に向かう途中、美有に「私がついてるから大丈夫」と力付けられ、永遠子と顔を見合わせて笑った。

三校受験する予定になっていたが、驚いたことに最初の試験で合格してしまった。実力試しにちょっと受けてみよう、という程度の気持ちだったので、知らせを受けた時は本当にびっくりした。都内では相当有名な私立小学校だ。本人の美有より、親の自分たちの方が狂喜した。すっかり舞い上がって、その夜は、永遠子と高いシャンパンを奮発した。

秋はいつも、こっそり背後から近付いて来る。そうして、気付くと、もう追い越している。空気がしんと冷えて、わずかに重くなったような気がする。

以前は、秋が好きじゃなかった。早く陽が落ちてしまうのが、時間を削られるようで、もったいないような気になった。けれども、今は、夜の長さにほっとする。不思議なことに、秋という季節が少しずつ好きになっている自分がいる。

＊

三人で朝食をとっていると、美有が急にふさぎ込んだ表情で箸を置いた。

「どうしたの、ハートの目玉焼きよ」

「いらない」

「おなかでも痛いの？」

「ううん」

首を振る。そう言えば、昨日からあまり元気がなかった。文彦が美有の顔を覗き込んだ。

「何だ？　言ってごらん」

美有は下を向いたまま、細い声で言った。

「あのね、保《たもつ》くん、もう美有のこと好きじゃないんだって。違う学校に行っちゃう美有より、マミちゃんの方がいいんだって」

そう言って、小さな肩を震わせ、ぽろぽろと涙をこぼした。

保くんのことは知っている。保育園が一緒の美有が大好きな男の子だ。いつもお昼寝は保くんの隣と決まっていた。カップもタオルも保くんとお揃いだ。

「美有、保くんに嫌われちゃった」

そう言って、朝食に手をつけようともせず、泣き続ける。その様子があまりに切なくて、永遠子は思わず美有を抱き締めた。

この子も、こうやって誰かを好きになり、思いが通じない切なさを知ってゆく。これから幾度、この涙を流さなければならないだろう。

「つらいね、人を好きになるってつらいことね」

美有を抱き締めたまま、永遠子はくり返した。

今はまだ、こうして話してくれても、そう遠くないいつか、自分の部屋のドアの向こうに何もかも持って行ってしまうのだろう。そうして、たったひとりで涙を拭くことを覚えてゆく。大人になるために、女になるために。それを考えただけで、胸が締め付けられそうになり、永遠子も思わず一緒に泣いてしまった。

文彦がまるで気が抜けたようにこちらを眺めている。誰かに似ていると思ったら、永遠子が文彦と結婚したいと打ち明けた時の父の顔とそっくりだった。

千賀の息子の大樹は、受験にすでに三つ落ちてしまい、残りはあとひとつという。

不合格が続いて、千賀の表情には見るからに険しさが増していた。息子もまたぴりぴりしているのがわかる。受験のチャンスはあと一校だ。これに受からなければ、今までの努力はすべて水の泡になる。あれだけ準備してきたことを思えば、千賀の形相《ぎょうそう》が変わるのもわかる。

けれども、大樹が情緒不安に陥っていることは一目瞭然《いちもくりょうぜん》だった。行動に落ち着きがなく、何をするにも千賀の反応を気にしている。失敗したら叱《しか》られる。それに怯えて、おどおどしている。

美有の合格が教室に知れ渡った時、千賀はいくらか甲高い声で言った。

「美有ちゃん、よかったわね、おめでとう」

「ええ、ありがとう。運がよかったのよ」

「でしょうね」

言ってから、千賀は表情を硬くして、はすかいに目を向けた。

「私たちのこと、笑ってるんでしょう？」

「え？」

「三校も落ちるなんて大樹はよほど馬鹿だって、そう思ってるんでしょう？」

「まさか」

「まだ、一校あるわ」

「そうよ、大丈夫よ、大樹くんなら絶対に合格するわ」

「そういうこと、簡単に運で合格した人に言われたくないわ」

永遠子は黙る。

「調子に乗らないで」

捨て台詞《ぜりふ》を残して、千賀は教室を出て行った。

しかし、結局は最後の一校も落ちてしまった。当然のことだが、それから千賀はぱったりと教室に姿を見せなくなった。

千賀の夫の会社が、実はもうずっと以前に倒産していて、トラック一台で仕事をしているという話は、後になって聞いた。千賀もパートやアルバイトで生活費を賄っていたという。教室で顔を合わせている時、そんな素振りはまったく見られなかった。昔のままの、美しくて優雅な千賀だった。

「千賀さん、相当無理してたみたいよ」

「そうそう。それに、まるで何かの仇《かたき》をとるみたいに、受験にすべてを賭けてるって感じだったでしょう。あれじゃ大樹くんも追い詰められると思うわ」

「ほら、幼稚園受験の失敗もあるし」

「最後の受験の面接の時、おもらししちゃったんですって」

「親があれだけプレッシャーをかけちゃね」

永遠子は黙って聞いていた。千賀のことを、愚かだなどとはとても思えなかった。誰だって、子供に夢を託そうとする。自分だって同じだ。もしかしたら、ほんのささやかな運の違いで、千賀と入れ替わっていたかもしれない。

「美有」

教室を出て、駅に向かって歩きながら、永遠子は問い掛けた。

「なあに?」

「みんなと違う学校に行ってもいいの?」

「保くんと離れちゃうけど、本当にそれでもいいのね」

「うん」

美有は少し考えた。

「美有ね、マミちゃんのこと好きになった保くんより、もっと素敵な男の子を探すことにしたの」

永遠子は思わず立ち止まり、美有を見下ろした。

「美有」

叱られるとでも思ったのか、美有がいくらか構えたような目を向けた。

「なに？」

「その調子でね」


今年ももう終わりだ。

この一年、世紀末と叫ばれ続けたが、今はどこもかしこもミレニアムで盛り上がっている。年末を、永遠子は慌ただしく過ごした。二〇〇〇年問題で、コンピューターが誤作動を起こす可能性があることは前々から言われていて、飲み水を買い置きしておいた方がいいとか、カセットコンロは必需品だとか、いろんな噂や情報が飛び交った。とりあえずクリスマスを過ぎた頃から用意を始めたが、売り切れの店が結構あって、多くの人が真剣に受けとめているのだな、と、自分のことは棚に上げて感心した。

元日には、例年通り、蒲田の家に行く予定になっている。川崎の母のことが心配だったが、母はめずらしく休みが取れたらしく、ヘルパー仲間と温泉に出掛けるという。その二〇〇〇年問題で、大晦日《おおみそか》から元日にかけて旅行者が極端に減り、かなり安い料金で行けるのだそうだ。身体のことが心配だったが、母は手術をしたことで「残りの人生は拾い物」と、前よりいっそう、ヘルパーの仕事に励み、あちこちに出掛けたりして活動的に過ごしている。

とやかく言うのはやめにした。母には、母の生き方があり、それを決めるのも母自身だ。必要な時に手を差しのべる。それでいいと思うようになっていた。

そうして、大晦日。

風呂と洗面所の掃除を終えて、文彦が居間に戻って来た。

永遠子も昼すぎからやっていたキッチンの棚の整理を済ませ、ホッとした。

五時少し前になっていた。今夜は、近くのイタリアンレストランで、三人で食事をする予定になっていた。

「美有のことお願い、部屋にいるわ。私、支度するから」

文彦に頼み、永遠子は寝室に入って、化粧を始めた。しばらくすると、文彦が顔を覗かせた。

「部屋にいないぞ」

「いやだわ、また表の公園に遊びに行ったんだわ。呼んできてくれる？」

五分ほどで、またもや文彦が顔を出した。

「おい、公園にもいないぞ」

　化粧を終えた永遠子は振り返った。

「そんなはずないわ」

「だって、いないものはいないんだから」

「上の野口さんのところかしら。ちょっと行って来る」

　一階上の野口の家には、似た年の女の子がいて、よく行き来している。しかし、野口の家は留守だった。そう言えば、帰省すると言っていたのを思い出した。永遠子は足早に自宅に戻った。

「美有は？」

「いや、まだだ。そっちもいなかったのか？」

「ええ」

　不安がざわざわと足元から這《は》い上がって来た。もう外はすっかり日が暮れている。こんな暗くなるまで、ひとりで出て行って、帰って来ないことはない。

「もう一度、表を見てくるよ」

　文彦がいくらか緊張した表情で立ち上がった。

「私も」

「いいや、永遠子はここにいろ。美有が戻って来て、誰もいないと困るだろ。戻ったら、携帯に連絡してくれ。俺もするから」

「ええ」

三十分たった。美有はまだ帰って来ない。文彦から見つけたという連絡もない。じっとしていられなくなった。

やがて、文彦が戻って来た。玄関まで飛び出して行ったが、文彦はひとりだ。

「駅の方まで行ってみたんだけど、いなかったよ」

「警察に電話するわ」

永遠子は居間に駆け戻った。

「ちょっと待て」

文彦が追い掛けて来た。

「まだ六時だ」

「何言ってるの、外はこんな真っ暗なのよ、帰って来ないなんて変よ。何かあったとしか思えない」

「誰かの家に遊びに行ってるかもしれないだろ」

「誰かって、誰」

「仲のいい友達とか、いないのか」

「いるわ。でも、行くならちゃんと私に言ってゆくわ」

上の階の野口の家に行くのだって、黙って行ってしまうことはない。

「やっぱりおかしい。絶対におかしい。もしかして、さらわれたなんて……」

言葉にしたら、急に現実味を帯びた。

「馬鹿なことを」

「どうして馬鹿なのよ」

永遠子は声を張り上げた。

「幼児誘拐が、実際にちょくちょく起こってるじゃない。この辺りだって、夜にはチカンも出たりして、自治会の方から注意するようにって回覧板が回って来たんだから」

文彦は黙る。

「私、警察に電話する」

「もう三十分待とう。それで帰って来なかったら、電話しよう」

永遠子は怒りで顔を赤くした。

「よく、そんな悠長なことを言っていられるわね。手遅れになったらどうするのよ」

「冷静になるんだ」

永遠子は上目遣いに、文彦を見た。

「もしかしたら、心当たりがあるんじゃないの？」

「何の話だ」

「あなたと関係ある女が、嫌がらせで美有をどこかに連れ去ったんじゃないのかって言ってるの」

さすがに、文彦は声を荒らげた。

「本気でそんなこと言ってるのか」

そしてそれを振り払うように、文彦は永遠子に言い返した。

「それはおまえだろ」

「どういう意味？」

「そのままさ。自分がやましいから、そんなことを言い出すんだ。おまえこそ、男に恨まれるようなことしたんじゃないのか。だいたい、おまえには前歴がある」

永遠子の顔が歪んだ。

「こんな時に、昔のことを持ち出すなんて卑怯《ひきょう》だわ」

「じゃあ、今はどうなんだ。まったくそんな覚えはないって言えるのか」

「言えるわよ、言えるに決まってるじゃない」

そう返しながらも、永遠子はふと落ち着かない気持ちになった。

徹の顔が浮かんだ。いや、そんなわけはない。彼はそんなことをするような男の子じゃない。けれど、パートに戻ると言ったものの、結局は嘘をついたことになってしまった。幼い恋は、時折、暴走する。でも、やはりそんなことは考えられない。徹は若いが、こえてはいけないラインは知っているはずだ。それより、千賀という線はないだろうか。受験に失敗して、逆恨みということもある。あの時の千賀の目。本当に憎々しげだった。つい先日も、そんな事件が新聞やワイドショーを賑《にぎ》わしたばかりではないか。ああ、里佳子もいた。子供を持てない里佳子が、美有をさらった可能性がないとは言えない。ましてや、里佳子には前歴がある。いや、もしかして若山が。一時、ストーカーのようにつきまとわれたことがある。でも、もう何年も前の話だ。

「ほら、みろ。答えられないじゃないか」

頭の中の混乱を振り切りながら永遠子は噛み付いた。

「じゃあ文彦はどうなの。思い当たることはないって言えるの？　この間、女物のハンカチをゴミ箱で見つけたわ。あれはどうなの、何の意味もないって言うの」

文彦が怯《ひる》んだ。

「あなたこそ、前歴がやまほどあるじゃない。結婚式のこと、忘れたわけじゃないでしょうね。あの子、手首を切ったのよ。あなたを今も恨んでるかもしれないわ。それで、美有をさらったかもしれないわ。女はね、いつも過去を瞬間に解凍してしまえるの。そういう生きものなの。絶対に違うと、本当に言える？　その自信、ある？」

「当たり前だろ、そんなこと、あるわけがない」

けれども、文彦の声はどことなく上擦《うわず》っている。

「じゃあ、この際言わせてもらうわ。文彦、私が何も気付いてないと思ってるかもしれないけど、ちょくちょく浮気してたことぐらい、ちゃんと知ってたわ。どうせ浮気だからって、見過ごしてあげてただけよ。最近、あなたの会社にいた事務の女の子が急に辞めたわよね。それだって、本当はあなたと何かあったからなんじゃないの？」

「馬鹿な」

「もしかしたら、その女の子が美有を」

「やめろよ、くだらない」

「くだらないですって」

永遠子は文彦を見据えた。

「自分に、そんなことを言える資格があると思ってるの。十六の女の子にいやらしいことして捕まったくせに。あんな恥さらしなことしたくせに」

文彦の顔が歪む。

「あれは騙《だま》されただけだって言ったろう」

「騙されたことが問題なんじゃないの。そこがあなたには全然わかってないの。まったく文彦って、本当にどうしようもないわ」

さすがに、文彦はむっとした表情を浮かべた。

「いい加減にしろよ。とにかく、美有から目を離したおまえが悪い。母親だったら、責任を持って監視するのが務めだろ」

「文彦はいつもそう、悪いことは何でも、私に責任を押しつけるんだわ」

「よく言うよ、おまえこそ、都合の悪い時はすぐ俺のせいにする。父親のくせにとか男のくせにとか言って」

「だってそうじゃない、文彦は父親だし、男なのよ、それなりの自覚を持って当たり前じゃない」

「そのくせ、自分はすぐ、女だからってことを言い訳にする。都合のいい時だけ、女になるな」

「それは、文彦がいつも、おまえは気楽でいいなって目でしか私を見ないからよ。私が胸の中にどんなものを抱えているか、それを考えたことがある？　まるで、何も考えてない馬鹿のように思ってるだけ」

「じゃあ、おまえはどうなんだ。俺が何を考えてるのかわかってるのか。どうせ、亭主はせっせと金を稼いできてくれたらそれでいいって、その程度だろ」

「被害妄想だわ」

「おまえは、世の中を知らないんだ。俺は、夫としても父親としても上等の部類だよ。世の中には、もっとひどい男がやまほどいるんだ」

「何を基準に上等なのよ。勝手な統計なんか持ち出さないでよ」

「こんなに家事にも育児にも協力してやってるのに、いったい何が不満なんだ」

「こんな、ですって。たかが週に二度ほど美有をお風呂に入れて、上機嫌な時だけ洗い物をして、気が向いたら贅沢な材料を使って料理を作る。それは協力じゃなくて気紛《きまぐ》れって言うの。たまにされるのは、却ってペースが乱れるのよ」

「俺は金だけ入れて、帰って来るなということか。もう美有も小学校に合格したし、面接に必要な父親もいらないからな」

「私の毎日の忍耐を、文彦はどう理解してるの？　毎日毎日、同じことの繰り返し。汚れたお皿を洗うのやら、たまった洗濯をすることに、どう生きがいを見つけだせっていうの。それでも、一生懸命やってるわ」

「どこが一生懸命だよ。そんなの、主婦なら当たり前のことだろ。まるで、自分だけ特別なことをしているような言い方をするな」

「主婦になりたくて、結婚したわけじゃないわ」

「じゃあ、何で結婚したんだ」

一瞬、言葉に詰まった。

そうだ、どうして結婚なんかしたのだろう。なぜ、主婦になんかなってしまったのだろう。

永遠子は唇を噛んだ。言葉が喉元で熱く膨《ふく》らんだ。

「文彦が好きだったからよ。ずっと一緒にいたいと思ったからよ」

文彦がはっとしたように黙り込んだ。

永遠子は泣いていた。悔しくて、情けなかった。

「私はただ、文彦と幸せになりたかっただけ」

文彦がうな垂れるように、足元を見つめていた。短い沈黙があった。やがて、戸惑うように、ためらうように文彦の唇が動いた。

「俺たちって何なんだろう。何でいつもこんなになってしまうんだろう」

トラブルの起こる数と、それが解決する数があまりに違い過ぎるのだった。結婚してから、投げられるボールばかりになったような気がする。それを打ち返そうとしても、もう次のボールが投げられて来て、打ち返しているのに、間に合わない。それでもなお厄介というボールが、面倒というボールが、煩雑《はんざつ》という、責任という、務めというボールが容赦なく飛んでくる。打ち返すどころか、もう受け止めきれない。打ちのめされてしまうかもしれない。

その時、ドアからわぁっと激しい泣き声が聞こえて来た。

「ケンカしないで、しないで」

美有が激しく泣きじゃくっている。

「美有！」

永遠子は思わず駆け寄って、抱き締めた。

「どうしたの、どこに行ってたの。心配したのよ、ずっと探してたのよ」

美有が鼻水をすすり上げた。

「押し入れで寝ちゃったの」

「え」

「だって退屈だったんだもん」

力が抜けて、永遠子はぺたりとカーペットに座り込んだ。

「おねがい、ケンカしないで。パパとママがケンカすると、美有、ものすごく悲しくなるの。だから、ケンカしないで」

「ごめん、もうしないから」

永遠子は美有を抱き締めたまま言った。

「もう、しないよ」

頭上から文彦の声がした。

時計はそろそろ、午前零時を迎えようとしている。

文彦と永遠子はソファに座り、その時を待っていた。ふたりの間には美有が眠っていて、規則正しい寝息を繰り返している。

「零時になったら、言われてるみたいに、何か起こると思う？」

「そうだな、まさかとは思うけど、ないとは言えないよ」

「ノストラダムスの予言ははずれたわ」

「予言より怖いものがコンピューターさ」

「エアコンが誤作動して熱風を送り出すとか、エレベーターがとまってしまうとか」

「コンピューターを使ってるものはすべて可能性がある」

「電車も、飛行機も、全部とまっちゃうかもしれないんでしょう」

「逆に、勝手に動きだしてしまうってこともある」

「そうならないように、いろいろ手は打ってるはずなのに」

「コンピューターの方がずっと上を行ってる。零時になってみなきゃ、わからない」

「ミサイルが、発射されるかもしれないって聞いたわ」

「それもないとは言えないだろうな。これまでだって、起こるはずがないと思われてたことが、いっぱい起こってるだろ」

「そうね。でも」

「うん？」

「でも、きっと何もないんだわ」

「そうかもしれない」

「零時が来て、二〇〇〇年になって、またいつもの毎日が始まるだけ」

「結婚式の時、介添えをしてくれた赤井さんって人のこと覚えてるか」

「ええ、覚えてるわ。あの時、ずいぶん、お世話になったもの」

「あの時、結婚は入れ子の箱を開けてゆくようなものだって言われたよ」

「なに、それ」

「ほら、箱の中に箱が入ってて、またその中に入ってるっていうのがあるだろう、あれさ」

「ああ」

「中にいったい何が入ってるんだろうって、知りたいけど、開けてもあるのはまた箱なんだ」

「でも、中に入っているものが知りたいなら、開け続けるしかないのね」

「もしかしたら、次の箱の中に、その何かがあるかもしれないって期待を捨てない限りはね」

「ねえ、その何かって、何？」

「わからないよ、開けてみなくちゃ」

永遠子が笑った。つられて、文彦も笑った。

美有が寝返りを打つ。甘やかな重みがふたりの膝にかかる。

零時が近付いて来る。

静かに、しなやかに、時が呼吸する。

今日が過去になる瞬間。

零時になった。

解説

池上冬樹

時間がたつと、作品の印象は変わるものである。極端なことをいうと、ものすごい傑作と思えたものが、読み返すと、さほどそうでもない場合もあるし、それほど騒がれる作品かなと思っていた作品が、再読すると、細部の充実ぶりが見えてきて、意外と佳作であることがわかる場合もある。再読すると印象は変わる。薄れる場合もあるし、いちだんと輝く場合もある。それは読み手の成熟の問題もあるし、読む環境もあるし、読む時期もある。

本書『ベター・ハーフ』が単行本で刊行されたのは、二〇〇〇年一月である。今回、実に五年半ぶりの再読となったが、正直いって、驚いた。前回も面白いと思ったけれど、今回はそれ以上であり、何よりも前回気になっていた箇所が気にならなくなっている。

単行本が上梓《じょうし》されたとき、僕はいちはやく読み、ある新聞で紹介し、最後に次のように結んだ——。

人物たちの行動に時代の影響を与え過ぎて、やや通俗と戯《たわむ》れている印象があるけれど、しかし人生は時代の刻印抜きでは語られない。ここ十数年の狂乱の時代を振り返り、現代の男女の愛や結婚を考えるなら、おそらく本書は最高のテキストになるのではないか。

〝最高のテキスト〟という考えは、今回再読してもかわらないし、ますますその考えが強くなったのだけれど、問題は前段部分である。後述するが、本書はバブル絶頂期から物語が始まり、バブル崩壊、サリン事件、酒鬼薔薇聖斗事件、ノストラダムスの大予言、コンピュータの二〇〇〇年問題など、時代を刻印する事件を織り込んで、結婚生活の時間の経過を物語っている。とくに大予言や二〇〇〇年問題などは、まだ小説で登場人物たちが語るには〝生〟の印象が強かった。もちろん唯川恵のことだから、時事ネタの生々しさを排除する形で、ときにぼかしながら語っている部分もあるのだが、それでもやはり当時の実生活の上での会話を思い出させ、テレビや新聞での騒動のイメージが重なることもあり、僕には〝通俗と戯れている印象〟が強かったのである。

しかし、どうだろう。今回五年ぶりに再読して、その〝通俗と戯れている印象〟がすっかり消えている。十数年間を振り返る物語において、時代を刻印する事件の数々が紹介されすぎではないかと思ったものだが、今回再読して、その辺の時事性の生々しさがさっぱりとなくなっている。五年たって、時事ネタが落ちつき、逆に、物語やキャラクターそのものが強く響いてきているのである。

おそらく作者もそのことを考えていたのだろう。単行本を文庫化する場合、だいたい三年が目安だが（最近では二年でも珍しくないが）、五年をかけている。ましてや唯川恵のようにベストセラー作家の場合、もっと早く文庫にしても良かった。それなのに、文庫化に五年をかけたのは、そういう〝落ちつき〟を考えたからではないだろうか。

さて、物語の紹介に移ろう。

物語は、元号が昭和から平成にかわった一九八九年からはじまる。その年の七月に、文彦《ふみひこ》と永遠子《とわこ》は結婚式をあげたのである。

文彦は広告代理店に勤務する二十八歳。永遠子は商社勤めの二十五歳。永遠子はまだ退職するには若かったが、文彦が専業主婦を望み、彼女自身も〝祝福されての寿退社〟を望み、家庭に入ることにした。最初は経済的に厳しくても（それでも文彦の年収は六百五十万もあった）、給料は確実に上がり、文彦は三年後には主任、十年後には課長になるだろう。そのため新居となる中古マンションも買った。ローンは三十年、完済時には文彦は五十八歳になるが、景気も鰻上《うなぎのぼ》りで、不動産の資産的価値も高く、ローンなどは五十八歳になる前に全額返してしまう予定だった。

だがしかし、それはバブル絶頂時のことである。やがて文彦と永遠子に次々と想像しないことが起こる。いやいや、結婚式当日から、予想もしなかった出来事が起きる。

それがどういう出来事かはここでは明かさないでおこう。そのほうが愉しめるし、驚くに違いない。この小説は、バブルはなやかなりし頃に結婚した男女のおよそ十年間を描いた作品である。物語の最初と最後は一年きざみであるが、中盤は二年きざみで時間が経過している。文彦も永遠子もともに、バブル時代は消費にあけくれ、独身時代に充分に恋を堪能《たんのう》し、結婚の相手として最高の選択をしたはずなのに、バブルの崩壊で苦しくなり、不倫に走り、出世競争に敗れ、子供のお受験に励み、そしてボケ始めた親の介護問題に直面する。

作者が単行本あとがきで〝結婚というシステムについて、何だかんだ言いながらも、多くの男と女がその形態を選んでゆく、その理由を知りたかった〟と動機を語っているけれど、事実ここでは、別れるに別れられない男女の事情を、具体的なエピソードとともに浮き彫りにしている。〝毎日、こんなはずじゃなかった、の繰り返し〟である結婚生活の実態を、醒めた視点から多角的に捉《とら》えているのである。

しかも注目すべきは、「夫婦の絆《きずな》」といった通りのいい言葉（概念）でまとめることなく、また、いたずらに人情に傾斜して結束を強めるのでもなく、あくまでも、様々な思いを抱えながらも、信頼という形でつながりあう姿を真摯《しんし》にうつしとっていることである。〝夫婦にとって、いちばん大事なことって何ですかね〟ときかれて、文彦が、〝思いやり、かな〟と答えて、すぐに照れる場面が終盤にあるが（第八章「夜明けまで」）、そしてそこだけを抜き出すと、ありきたりの印象をもたれるかもしれないが、一読されれば、その言葉がすとんと胸に落ちる。それだけ二人は精神的に苦労を重ねたのである。〝話し合わなければならないことはたくさんある。言葉にすることを怠けていても、少しも楽には生きられない。思いを持つことと、思いを伝えることは同じではない〟と文彦がさとる場面があるけれど（第六章「孤独までの距離」）、そういう発見に至るまでのプロセスがしっかりと描かれてあるからこそ、十二分に〝思いやり〟云々《うんぬん》が感得できるのである。

といっても、それまでが大変だった。文彦も永遠子も、はっきりいって、少し利己的すぎるのではないかと僕は最初思っていた。いや中盤になっても、その思いがあった。腰がすわらず、欲望に弱く、手前勝手な理屈をつけて行動する。その危うさが、それぞれの家族の出来事（親たちの離婚、恋愛、闘病）などで自覚され、すこしずつ不安が解消されていく。本来なら、結婚するまでに成長し、大人になっていなくてはいけないのに（しかしいまどき、そこまで精神的に成長している人間がどのくらいいるかと思うけれど）、ここでは結婚生活を送ることで一人前の大人になっていく。いわば、これは結婚生活をテーマにした、ある種の教養小説といえるだろう。

その主人公たちの精神的変容を描く教養小説のうえで大事なのは、事件もさることながら、やはり脇役たちの存在だろう。一九八九年から二〇〇〇年までの時代の変遷のなかで、文彦と永遠子は変貌するけれども、脇役として出てくる女性たち（文彦と関係のある沙織とユリ、永遠子が英会話で知り合う千賀や高校時代の友人の里佳子）、さらに男性たち（文彦の上司と同僚たち、永遠子と関係のある株のディーラーや元会社の上司）も、時代の波を受ける。そのキャラクターたちの登場と変化が、なかなか興味深い。どのように変わり、どのように主人公たちの内面を鍛えていくのかが、本書の興味のひとつである。家族以外の彼らとの関わりで、どのように夫婦生活を立て直すのか、どのように「結婚」の真実に迫っていくのかが、本書の最大の読み所といってもいい。

第一章「七月の花嫁」の終盤近くに、〝結婚は入れ子の箱を開けてゆくようなものですから〟という言葉が出てくるけれど（そして読者にはすこし謎めいてわからないのだけれど）、物語が進展していくうちに、その入れ子の箱の中身が次第に見えてきて、それがどこまでも続くことがわかってくる。その箱を作者は、第八章「夜明けまで」で〝ボール〟にたとえて具体的に示している。つまり結婚生活で出会うさまざまな厄介、煩雑、責任、務めが、〝ボール〟のように次々と飛んでくるのだ、と。それが具体的に何を指しているのかは、本書を読まれればわかるだろう。五年前に、〝現代の男女の愛や結婚を考えるなら、おそらく本書は最高のテキストになるのではないか〟と書いたのは（そして今回もまたそう思うのは）、そのように次々に襲う災厄と責務を、まるで入れ子細工の箱のように詰め込み、結婚生活の真実をつかみとっているからである。さりげないが、随所に見られる男と女、恋愛と結婚にまつわる卓見や箴言《しんげん》も鋭く、なかなか要点をついていて秀逸である。

なお、余談になるが、この作品が上梓された二カ月前に、唯川恵は、意欲的な短篇集『愛なんか』（幻冬舎、九九年十二月。→幻冬舎文庫）を出している。『ベター・ハーフ』は、若い夫婦の「結婚生活」の実態を冷徹に見据え、愛や結婚に対する幻想を打ち砕いて新たな価値を見いだしているが、『愛なんか』でも、女性たちの愛と性をいっさいの虚飾をはぎとり、核心を鋭くえぐっていて、実に見事である。個々の短篇の完成度もきわめて高い。本書に魅了された読者なら、かならずや満足されるだろう。

唯川恵といえば、いまはもう直木賞作家として押しも押されもせぬ女性作家であるが、九〇年代なかばまでは、少女小説出身の、若い女性の読者のための小説を書いている作家というイメージが強く、作品が良くても読者層の広がりにかけていた。それが、九〇年代半ばすぎからジャンルを広げ、著しい飛躍をとげた。女性たちの狂気を描いたホラー『めまい』（集英社、九七年三月。→集英社文庫）でひとかわむけ、熱き情念を叩きつけたハードボイルド『刹那に似てせつなく』（光文社、九七年七月。→光文社文庫）で描く世界を広げてめざましい成果をあげ、金沢の女性たちの姿を繊細な感覚で捉えた心理サスペンス集『病む月』（集英社、九八年十月。→集英社文庫）で感受性を十全に開き、いっそう言語感覚をとぎすまして、緊密な文学空間を作り上げた（余談になるが、当時「小説すばる」の書評に書いたのだが、〝男はすっくりと、弾力のある長い茎をもった植物のように佇《たたず》んでいた〟という、文章表現に代表される独自の繊細な感覚が素晴らしかったし、実にきめこまやかで官能的、ときに皮膚をぞくりと撫でられるような、ときに女性たちの肌の匂いや淫蕩《いんとう》な香りに噎《む》せかえるような濃密な気分も魅惑的だった）。

そして九九年十二月の『愛なんか』と、〇一年一月の本書『ベター・ハーフ』で堂々たる作家の力量を示し、さらに秀抜な恋愛短篇集『ため息の時間』（新潮社、〇一年六月。→新潮文庫）を経て、『肩ごしの恋人』（マガジンハウス、〇一年九月。→集英社文庫）で直木賞を受賞したのである。

そういう文脈を考えれば（愛と結婚をめぐる秀作というだけでなく）、本書が、唯川恵が直木賞作家への道のりを確実に歩みだした重要な時期の作品であることもわかるだろう。ぜひ一読をすすめたいと思う。

この作品は二〇〇〇年一月、集英社より刊行されました。

唯川 恵の本

めまい

はじまりは一途に思う心、恋だったはず。その恋が女の心を追い詰めてゆく。嫉妬、憎悪、そして……。恋心の果てにあるものは？ 狂気と恐怖のはざまにおちた10人の女たちの物語。

病む月

見栄っ張りで嫉妬深くて意地悪だけど、その本質は無邪気なまでに自己中心的な甘ったれ。それが女というもの。金沢を舞台に、10人の女たちそれぞれの心の深淵を描く短編集。

明日はじめる恋のために

恋愛小説の名手が、『ロミオとジュリエット』等、映画に描かれた男と女の出会いや関係を語り、さまざまな愛のかたちを浮かびあがらせる。恋のヒントがいっぱいのシネマエッセイ。

海色の午後

海の見える部屋で一人暮らしをする遙子。仕事、恋、結婚にまどう日々。自分らしく生きるために、遙子のした決断とは。唯川恵、幻のデビュー作。書き下ろしエッセイ収録。

肩ごしの恋人

女であることを最大の武器に生きる「るり子」と、恋にのめりこむことが怖い「萌」。対照的なふたりの生き方を通して模索する女の幸せとは……。第一二六回直木賞受賞作。

集英社文庫

ベター・ハーフ

2005年 9 月25日　第 1 刷

定価はカバーに表示してあります。

著　者　唯《ゆい》川《かわ》　恵《けい》

発行者　谷　山　尚　義

発行所　株式会社　集　英　社

東京都千代田区一ツ橋2—5—10

〒101-8050

(3230) 6095 (編集)

電話　03 (3230) 6393 (販売)

(3230) 6080 (制作)

印　刷　凸版印刷株式会社

製　本　凸版印刷株式会社

ISBN4-08-747851-3 C0193